A INTUICIONISTA

COLSON WHITEHEAD

A intuicionista

Tradução
Beth Vieira

COMPANHIA DAS LETRAS

Copyright © 1999 by Colson Whitehead

Título original
The intuitionist

Capa
Silvia Ribeiro

Foto da capa
Jeff Titcomb / Stone

Preparação
Beth Kaphan

Revisão
Carmen S. da Costa
Maysa Monção

Dados Internacionais de Catalogação na Publicação (CIP)
Câmara Brasileira do Livro, SP, Brasil

Whitehead, Colson
A intuicionista / Colson Whitehead ; tradução de Beth Vieira. — São Paulo : Companhia das Letras, 2001.

Título original: The intuitionist.
ISBN 85-359-0148-5

1. Romance norte-americano I. Título.

01-3171   CDD-813.5

Índices para catálogo sistemático:
1. Romances : Século 20 : Literatura norte-americana   813.5
2. Século 20 : Romances : Literatura norte-americana   813.5

[2001]
Todos os direitos desta edição reservados à
EDITORA SCHWARCZ LTDA.
Rua Bandeira Paulista 702 cj. 32
04532-002 — São Paulo — SP
Telefone (11) 3846-0801
Fax (11) 3846-0814
www.companhiadasletras.com.br

a meus pais

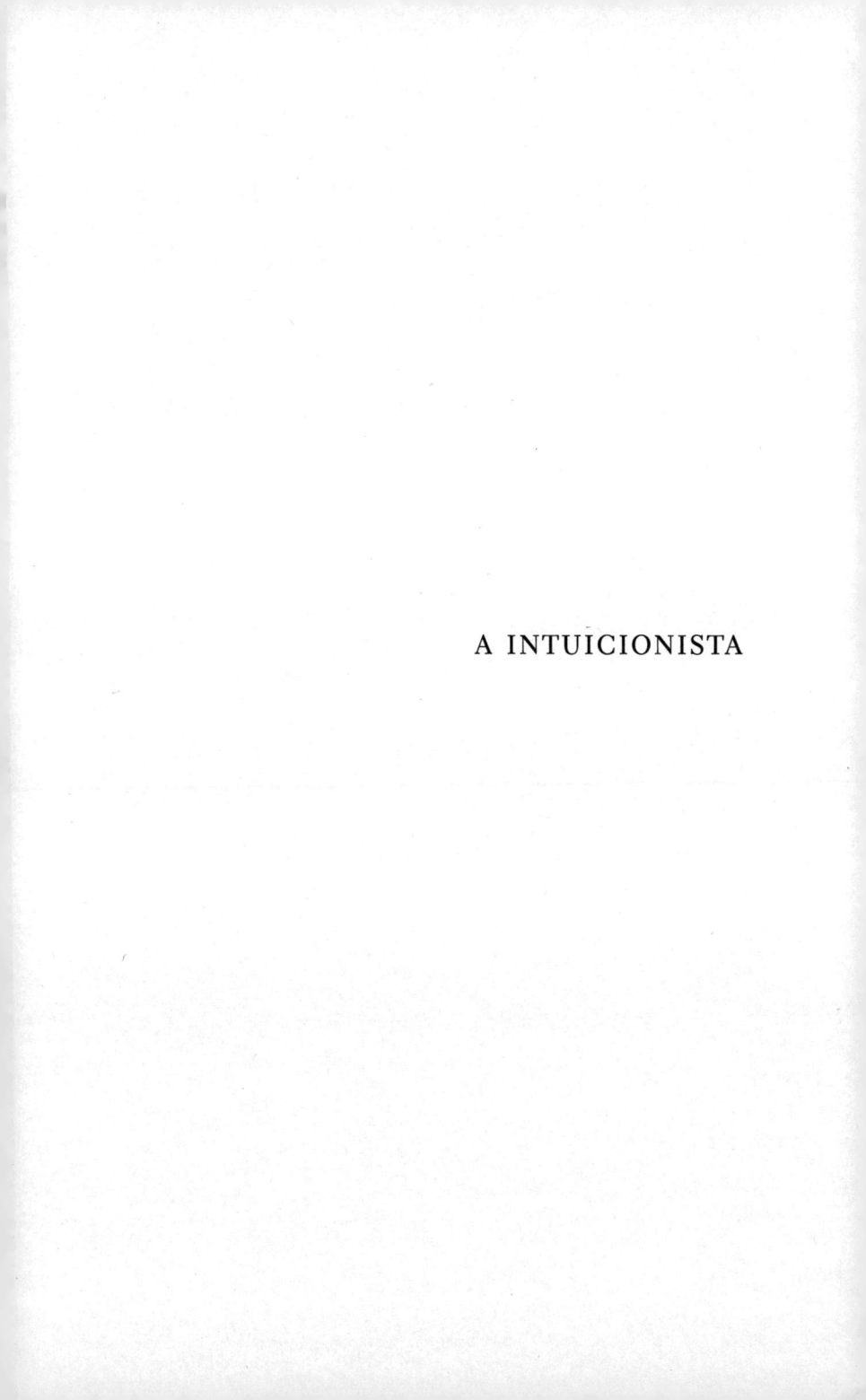

A INTUICIONISTA

Desce

… PRIMEIRA PARTE

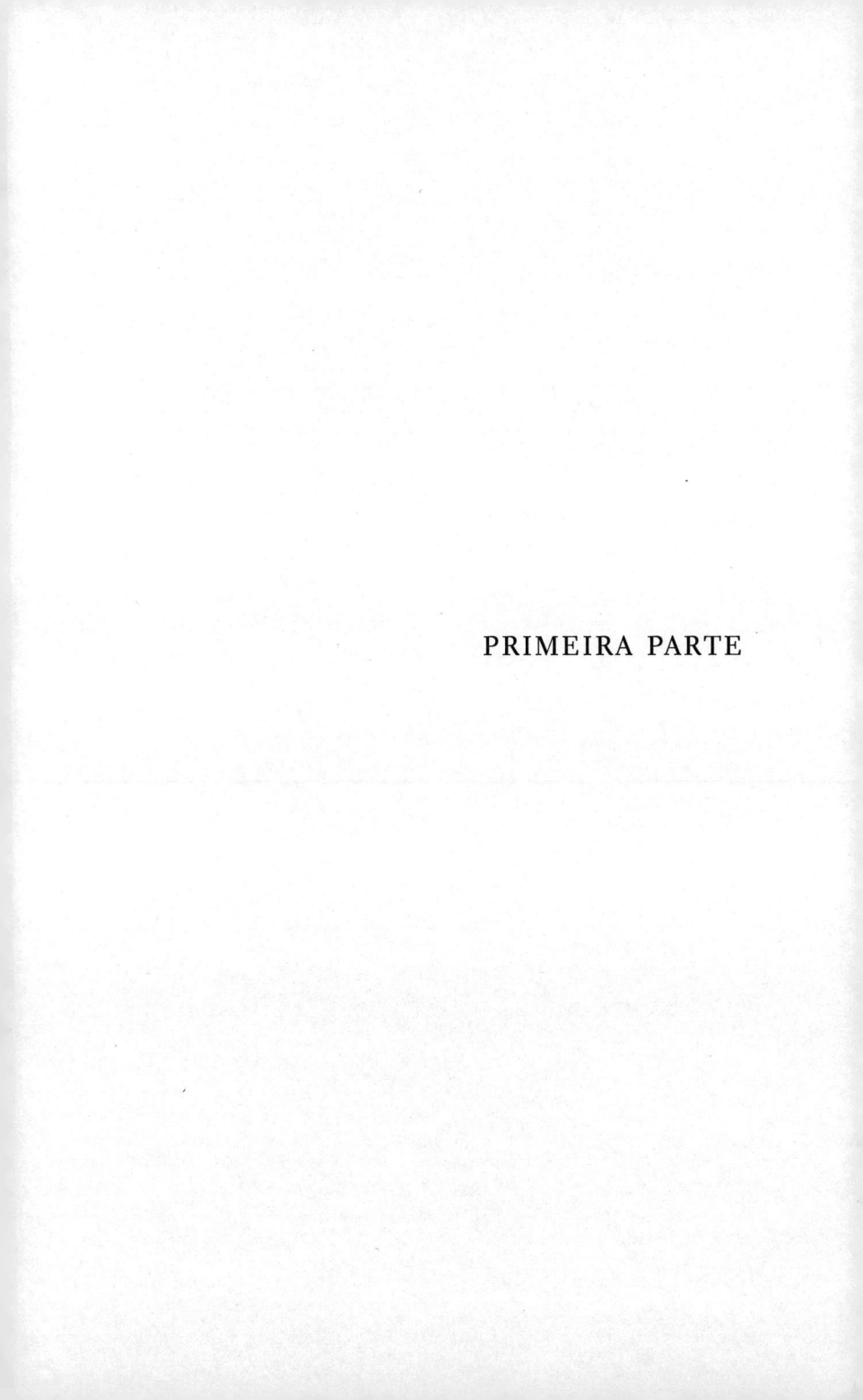

É um elevador novo, recém-instalado nas guias, e não foi construído para cair assim rápido.

Ela não sabe bem o que fazer com os olhos. A porta da frente do prédio está escalavrada e esfolada demais para que ela detenha o olhar sobre a sua superfície, e a rua atrás dela, improvavelmente deserta, como se a cidade inteira tivesse sido evacuada, e ela fosse a única criatura a não ter recebido o aviso. Nesses momentos sempre pode recorrer ao jogo para se distrair. Abre o fichário de couro das ocorrências, usando o peito como apoio. O jogo fica mais difícil à medida que recua no tempo. Boa parte dos inspetores dos últimos dez, quinze anos, continua na Corporação, e é fácil identificá-los: LMT, MG, BP, JW. Por enquanto não encontrou nenhum com quem tenha simpatizado, entre os que estiveram antes dela no número 125 da rua Walker. Martin Gruber come de boca aberta e gosta de fazer malabarismos com o olho de vidro. Billy Porter é um dos Bodes

Velhos e orgulhoso disso. Quantas vezes Lila Mae não voltou para o Fosso, depois de um serviço, e escutou Billy Porter regalando os rapazes com alguma história antiga, dos bons e gloriosos tempos da Corporação? Ele nunca faz nenhum comentário específico, mas todo mundo sabe do que e de quem está falando, naquela sua voz turva, rascante. Rebelde entre as fileiras burocráticas do Fosso, a escrivaninha de carvalho de Billy projeta-se para fora, invadindo o corredor, de forma a permitir que instale o corpanzil exatamente debaixo dos ventiladores de teto — diz que sofre de superaquecimento —, e, nos dias mais quentes do verão, o pouco cabelo que lhe restou na cabeça sai da posição original, e os fios desmancham-se em caracóis espiralados. O processo é lento, e observá-lo é como esperar que se passe uma nova hora. Mas acaba acontecendo.

Todos os inspetores que visitaram o número 125 da rua Walker no passado eram empiristas. Tanto quanto ela possa dizer. Quando recua mais de quinze anos no fichário de ocorrências, não encontra nenhum rosto para encaixar nas iniciais. Reconhece as iniciais porque constam dos quadros de inspeção de outros elevadores, em outros prédios, mas nunca viu as pessoas a quem pertencem. JM, por exemplo, consta do quadro de inspeção do elevador que Lila Mae vistoriou meia hora antes e EH, ela acabou percebendo com o tempo, tinha uma queda por sapatas de guia gastas, coisa que ninguém nunca examina, a não ser os caxias. Conferir sapatas é proposta furada. Alguns dos mais antigos devem estar nos retratos pendurados nas paredes do Fosso. Os homens daquelas fotos exibem o corte de cabelo regulamentar que a Corporação exigia na época, cortes de cabelo respitáveis, como convém a sujeitos de responsabilidade com um dever a cumprir. Os cortes são uma espécie de acidentes úteis de trabalho, que projetam honra, fidelidade e irmandade até a morte. Tem um barbeiro na rua da Corporação, umas duas portas mais para baixo, aquele de onde sempre sai som de música de *big band*, que era especialista. Pelo menos é o que dizem. Alguns dos inspetores mais jovens estão adotando o mesmo corte de novo. Chama-se Segurança. O cabelo de Lila Mae é repartido no meio e envolve seu rosto redondo feito mil dedos famintos.

A luz nessa hora, nessa rua, é o cinzento de segunda mão, predominante nos guetos no crepúsculo, uma cor opaca de mercúrio. Ela toca a campainha chamando o zelador outra vez e escuta um balido meio metálico. Voltando vinte anos no tempo, encontra um dos tesouros que tornam o jogo real: James Fulton e Frank Chancre vistoriaram o número 125 da rua Walker, com seis meses de diferença um do outro. De onde está, é fácil para Lila Mae ver nessa coincidência o índice de sucessão ao trono. O que não fica muito claro, porém, é por que Fulton abandonou o posto para entrar em campo de novo. Vinte anos atrás era diretor do Instituto e já deixara de lado essa rotina de fazer a ronda dos prédios, de chamar o zelador, de ficar esperando em alpendres feios, mambembes. Depois, lembra-se de que Fulton gostava de sair em campo de vez em quando, para não esquecer das coisas. Fulton com sua bengala de mogno, batendo impaciente numa das três janelinhas da porta da frente do número 125 da rua Walker. Talvez não estivessem trincadas, então. Talvez ele as tenha trincado. Na frente das iniciais, o fichário de ocorrências fala de um problema com a chave de limite de carga, um 387. Ela reconhece a letra por tê-la visto na sala de Fulton, no Instituto, e nos mostruários altos de madeira, onde seus escritos mais famosos são mantidos por trás de vidros, em temperatura controlada.

Na época Chancre seria um jovem inspetor em ascensão. Um pouco mais magro, com menos vasos rompidos no nariz. Não teria condições de envergar um daqueles seus ternos azul-marinho de lapela larga com o salário de principiante, mas, de lá para cá, sua posição mudou muito. Lila Mae vê Chancre engolindo as mãos do zelador com suas luvas gigantes, numa camaradagem desajeitada. Leva tempo para alguém virar político; já o sorriso é de nascença. Não se pode falsificar um sorriso daqueles. Belo prédio você tem aqui, chefe. Bom ver um homem que se orgulha do seu ofício. Às vezes, ao entrar num desses lugares, nunca se sabe o que se vai encontrar pela frente, que Deus me perdoe. Você sente impulso de dizer lá com seus botões como é que as pessoas conseguem viver desse jeito, mas a cada um as cartas que lhe foram dadas, a gente tem que jogar conforme o que está na mesa. Na minha terra, nós... Dera ao número 125 da rua Walker um certificado de aprovação. Muita coisa na cabeça, muita coisa mesmo.

O vento está encurralado num dos recessos secretos do número 125 da rua Walker, forçando caminho, assobiando. O elevador é um Smooth-Glide da Arbo, de deslizar suave, muito popular entre as construtoras de prédios residenciais, quando o edifício número 125 foi erguido. Lila Mae lembra-se de ter ouvido numa aula de marketing, no Instituto, que a Arbo gastou milhões promovendo seu modelo Smooth-Glide em feiras e convenções. Foram os primeiros a entender os obscuros poderes do biquíni. Numa plataforma giratória, engalanada com bandeirolas vermelhas, brancas e azuis, dedos finos vibram no ar, chamando os empreiteiros. As modelos, com seus umbigos americanos perfeitos, no velho salão de convenções, imerso em uma atmosfera abafada. Um cartaz preterido em favor de distrações mais viris detalha, em letras prateadas, o Sistema de Quartas e Contrapeso patenteado pela Arbo. Alguma vez já lhe aconteceu coisa parecida? Você acabou de dar os retoques finais no seu último projeto e está todo orgulhoso, louco para mostrá-lo ao cliente. A caminho do último piso, o elevador de Marca X pára e se recusa a sair do lugar. Agora, você nunca mais terá de trabalhar com *eles*! Diga adeus aos contrapesos teimosos e obstinados com o novo Elevador Residencial Smooth-Glide da Arbo. São mais de dois milhões de elevadores Arbo funcionando no mundo todo. Vamos subir?

Uma cabeça calva, orlada por algumas mechas de cabelos ruivos, aparece na janelinha da porta. O homem franze a vista para Lila Mae e abre, escondendo o corpo por trás do metal cinzento da porta. Deixa a ela a tarefa de falar.

"Lila Mae Watson. Vim inspecionar o elevador."

Os lábios do sujeito se arqueiam em direção ao nariz e Lila Mae compreende que ele nunca viu um inspetor de elevadores como ela antes. Lila Mae flagrou precisamente o ponto da insatisfação metropolitana. Um ponto zero. Situa-se no coração da cidade, numa esquina congestionada o dia todo por cidadãos atarefadíssimos e, de noite, completamente deserta, exceto pelas prostitutas e vendedores perdidos de enciclopédia. Fica a dois minutos a pé do escritório. Com esse ponto zero por referência, consegue prever exatamente quanta suspeita, curiosidade e raiva despertará em suas rondas. O número 125 da rua Walker fica quase no fim do perímetro urbano, perto da margem do rio poluído que separa os arranha-céus dos bairros horizontais, bem longe daquela sua esquina: o zelador não foi com a cara dela. "Deixe ver seu distintivo", diz ele, enquanto a mão de Lila Mae já está vasculhando o bolso do paletó. Ela abre a carteirinha e ergue-a bem diante da cara do sujeito. Ele nem se dá ao trabalho de olhar. Só queria impressionar.

O saguão cheira a gordura animal queimada e a molhos obscuros fervendo, tudo junto. Metade dos lustres do teto está arrebentada ou não tem lâmpadas. "Lá atrás", ele diz. O zelador parece derreter enquanto conduz Lila Mae pelo xadrez encardido das lajotas hexagonais. O bulbo da cabeça se dissolve nos ombros, depois se espalha numa poça larga de torso e pernas. "Por que não veio o Jimmy, dessa vez?", o zelador pergunta. "O Jimmy é boa gente." Lila Mae não responde. Um óleo escuro escorre pelos antebraços dele e obscurece a camiseta verde. Uma porta se abre com estrondo lá em cima e uma voz feminina esganiçada grita alguma coisa no tom agastado reservado para se disciplinar crianças e animais domésticos.

A textura empelotada, toda marcada da porta da cabina lhe diz que já foi pintada algumas vezes pela administradora, mas Lila Mae ainda assim reconhece as dimensões inusitadamente amplas da porta de um Smooth-Glide da Arbo. Aproveitando as dicas dos primeiros relatórios críticos sobre a reação dos passageiros, a Arbo equipara seu então mais recente modelo com uma porta bem grande, para criar a ilusão de espaço, para distrair o passageiro do que todo passageiro pensa e sente sobre elevadores. Que estão andando numa caixa pendurada por uma corda dentro de um fosso. Que estão no vazio. Se o zelador não passar uma lixa antes de dar a próxima demão, o excesso de tinta vai acabar prejudicando o movimento da porta. (Claro, há bastante grafite na área.) A porta já está emperrando um pouco, na hora de abrir. Uma violação esperando para desabrochar, os contornos nascentes de um 787. Lila Mae opta por não dizer nada ao zelador. Não é seu serviço. "Vai querer começar pela casa de máquinas, eu suponho", diz ele. O homem está hipnotizado pela triangularidade ideal do laço da gravata de Lila Mae, sua trama de quadrados roxos e azuis. A gravata desaparece nas proximidades do busto, escorregando por baixo dos botões do paletó azul-marinho.

Lila Mae não responde. Encosta-se na parede do fundo do elevador e escuta. O número 125 da rua Walker tem apenas doze andares e a vibração do motor parado, mas ligado, é quase constante, avançando pela alça saibrosa da polia de deflexão, descendo pelos cabos, contornando a engrenagem de suspensão e tomando conta da cabina. Lila Mae sente a pulsação do motor nas costas. Escuta o estalido do comando automático de porta acima dela, no poço escuro, depois a porta se fecha, emperrando de leve com o atrito das camadas de tinta. Três molas espirais Gemco são o padrão para os amortecedores de cabina nos elevadores da Arbo. Eles aguardam quatro metros e meio abaixo, feito estalagmites. "Aperte o doze", Lila Mae ordena ao zelador. Mesmo de olhos fechados, podia ter pressionado ela mesma, mas está tentando se concentrar nas vibrações que lhe massageiam as costas. Quase já pode vê-las. As vibrações desse elevador se resolvem em sua mente sob a forma de um cone azul-claro. A caneta descansa na palma e a mão afrouxa. Ela pode cair. Isola o som da respiração do zelador, agora um ronco baixo que vai em uma cadência leve até um chiado na convexidade final da exalação. Isso é barulho. O elevador se move. O elevador se move para cima no poço, em direção aos gemidos da casa de máquinas, e Lila Mae também transforma isso numa imagem. A ascensão é um ferrão vermelho que contorna o cone azul, dobra de tamanho e oscila quando o elevador começa a subir. Você não escolhe as formas e o comportamento que assumem. Todo mundo tem seu próprio bando de gênios. Tudo depende de como o cérebro funciona. Lila Mae sempre teve uma queda pelas formas geométricas. Quando o elevador chega ao quinto andar, um octógono laranja dá uma pirueta e entra no quadro que tem na mente. Ele salta para cima e para baixo, incongruente diante da agressão anular do ferrão vermelho. Cubos e paralelogramos aparecem lá pelo oitavo andar, mas satisfazem-se com pequenas cabriolas sem grande entusiasmo e não interferem no processo, ao contrário do atrevido octógono laranja. O octógono ricocheteia no fundo, ávido por atenção. Ela sabe o que é. O trio de amortecedores espiralados afasta-se ainda mais dela, dez andares abaixo, no chão empoeirado e escuro do poço. Não há necessidade de continuar. Pouco antes de abrir os olhos, tenta visualizar qual será a expressão no rosto do zelador. Porém não chega nem perto, salvo por aquele arco peculiar dos lábios, mas isso não conta porque já tinha visto esse traço, quando ele abriu a porta do prédio. Os olhos do zelador são duas linhas negras que recuam indistintas para dentro do novelo de seu hieroglífico olhar franzido. Os lábios ergueram-se tanto que as narinas parecem querer engoli-los. "Vou ter de citá-lo por causa de um regulador de excesso de velocidade defeituoso", diz Lila Mae. A porta se abre devagar e a vibração do motor ligado é forte e cheia, ali tão perto da casa de máquinas.

"Mas você nem olhou nada ainda. Você nem viu nada." O zelador está confuso e minúsculos pontinhos de sangue salpicam-lhe as faces rosadas.

"Vou ter de citá-lo por causa de um regulador de excesso de velocidade defeituoso", Lila Mae repete. Está retirando os parafusinhos do vidro do quadro de inspeção situado na parede esquerda do elevador. Na lateral da chave de fenda lê-se: "PROPRIEDADE DO DEPARTAMENTO DE INSPEÇÃO DE ELEVADORES". "Está falhando a cada seis metros, mais ou menos", acrescenta ela, enquanto retira a ficha de inspeção de sob o vidro. "Se quiser, posso ir buscar o manual no carro e poderá ver o regulamento por si mesmo."

"Eu não quero ver manual nenhum." O zelador esfrega ativamente os dedos das duas mãos com os polegares, enquanto ela assina a folha e repõe o vidro. "Eu sei o que diz o manual. O que eu quero é que você mesma dê uma espiada na coisa. Está andando muito bem. Você ainda nem foi lá em cima."

"Seja como for", Lila Mae abre o fichário de ocorrências e põe suas iniciais na coluna de identificação. Mesmo do décimo segundo andar, continua a ouvir a mulher lá de baixo berrando com os filhos ou com o que Lila Mae supõe sejam os filhos. Nunca se sabe, hoje em dia.

"Não vai me dizer que você é um daqueles inspetores-vodu, é? Que não precisam ver nada, só sentem as coisas, não é isso? O Jimmy já me falou desses curandeiros."

Ela diz: "Intuicionista". Lila Mae esfrega a ponta da esferográfica para fazer a tinta fluir. O W de suas iniciais pertence a um alfabeto fantasma.

O zelador sorri. "Se o lance é esse, então quem está na corda sou eu, suponho." Ele está com três notas de vinte dólares na palma oleosa. Inclina-se e coloca o dinheiro no bolso da frente do paletó de Lila Mae. Depois lhe dá uma alisada. "É a primeira vez que eu vejo uma inspetora de elevador, e preta ainda por cima, mas eu suponho que eles ensinam a mesma coisa para todo mundo."

A porta do apartamento 12-A se abre atrás de Lila Mae. "Que barulheira é essa no corredor?", pergunta uma voz estridente, de taquara rachada. "Quem está aí fora? O que você quer?"

O zelador fecha a porta do 12-A com um empurrão firme e diz: "Cuide de sua vida, dona LaFleur. Sou eu, tudo bem". Volta-se para Lila Mae e sorri de novo. Enfia a língua no buraco onde antes ficavam seus dois dentes da frente. A Arbo não mentiu sobre seu Sistema de Quartas e Contrapeso. Ele raramente falha. Um incidente lamentável em Atlanta causou uma grande comoção nos negócios, uns anos antes, mas depois um inquérito isentou a Arbo de qualquer possibilidade de erro. Como eles dizem. Já os reguladores de excesso de velocidade do modelo são uma outra história, notórios pela falibilidade; aliás, a lei das probabilidades diz que esse famoso defeito de fabricação já devia ter aparecido há muito tempo. Sessenta dólares são sessenta dólares.

"Vai receber uma cópia da citação oficial em poucos dias, pelo correio, informando de quanto é a multa ", diz Lila Mae. Ela escreve 333 no registro de inspeção do número 125 da rua Walker. O zelador dá um murro na porta do 12-A com a mão grandalhona. "Mas eu acabei de lhe dar sessenta dólares! Ninguém nunca me tirou mais que sessenta." Está tendo uma certa dificuldade em manter os braços trêmulos colados ao peito. Não, ele não se incomodaria de lhe dar uns trancos. "Você colocou sessenta dólares no meu bolso. Não creio ter deixado transparecer pelo meu comportamento que estivesse querendo ser subornada, nem fiz qualquer declaração ou gesto tal como uma palma estendida, por exemplo, dizendo que mudaria meu relatório por ter recebido o dinheiro. Se quer abrir mão do seu dinheiro suado", Lila Mae faz um gesto em direção a uma concentração de grafites, "vejo o fato como um hábito curioso, ainda que casual nessa situação específica, que aliás não tem nada a ver comigo. Ou com o motivo de eu estar aqui." Lila Mae toma o caminho da escada. Depois de andar de elevador o dia todo, gosta de descer pela escada. "Se quiser tentar recuperar seus sessenta dólares, pode tentar, e se quiser confrontar meu relatório e pedir a um outro inspetor que venha conferir o regulador de excesso de velocidade, é seu direito como responsável por este prédio. Mas eu estou certa." Lila Mae abandona o zelador no décimo segundo andar, junto com o Smooth-Glide da Arbo. O zelador prayueja. Ela está certa com relação ao regulador de excesso de velocidade. Ela nunca se engana.

Ela ainda não sabe.

Todos os carros do Departamento são verde-alga e brilham como algas, graças aos cuidados diligentes da seção de viaturas.

No dia da posse, Chancre agarrou as bordas da tribuna com aqueles seus dedos de salsicha e anunciou os dez itens do plano que elaborara. O distintivo de ouro do cargo pendia-lhe dos ombros numa longa fita patriótica. "As viaturas do Departamento", trovejara ele, "têm de ser mantidas em condições compatíveis com os padrões do Departamento." Muitos aplausos na obscuridade do salão de banquetes do hotel Albatross. Para os que se achavam sentados nas compridas mesas ovais, reunidos em volta dos medonhos arranjos florais da senhora Chancre, não foi difícil traduzir o item número sete para algo bem mais sucinto: "A crioulada vai ter de dar um belo trato nos carros". Um dos mecânicos, Jimmy, tem uma paixonite secreta por Lila Mae. Não secreta de todo: o carro de Lila Mae é o único a ser aspirado todos os dias, e, pela manhã, quando ela sai da garagem para entrar em campo, o espelho retrovisor já voltou das contorções impostas pelo turno da noite para a posição de que ela gosta. Jimmy é o único magricela da turma de pesos-pesados da seção de viaturas, e o mais novo. Os calos das mãos ainda são pedregulhos minúsculos em sua carne.

    O trânsito na hora da saída é uma chatice. A estação de rádio WCAM equipa seu pessoal com binóculos e os posiciona em cruzamentos estratégicos para relatar os nós e engarrafamentos. Lila Mae nunca consegue diferenciá-los dos marginais sem destino que perambulam pelas bordas das vias expressas. Todos eles fazem gestos obscuros, furtivos, todos têm uma certa postura encurvada que nos diz que carecem de razões substantivas para estarem lá onde estão, à beira de um viaduto. Impossível distinguir um walkie-talkie de uma garrafa de vinho barato, a distância.

    Eles não têm álibis, é a estimativa que Lila Mae faz dos homens às margens dos viadutos.

    O carro dela arrasta-se pelo visgo negro. A sentinela da WCAM adverte sobre um acidente mais adiante: um ônibus esco-

lar capotou e, à medida que os motoristas vão esticando o pescoço e benzendo-se, o trânsito congestiona.
Por aqui, buzina uma mulher num carrinho vermelho. O trinado leve da buzina revela berço estrangeiro, arrulhando em língua estranha. Lila Mae acha que as buzinas dos carros funcionam ao contrário: elas não estimulam e incitam o lerdo da frente, elas convocam os que estão atrás, venham cá, me sigam. Lila Mae escuta os chamamentos esporádicos, ouve as notícias do trânsito da WCAM, o vermelho das luzes de freio ardendo à frente. Cada uma das palavras do locutor tem a elegância rotineira, a pureza vazia que Lila Mae associa à geometria. O locutor diz que há um sistema de baixa pressão vindo do leste. Diz também que houve um acidente no prédio do Memorial Fanny Briggs. Um elevador despencou.
Agora, sim, estamos fritos.
Lila Mae liga o rádio do Departamento e ouve o operador chamar seu código. "Chamando Z34. Responda Zulu-três-quatro."
"Z34 na escuta."
"Por que não respondeu à chamada, Z34?" Ao contrário da impressão geral, a sala de despachos dos inspetores de elevador não é cheia de consoles comandados por uma tropa habilitada, plugando entradas e saídas mil, ligando e desligando fios, direcionando as chamadas. A sala de despachos é um cubículo no último andar do prédio e só há uma pessoa trabalhando ali por período. Tudo muito arrumado e sem uma janela. Craig está no comando, agora, e, na imaginação de Lila Mae, é um homem franzino, de cabelos castanhos, que murcha aos poucos em sua cadeira giratória, vestido com calça, suspensórios e camiseta sem manga. Ela nunca viu um operador na vida, mas conheceu a saleta, no primeiro dia de trabalho. O operador devia estar no banheiro, ou fazendo café.

"Eu estava fazendo uma inspeção. No número 125 da rua Walker. Acabei de entrar no carro." Ninguém vai descobrir a mentira. Lila Mae sempre desliga o rádio quando termina o serviço. De vez em quando alguém do turno da noite telefona que está doente e Craig quer que ela preencha o buraco por algumas horas. Até a municipalidade e o Departamento organizarem sua política de horas extras, ninguém vai fazer Lila Mae substituir alguém do turno da noite. Se você não curou a ressaca até as seis da tarde, então que se dane, é o que ela pensa.

"Você tem de se apresentar ao QG imediatamente", Craig diz. Depois acrescenta: "Zulu-trinta-e-quatro".

"Que história imbecil é essa sobre o prédio Briggs?", Lila Mae pergunta.

"Você tem de se apresentar aqui imediatamente, Z34. Chancre quer falar com você. Acho que não preciso citar o regulamento do Departamento para o absenteísmo. Desligo."

Lila Mae volta à rádio WCAM, na esperança de obter mais detalhes. Por algum motivo, Craig não deu moleza e isso não é bom. Chega a pensar em desviar para o acostamento e driblar o trânsito, empunhando suas credenciais de inspetora, caso algum policial a pare. Mas a polícia e os inspetores de elevador têm um passado meio complicado e é de se duvidar que algum tira deixe a coisa passar batido, mesmo que se trate de assuntos municipais. Claro que a prefeitura nunca atendeu aos repetidos apelos de Chancre para que pudessem usar sirene. Fora da Corporação, ninguém parece achá-las necessárias, por algum motivo. Pelo rádio, uma das sentinelas da WCAM mais adiante comenta o tempo que está levando para que o pessoal da emergência retire as crianças do ônibus.

Uma vez, Lila Mae apresentou um trabalho oral sobre Fanny Briggs, na terceira série. Fanny Briggs estava em todas as novas enciclopédias. Em algumas até com foto. Tinha um aspecto cansado ao pé da página; as pálpebras caídas e o maxilar esmorecido. Lila Mae parou na frente da classe da terceira série da professora Parker e tremeu ao começar. Preferia apagar-se nas fileiras de trás, perto das gaiolas dos coelhos, embaixo dos pastéis canhestros do projeto de arte para a primavera. Lá estava ela, à mesa da professora Parker, e suas fichas de trabalho tremeram nas mãos pequeninas.

"Fanny Briggs foi uma escrava que aprendeu a ler sozinha."

Uma vez, um programa de rádio apresentou Dorothy Beechum, a mais famosa atriz preta do país, lendo trechos do relato feito por Fanny Briggs sobre sua fuga para o Norte. A mãe de Lila Mae chamou-a até a sala. As pernas de Lila Mae ficaram penduradas no colo da mãe, enquanto ela se debruçava para o reticulado marrom do alto-falante do rádio. A voz da atriz era incisiva e forte e não falhou na hora de pedir aplausos aos setores mais liberais da audiência, que murmuraram alguma coisa sobre lutas nobres. Partículas minúsculas de escuridão comprimiam-se para além da tela fendida e granulosa do alto-falante, do tipo de escuridão inquietante que mais tarde Lila Mae associaria ao poço do elevador. Claro que faria seu trabalho oral sobre Fanny Briggs. Quem mais faria?

O trânsito não está avançando.

Os tempos estão mudando. Numa cidade com uma população de pretos que cada vez mais se faz ouvir — empenhada em organizar protestos enfadonhos até para os jornais mais insignificantes, ou capaz de jogar tomates e repolhos podres durante discursos e comícios perfeitamente orquestrados —, faz todo sentido batizar um novo edifício municipal com o nome de um dos heróis deles. O prefeito não é burro; ninguém se torna governante de uma cidade assim grande e insana sendo burro. O prefeito é esperto e sabe que esta não é uma cidade sulina, que não é nem do dinheiro velho nem do dinheiro novo, mas sim é a cidade mais famosa do mundo, e que aqui as regras são diferentes. O novo prédio municipal foi batizado com o nome de Memorial Fanny Briggs e de lá para cá diminuíram as queixas e os tomates. Quando Lila Mae recebeu a incumbência do Fanny Briggs, não deu muita importância. Fazia sentido que fosse ela ou Pompey, os dois únicos inspetores pretos do Departamento. Chancre não é bobo. Afinal de contas, também existem eleições na Corporação de Inspetores de Elevador e este ano teremos uma; em vista disso, tudo era possível. O aumento de um dólar e vinte e cinco centavos para o Departamento todo, por exemplo, que segundo Chancre somaria um bom dinheiro com o tempo. Não que os inspetores de elevador, funcionários públicos da gema, apesar da reputação de rebeldia e de uma ou outra excentricidade exibicionista, precisassem ser convencidos da importância de um aumento de um dólar e vinte e cinco centavos. Um emprego público é um emprego público, seja inspecionando elevadores ou um vagão ferroviário cheio de carne nos ganchos, e qualquer coisa que eleve o salário a um nível mais próximo da contribuição que prestam ao bem americano é aceita alegremente, com ou sem complôs eleitoreiros. O mesmo aconteceu com as chaves de fenda. Quando um memorando, que circulou logo depois do aumento, anunciou que as novas chaves de fenda estavam a caminho, poucos foram os que se incomodaram com o fato de o presidente da Corporação estar sendo de um descaramento ímpar nas tentativas de obter pontos com o eleitorado. Sim, porque as novas chaves de fenda eram muito lindas. Desde quando a prefeitura concedeu a licença de funcionamento ao Departamento, o bolsinho da frente do paletó dos inspetores sempre sofrera a indignidade de portar chaves de fenda volumosas e feias, que arruinavam por completo qualquer tentativa de elegância e savoir-faire. É difícil parecer oficial e imponente enquanto se pende para o lado. As novas chaves de fenda têm cabo de madrepérola e cabeças do tamanho exato dos parafusos da placa de inspeção. Dobram-se como canivetes e prestam-se a fantasias barrocas sobre espiões e missões secretas. E quem vai argumentar contra uma coisa assim? De modo que quando se espalhou o boato de que Lila Mae recebera a incumbência de vistoriar todos os dezoito elevadores do Memorial Fanny Briggs (dezoito!), um belo passo na carreira de qualquer inspetor, poucos se surpreenderam. E se com isso Chancre perdeu algum terreno entre os Bodes Velhos da Corporação, foi mais que compensado pelo sentimento geral de boa vontade produzido pelo aumento de salário e pela nova chave de fenda dobrável de cabo de madrepérola. Lila Mae sabia, quando foi designada, que o objetivo era desviar as atenções do adversário de Chancre na corrida pela presidência da Corporação, o liberal Orville Lever, aparentemente um sujeito que acredita que apenas os intuicionistas são capazes de formar coalizões, apertar a mão de pessoas fundamentalmente diferentes etc. e tal. Lila Mae (que, por sinal, continua não fazendo grandes progressos no trânsito de fim de tarde) pode ser uma intuicionista, mas também é preta, o que vem mais ao caso. O assistente de Chancre deixou um bilhete sobre sua mesa: *Seus bons serviços não serão esquecidos após as eleições.* Como se precisasse ser subornada com uma vaga promessa de promoção (além do mais mentirosa, com certeza). É seu trabalho. Ela fez um juramento e essas coisas têm de ser levadas a sério. Lila Mae segurou o bilhete nas mãos pequeninas e, mesmo sem erguer a cabeça da mesa, sabia que todos eles, os Bodes Velhos e os Novos Caras com seus cortes Segurança retrógrados, estavam olhando para ela. Do jeito como as fofocas fluem no Fosso (Lila Mae está no final da fila), eles provavelmente já sabiam que ela ficara com o prédio antes mesmo que fosse informada. Com certeza o magricela do Ned, aquele vapor, aquele fiapo de nuvem ambulante mascarado de homem, condenado a trabalhos internos depois do desastre da Torre Johnson, falou com um cara que falou com um cara do círculo íntimo de Chancre, e o boato se espalhou: a moça preta ficara com o serviço. Não um deles, nem mesmo Pompey. Não há surpresas em ano eleitoral, só um pouco mais de ruído.

E lá está Chancre agora, braços pomposos pregados às abas do paletó de grife, lapela larga, com seis metros de altura, num cartaz dos Elevadores United. Lila Mae avança em marcha lenta para o engarrafamento na boca do túnel, de modo que não há como não vê-lo. Agora, no início dessa procissão macabra, ninguém mais buzina — já é possível ver o túnel e há sempre aquele período obrigatório de antecipação pensativa ao entrarmos num túnel. "TOTALMENTE SEGURO" afirmam os dizeres, um lembrete da famosa declaração de Otis na Exposição do Crystal Palace de 1853. A referência não significa grande coisa para as pessoas em volta de Lila Mae — anúncios de elevador com certeza só ficam registrados na memória dos civis como uma confirmação obscura da modernidade, do ditoso progresso a ser usufruído e inconscientemente afagado —, mas essa frase de Otis é o guindaste a erguê-la da cama, a ela e a seus companheiros inspetores, todas as manhãs. O mote sagrado.

Até mesmo os observadores mais antigos dos mistérios da vaidade corporativa têm dificuldade de entender a súbita ubiqüidade dos anúncios de elevador. Além de cartazes como esse, assomando majestoso sobre a cabeça de Lila Mae, bem nesse momento, os anúncios da indústria de elevadores enfeitam bancos de praça, adornam ônibus e metrôs do sistema de transporte da cidade, ornamentam muretas de proteção nos estádios de beisebol, exibindo argumentos falsos, ainda que brilhantes. Em outros lugares, também. Uma vez, antes do começo de um programa duplo num de seus cinemas favoritos — o Marquee, na rua 23, famoso entre os habitués por sua segunda porção de pipoca gratuita —, Lila Mae assistiu espantada a um anúncio de trinta segundos introduzindo o novo motor sem atrito dos elevadores da American. De vez em quando ainda se pega cantarolando o iê-iê-iê da vinheta musical. Não importa que o motor sem atrito em questão seja apenas um antigo 240-60 da American em nova embalagem. É um fenômeno relativamente recente, a visibilidade da indústria de transporte vertical, e ninguém é capaz de explicá-lo. Quanto Chancre arrecada por ano com esses endossos ninguém sabe, mas nem é preciso dizer que há muita coisa em jogo nessa reeleição para a presidência da Corporação. Olha só para ele lá em cima. Até o momento, Lila Mae acha que seu papel na campanha é servir de vitrine — prova da nova face progressista da Corporação de Inspetores de Elevador e, por extensão, da prefeitura da cidade.

Ela ainda não sabe.

Está quase dentro do túnel quando a WCAM finalmente decide fornecer as últimas informações sobre a situação no Memorial Fanny Briggs. Os ladrilhos amarelos dentro do túnel reluzem e Lila Mae vê uma longa garganta afogada em muco. Em sua voz geométrica, tão cheia de planos, o locutor da rádio WCAM diz que Chancre e o prefeito vão dar uma entrevista coletiva para discutir o que foi apurado em relação ao acidente no novo prédio municipal. Mas antes que possa dizer algo mais, algo tangível que permita a Lila Mae se preparar, o túnel engole a transmissão. Assim, sem mais nem menos. Depois, resta apenas o chiado agitado da estática dentro do carro e o zumbido determinado de inúmeros pneus no pavimento do túnel. Quase silêncio, para melhor contemplar a maravilha da engenharia por onde viajam, a era de milagres em que vivem. O ar é puro veneno.

Alguma coisa houve. Era um prédio seu. Lila Mae tamborila os dedos no volante e revive a visita ao prédio Briggs no dia anterior. Aqueles que estiverem em busca de uma correlação entre o corpo possante e maciço do Fanny Briggs e sua configuração, dedicada à força de vontade de Fanny, não devem perder de vista o anseio de achatamento aninhado na alma de todo arquiteto urbano. Os prédios do governo em geral são atarracados em vez de altos, presumivelmente para melhor acomodar os grandes arquivos e gavetas de registros de ocorrências em triplicata. Assim tem sido há gerações. Mas quem há de resistir ao fascínio dos elevadores, hoje em dia, esses patamares que nos dão acesso ao céu, que tornam a verticalidade incessante tão sedutora? Embora os arquitetos entendam que o futuro é para cima, que o futuro está em quão alto se possa ir, é difícil quebrar velhos hábitos. Os hábitos se agarram aos tornozelos e resistem a todas as súplicas, por mais lógicas que sejam. Como acontece na política, o único vitorioso no fim é o feio meio-termo. O Memorial Fanny Briggs agacha-se na ponta norte da Federal Plaza, no trecho renovado da região sul da cidade, troncudo e pesado, por cinco pavimentos, antes de se lançar ao espaço com outros quarenta andares de puro e ilibado aço. O efeito geral é de crisálida, uma fotografia de um inseto de vidro emergindo de um casulo de pedra. Quando Lila Mae galgou pela primeira vez os largos degraus de pedra do prédio, olhou para cima, para o monólito lá no alto, e teve um trêmulo instante de vertigem: era uma grande responsabilidade. O latinório de praxe estava gravado acima da entrada.

 Lila Mae saiu do túnel agora e não consegue imaginar o que tenha feito de errado. Precisa de um plano.
 Mantenha a calma, Lila Mae.

O esquisito do túnel é que, quando se está fora dele, o contorno dos prédios é apenas um incidente entre tantos outros no horizonte. Já quando se está dentro do túnel, o contorno dos prédios é uma fileira de dentes quebrados, uma irada serrilha mastigando a atmosfera. Mas tem muito mais coisas acontecendo: água suja e mais terra para além da água suja, o humilde marco metropolitano ultrapassado, um punhado de chaminés mirradas, um monte de coisas, 360 graus de onde escolher algo e uma generosa ilusão de opção. Depois vem o túnel e é o fim do céu. Nada além de dentes. Os motoristas se acalmam assim que atingem a cidade porque se lembram outra vez de como ela é e sentem-se exaustos, um a um, ao deixar o túnel, sem conseguir mais se lembrar por que tinham tanta pressa de chegar lá. O sistema mortífero de ruas de mão única e conversões proibidas torna qualquer recuo uma empreitada difícil. É proposital.

Ao virar a esquina do quartel-general, Lila Mae vê que a coletiva à imprensa está em andamento, embora leve alguns segundos para chegar a essa conclusão. Notáveis ternos riscas-de-giz nos jornalistas e repórteres de rádio; se ao menos os governantes conseguissem regulamentar a construção, manter controle de como o lugar se mostra a distância, quem sabe a cidade pudesse ser como essas riscas-de-giz: uniformes, sem dúvida regimentais. O mar de homens de chapéu *fedora* é tal que, de início, ela não enxerga nem Chancre nem o prefeito, mas depois vê o estranho halo vermelho que se forma em volta do rosto irlandês do patrão, quando todo o sangue lhe aflui à cabeça, no momento em que o titular da presidência da Corporação se lança numa de suas erupções. Sente-se exposta, uma voyeur em plena lua cheia, na noite mais clara do verão. Sim, porque eles falam dela, porque ela está implicada em tudo isso — até aí ela sabe, ainda que não os detalhes. A coletiva acontece na entrada do quartel-general e a rampa da garagem está misericordiosamente desimpedida. Os flashes estalam e estouram qual gravetos sob os pés dos caçadores.

Os prédios municipais podem sofrer de deficiências quanto a material de trabalho, a cadeiras confortáveis e papel higiênico de boa qualidade, mas jamais de luzes fluorescentes. Lila Mae entra devagar na garagem imersa numa penumbra espessa e passa pelo vitrô de observação da sala dos mecânicos. A equipe de seis homens, com seus uniformes verde-escuros, está concentrada em volta do velho e confiável aparelho de rádio e ela torce para conseguir passar por eles despercebida, poupada dos previsíveis acenos e cenhos franzidos. Universitária metida. Esse espaço na garagem é o que o Departamento concedeu aos pretos — é subterrâneo, não há janelas que vejam o céu, e a luz mortiça é ainda mais enervante por esse motivo — mas os mecânicos fizeram o possível para torná-lo uma coisa sua. Por exemplo: um exame mais acurado dos cartazes de Chancre, colados em quase todas as colunas de cimento, apesar da proibição de literatura de campanha nos cem metros que circundam o QG, revela mil e uma insurreições minúsculas, como espirais no sentido contrário ao dos ponteiros em suas pupilas, uma alusão à famosa dipsomania noturna do patrão. É preciso chegar muito próximo mesmo desses cartazes para ver os rabiscos e assim mesmo não é fácil: para Lila Mae, foi preciso que Jimmy os apontasse para ela. Chifres, furúnculos supurados, de vez em quando um xingamento escrito por sobre os dentes esquadriados — tudo isso vai se somando com o tempo, muito mais pessoal e significativo, por algum motivo, do que as charges e pin-ups do mobiliário oficial. Ninguém nota, mas estão ali, quase invisíveis, e querem dizer alguma coisa.

Lila Mae fecha a porta do carro e se esgueira por entre os veículos estacionados: passa das sete e ninguém do turno da noite saiu a campo, fato inédito em seus três anos a serviço do

Departamento. Por enquanto ainda não tem um plano, e acha que terá pelo menos até o fim da coletiva antes de precisar enfrentar Chancre, dispondo assim de algum tempo para colocar a sua história nos eixos. Infelizmente, Lila Mae se dá conta, o relatório de inspeção do Briggs já fora entregue na tarde anterior e mesmo que pudesse pensar numa maneira de entrar sem ser vista na sala de processamento, passando pela Bally e suas assistentes, a papelada já teria sido removida. Como prova. Quanto tempo até chamarem o pessoal da Seção de Assuntos Internos, se é que já não foram chamados? Ninguém lhe deve favores. Depois de três anos, ela não deve favor a ninguém e ninguém lhe deve nada de volta, e esse era o jeito que ela tinha preferido até agora. Está reconsiderando sua posição. Talvez Chuck.

"Como foi, hoje?", Jimmy pergunta. O jovem mecânico sempre diz a mesma coisa, quando Lila Mae retorna das inspeções do dia, achando que essa sua persistência e a conversinha amigável de trabalho um dia acabarão valendo a pena, que serão lembranças carinhosamente revividas dos tempos da inocência pré-histórica do relacionamento deles. Na verdade, ele não se aproximou dela sorrateiro — ela é que estava preocupada demais para reparar em seu corpo elétrico galopando macio pelo cimento. Mas não está tão preocupada que não repare que a pergunta diária soa um tanto incerta hoje, que a ambigüidade costumeira sobre se estaria perguntando a respeito dela ou do carro do Departamento está ainda mais confusa. O rapaz sorri, entretanto, e Lila Mae pensa que talvez as coisas não estejam tão más assim, no fim das contas.

Ela pergunta: "O que todos esses carros estão fazendo aqui?".

"Estão todos escutando Chancre e o prefeito falando do prédio." Ele não tem certeza do quanto dizer, ou de como dizê-lo. Tira um trapo do bolso traseiro do avental, torce-o, dobra-o.

Vai ser mais ou menos como arrancar dentes. Depois de todo esse tempo, Lila Mae ainda não tem certeza se Jimmy é apenas um rapaz tímido ou meio debilóide. Sempre que se decide por uma coisa ou outra, Jimmy faz algo que a obriga a reconsiderar, iniciando mais alguns meses de especulação. "Eles estão falando do edifício Fanny Briggs, certo?"

"É."

"E o que houve com o prédio?" Ela está indo por partes. Tem plena consciência de que seu tempo está se esgotando.

"Aconteceu alguma coisa e o elevador caiu. Estão fazendo muito barulho em torno e... todo mundo... aqui na garagem... está dizendo que foi você." Respira fundo. "E é isso que eles estão dizendo no rádio também."

"Tudo bem, Jimmy. Só mais uma coisa... o pessoal do primeiro turno, está todo mundo lá em cima ou no O'Connor?"

"Ouvi alguns dizendo que estavam indo para o O'Connor para escutar o Chancre." O pobre garoto está tremendo. Parara de sorrir já fazia um tempo.

"Obrigada, Jimmy." Subir a rampa, sair para a rua e, três portas adiante, o O'Connor. Provavelmente conseguirá chegar sem ser vista pelo pessoal na entrada. Se Chuck estiver lá. Na saída, Lila Mae pega no ombro de Jimmy e diz: "Tudo bem". Puro blefe, claro.

Lila Mae tem um amigo no Departamento e o nome dele é Chuck. O cabelo de Chuck é ruivo, curto, e segue o estilo Segurança, o que o ajuda a enquadrar-se na turma dos jovens inspetores do Departamento. Segundo ele, o corte é obrigatório no Instituto de Transporte Vertical do Meio-Oeste, onde se formou na primavera anterior. Item número um (ou perto) do *Manual do estudante*. Até mesmo as mulheres são obrigadas a usar o Segurança, provocando tantas viradas e contorções perigosas nos rapazes que os médicos do Instituto batizaram a epidemia de distensão muscular que tomou conta da faculdade de "Pescoço de Segurança". A teoria de Chuck é que o ressurgimento do Segurança faz parte de um conservadorismo nauseabundo, observável em todas as facetas da indústria de elevadores, desde o design de cabinas minimalistas surgido esse ano até a volta das robustas guias em *t*, depois do malfadado flerte com os modelos arredondados dos europeus. É o que ele diz. Muita mudança, demais, na Corporação, nos últimos anos — olha só a tremenda invasão do intuicionismo, ou o número crescente de mulheres e pretos entrando, pô, veja só Lila Mae, tudo se fundindo, mangalô três vezes. Inevitavelmente, o ciclo terá de voltar ao ponto onde os Bodes Velhos o querem. "Inovação e regressão", Chuck gosta de dizer para Lila Mae durante o almoço, sendo que o almoço em geral é alguma coisa num saco de papel pardo ingerida de joelhos espremidos no pátio sujo do edifício Metzger, a alguns quarteirões do escritório. "Para a frente e para trás, para a frente e para trás." "Ou para cima e para baixo", Lila Mae acrescenta consigo mesma.

    Chuck insiste que depois de uma rápida incursão pelo serviço de rua pretende se recolher a alguma seção interna do Departamento por uns tempos, e depois fazer a trouxa e ir ensinar escada rolante no Instituto. Chuck é esperto. Tendo-se em vista o inegável cunho machista da Corporação e o tratamento preferencial dado à inspeção de elevadores, é preciso ser dono de uma personalidade muito peculiar para querer se especializar em escadas rolantes, o mais reles dos meios de transporte, no totem hierárquico. A segurança das escadas rolantes nunca recebeu o merecido respeito, talvez porque inspecionar essas criaturas circulares seja tão monótono que só uns poucos possuem retidão de espírito e coragem para enfrentar a vertigem, virtudes imprescindíveis a quem se dispõe a passar o dia inteiro encarando uma cascata de dentes. Mas Chuck é capaz de conviver com a obscuridade, o desrespeito e as enxaquecas ocasionais. Especialização significa segurança no emprego e há uma escassez de professores de escada rolante nos institutos em nível nacional, de modo que ele acredita que a colocação de professor vai ser barbada. E, uma vez instalado, na mira da estabilidade, poderá largar das escadas rolantes e ensinar o que lhe apraz. Provavelmente até já está com seu curso ideal guardado no bolso neste exato instante, rabiscado num guardanapo de papel. Um curso abrangente sobre a história dos elevadores hidráulicos, por exemplo — Chuck é louco por hidráulica, desde a monstruosidade de ação direta construída por Edoux, em 1867, até os mais recentes rumores acerca dos híbridos planejados pelos laboratórios da Arbo para a linha de outono do próximo ano. Ou elevadores hipotéticos; é quase certo que o estudo de elevadores hipotéticos voltará a entrar na moda, agora que o furor esmoreceu um pouco. Chuck garantiu a Lila Mae que, mesmo sendo um empirista convicto, vai oferecer os contra-argumentos dos intuicionistas sempre que necessário. Seus alunos deverão se familiarizar com todo o conjunto do conhecimento sobre elevadores, não apenas com os cânones. Chuck acha que seu futuro na Corporação está garantido. Por enquanto, entram por um ouvido e saem pelo outro todas as piadas de "piloto de degrau".

No momento, porém, nada de piadas ou quaisquer outras formas de cutucadas gentis ou nem tanto: Chuck foi mais ou menos aceito pelos outros integrantes do Departamento, depois de um breve período imperceptível de nebulosidade (imperceptível para os Novos Caras feito Chuck e para os eternos forasteiros feito Lila Mae, porque a coisa toda funciona por meio de códigos, palavras secretas e gestos airosos de mão que só os membros reconhecem; na verdade os outros nem reparam), e, além do mais, essa noite está todo mundo em volta do rádio, escutando a entrevista coletiva. A grande notícia. Tendo se esgueirado da garagem e caminhado até o bar do O'Connor com tanta hesitação que alguém que a observasse teria imaginado que descobrira as próprias pernas naquela manhã mesmo, Lila Mae não se surpreende ao encontrar os colegas ouvindo o rádio descrever um evento ocorrido coisa de meros cem metros adiante. Eles poderiam perfeitamente ter ido se juntar aos jornalistas em frente ao QG, mas isso seria direto demais. A viagem é tudo para os inspetores de elevador — os solavancos e trancos, não as banalidades da partida e do destino — e se as ondas de rádio têm primeiro de percorrer a distância que separa os microfones dos repórteres do receptor no topo do prédio da WCAM, demorar-se por ali alguns instantes para só então retornar (quase) ao humilde local onde nasceram, tanto melhor. As sinuosidades intrínsecas da inspeção apaziguam certos rincões mais empoeirados da sua mentalidade e da mentalidade dos colegas, a região mesma, aliás, onde residem os déficits fundamentais do caráter. Ninguém está disposto de fato a investigar essas paragens, ou preparado para admiti-las, ou comentar a respeito; fazê-lo seria chegar decerto a revelações instrutivas, mas sem dúvida devastadoras, acerca de seus empregos e acerca de si mesmos. São assim importantes. Sério. O primeiro a sugerir que fossem até o O'Connor para ouvir Chancre e o prefeito, aquele que facilitou para eles se justificarem em relação ao conjunto sempre crescente de faltas e de rodeios, com certeza vai beber de graça a noite inteira.

O turno da noite e o do dia estão firmemente debruçados em semicírculo em volta do rádio do O'Connor, entronizado atrás do bar, debaixo de um trevo cor de esmeralda de néon. Ela localiza o cabelo ruivo de Chuck, misturado à matilha. Os lobos estão concentrados nos sons. No rádio, o prefeito diz que nós vamos até o fundo no assunto, puniremos os culpados e lançaremos uma investigação em grande escala sobre o terrível acidente no prédio Fanny Briggs, dedicado a uma das filhas mais eminentes do país.

"O senhor acha que um grupo ou grupos resistentes ao progresso dos pretos possam ser os responsáveis?", pergunta um repórter ao prefeito, com murmúrios enfurecidos da parte do O'Connor. Todo mundo pensa, como aliás devia, em relação aos distúrbios do verão anterior, como foi estranho viver numa metrópole como essa (magníficos trens elevados, cinco jornais diários, dois estádios de beisebol) e ter medo de sair de casa. Com que rapidez as coisas caem numa desordem medieval.

"Por enquanto ainda estamos hesitantes em especular quem possa ter sido ou não o responsável", diz o prefeito. "Não queremos inflamar os ânimos ou incitar os instintos mais bestiais. Eu estava presente no local e tudo que sei é que houve um grande barulho, um estrondo muito forte, muita confusão, e eu percebi que alguma coisa terrível acontecera no Memorial Fanny Briggs. No momento, estamos nos concentrando nos fatos que temos à disposição, tais como os registros de inspeção. Mas eu prefiro passar essas perguntas para o presidente do Departamento de Inspeção de Elevadores, o senhor Chancre. Senhor Chancre?"

Desnecessário dizer que Lila Mae não é freqüentadora assídua do O'Connor: vai lá apenas nas noites em que o Departamento joga boliche, quando só tem ela, Chuck e os alcoólatras da casa, que não representam ameaça nenhuma, exceto aos chãos limpos. Porque o pai lhe ensinou que os brancos podem se virar contra você a qualquer momento. Teme por sua vida no O'Connor porque acredita que uma cadeira arrastada de chofre ou a intensidade súbita de uma voz contêm potencial para briga. Nas poucas ocasiões em que esteve no O'Connor, durante a transmissão de um jogo de beisebol ou de uma luta de boxe, cada brado provocara nela uma reação imediata — procurar em volta uma arma improvisada. Para piorar as coisas, o garçom atrás do balcão toca um sino de bronze sempre que algum freguês não dá gorjeta; toda vez ela tem um sobressalto. Com esse barulho e com o da pistola de competição que eles disparam para acalmar desavenças e atritos, uma discussão acalorada, por exemplo, em torno dos méritos e das desvantagens da dispersão de calor no sistema de freios dos elevadores United, digamos. Eles podem se tornar ferozes a qualquer momento; esse é o verdadeiro resultado da integração: a substituição da violência certa por um adiamento da violência certa. Sua posição é precária no escritório, ela sabe disso, e no bar do O'Connor também; é uma turista perdida em meio a vogais pesadas, mapas grosseiros de lares ancestrais, insígnias de família de clãs quase extintos. Sua posição aliás é precária onde quer que esteja nessa cidade, mas está bem treinada para se manter invisível em meio à onipresença da metrópole, tal qual os hidrantes e as manchas pretas de chiclete emplastradas nas calçadas. Entre as armas improvisadas incluem-se sapatos, chaves e garrafas quebradas. E tacos de bilhar, se houver algum disponível.

"Aposto dez dólares como o Chancre vai fazer um discurso de campanha."

"Aposta para otário."

O perigo hoje é maior. Imagine da seguinte forma: Tudo que é conhecido agora está diferente.

"Dessa vez ela pisou na bola."

"Ela e o resto daquela turma."

"Chancre vai ganhar fácil."

Tudo bem que Lila Mae não entra numa briga desde a terceira série, quando uma menina loira com dentes eqüinos lhe perguntou: *Por que preto tem cabelo crespo?*.

"É isso que acontece quando você deixa entrar anomalias e desajustados na Corporação."

"Cala a boca... eu quero ouvir o cara."

A primeira coisa que um preto faz ao entrar num bar de brancos é procurar seus semelhantes. Só existe um único outro preto, além de Lila Mae, que se aventura a passar pelo bruxo de dentes arreganhados que fica na porta do O'Connor, e esse alguém é Pompey, que está ali com os cotovelos fincados no balcão, tomando goles delicados de uísque, como se fosse o chá do califa, os punhos da camisa meio palmo para fora das mangas triste e comicamente curtas do paletó. O cara que serve no bar tira os copos vazios com a impaciência de ponteiros de relógio, de modo que não dá para calcular a margem de segurança. Para Lila Mae, não para Pompey. Aquele homem nunca machucaria Pompey, o pequeno Pompey, que com certeza estaria agora cavalgando alguma égua manca nas pistas do hipódromo se não tivesse encontrado sua ilustre vocação. (Ou sido encontrado por ela, já que existe uma resignação quase que fatal na atitude dos inspetores em relação ao trabalho que fazem.) Eis aqui uma história sobre Pompey, que ou é verdade ou não é: não importa. Uma vez, George Holt, o antecessor de Chancre, chamou Pompey a seu gabinete, quase na hora da saída. O gabinete da presidência da Corporação fica no andar executivo, acima do Fosso, e uma vez que as reprimendas e avisos de dispensa chegam em envelopes de circulação interna do Departamento, qualquer convite para ir lá em cima é universalmente considerado como presságio de sorte grande. Promoções, alocação de prédios de categoria, chaves de viaturas melhores. De novo: Pompey, o primeiro preto a chegar a inspetor de elevador na cidade, é convocado até a sala de Holt pela primeira vez, depois de quatro anos de trabalho de rua. A dificuldade de todos os "primeiros" pretos é bem documentada, ou no mínimo facilmente imaginável, e não é preciso elaborar o assunto, a não ser para dizer que Pompey já comera o pão que o diabo amassou. Quando Holt o chamou lá em cima, Pompey acreditou que, graças a sua natureza espantosamente servil, que aliás atingira píncaros extraordinários a serviço do Departamento, finalmente receberia alguma coisa em troca. Holt nunca lhe havia dirigido a palavra e Pompey achou-o assaz amistoso. Ofereceu-lhe um charuto, cujo perfume conhecia tão bem dos cantos e recessos onde o cheiro se agarrava, ao acaso, marcando os lugares que o chefe percorrera e investigara, um lembrete acre da autoridade: incorpóreo, invisível, por toda parte. Pompey passou a língua de leve pelo interior das bochechas com o intuito de se empanturrar com os resíduos daquele vago aroma de canela, fiapos da estima de Holt. Ele esperava confidências; Holt lhe disse que ia lhe dar um chute na bunda. Pompey riu (iria levar um certo tempo até se acostumar com esse humor de executivo) e levou a piada adiante, mesmo depois que Holt lhe disse para se curvar. Ele o fez. Pompey continuou dando risada até que Holt lhe deu um chute na nádega esquerda, com a ponta afiada de um de seus sapatos bordô de bico fino (o ângulo de visão de Pompey impediu-o de precisar qual sapato). Depois Holt lhe disse para sair. No dia seguinte, um pequeno memorando apareceu na mesa de Pompey, informando-o de sua promoção para Inspetor de Segundo Grau. Verdade: Holt não mandou que primeiro ele lhe engraxasse o sapato. E ele ainda ficou com o charuto.

    Lila Mae nunca tinha ouvido essa história até Chuck lhe contar. Longe de explicar a atitude de Pompey em relação a ela, o caso só obscurecia ainda mais a questão. Por acaso Pompey se ressentiria de Lila Mae ter-lhes oferecido um símbolo mais exótico, diluindo assim o ódio que sentiam por ele, o ódio que se calcificara com o correr do tempo em algo que acabara sendo apreciado e saboreado como amizade; ou seriam seus olhares altivos e seu desapreço acintoso uma forma de avisá-la dos perigos de se tornar como ele e, portanto, um aspecto do amor racial? Pompey diz agora: "Bem feito para ela, está plantando o que colheu", e Harry Halitose lhe dá um tapa nas costas, de pleno acordo. Ninguém a viu ainda, exceto o barman, que é profissional demais para comentar qualquer coisa. Ela não está se escondendo, exatamente, mas grande parte de seu corpo acha-se oculto por trás de um pilar convenientemente situado entre a porta e o bando em volta do rádio. O mesmo bruxo esgazeado que fica na porta do O'Connor bruxuleia em triplicata no pilar. Ou talvez ela esteja se escondendo. Não tem certeza. Não sabe como chamar a atenção de Chuck. Ele se manteve calado durante o processo todo. Um de seus colegas deixa escapar um gorjeado berro de rebeldia diante de alguma coisa que Chancre acaba de dizer.

"É verdade que a inspetora é uma intuicionista?", pergunta um repórter.

"Sim, a inspetora do Fanny Briggs, de nome Lila Mae Watson, é uma intuicionista. Reluto muito em transformar esse terrível incidente numa questão política, mas estou certo de que a maioria de vocês está ciente de que meu adversário na eleição para a presidência da Corporação também é um intuicionista."

Lila Mae percebe que o tempo que perdeu pensando em como atravessar o bar teria sido mais bem empregado ouvindo o rádio, ou simplesmente indo até Chuck e arrancando-o do bando. Isso os teria surpreendido. Mas continuaria sabendo tanto quanto sabia ao entrar.

"O senhor acha que os métodos do intuicionismo, que já foram qualificados pelo senhor como 'heréticos e puro vodu', podem ter desempenhado um papel na queda de hoje?"

"Neste exato momento o pessoal da Seção de Assuntos Internos está examinando a possibilidade. Temos uma cópia do relatório de inspeção do prédio e, acreditem-me, estamos esmiuçando e considerando todas as possibilidades. Senhores, são justamente ocorrências como esta que eu venho tentando erradicar, nos meus quatro anos como presidente da Corporação, e não creio estar sendo imodesto quando lhes digo que acho que cumpri muito bem a missão. As viaturas de nosso Departamento estão mais brilhantes do que nunca e o moral nunca esteve tão alto. É quase assustador. Às vezes as pessoas me perguntam como consegui fazer deste Departamento a jóia da coroa, a pérola dos serviços municipais. E eu lhes digo que às vezes os velhos métodos são os melhores métodos. Para que dar bola para os arrogantes e novidadeiros quando o empirismo tem sido sempre a luz condutora da razão? Assim como o foi na época de nossos pais e dos pais de nossos pais. O incidente de hoje é justamente o tipo de acontecimento infeliz que pode ocorrer quando nos curvamos à última moda vinda de fora. Nós vamos até o fundo disto, senhores, dou-lhes minha palavra."

Passa pela cabeça de Lila Mae que ela não tem nenhum álibi, assim como os infelizes anônimos na beira dos viadutos. Ninguém sabe quem são.

Não que a vida de Lila Mae não pudesse se beneficiar com um pouco mais de emoção, como os dois sujeitos que no momento vasculham seu apartamento vão descobrindo aos poucos, ao revirar seus badulaques e pertences. Jim está de joelhos no armário, enfiando os dedos roliços dentro dos sapatos e testando os saltos para ver se descobre algum esconderijo secreto. Lila Mae tem um velho par de tênis, ainda dos primeiros tempos, quando passava horas em marcha cerrada de um prédio a outro. Toda vez que chegava aos limites da cidade e via o marrom revolto dos rios mais adiante, fazia meia-volta e regressava para os prédios, cada vez indo mais fundo. Nunca experimentara um anonimato como aquele: como se o lugar estimulasse enzimas formadoras de uma carapaça. As caminhadas foram deixadas de lado cerca de um ano atrás. Agora fica sentada. Os sapatos restantes são todos do uniforme regulamentar do serviço, engraxados com obsessão, na esteira da cruzada de Chancre em prol da melhoria da imagem. São cinco pares, um para cada dia da semana. Falta o par da sexta-feira.

Jim já deu busca em cada um dos bolsos das roupas, fuçou em cada costura. Encontrar é seu mote. Jim é o mais óbvio da dupla, sempre fiel às ordens específicas do dia. A de hoje é "consiga provas". John é o de inclinações filosóficas, dado a ficar cismando diante da janela do sótão da casa onde mora com os pais. A continuar ali pensativo, mesmo depois que Louisa, sua vizinha do lado, termina de se trocar e apaga a luz. John precisa de modelos e pena um bocado para encontrá-los, mesmo quando as circunstâncias o traem. Porque tem de haver um modelo, a experiência é recorrente, e se o modelo ainda não se anunciou, há de fazê-lo, eloqüente e enfático, mas de maneira suave. John continua em busca de uma relação entre a perda da virgindade (comprada) e uma torção no tornozelo (acidental) exatamente três anos depois, ou quase. Tem certeza de que virá, aguarda apenas um novo item na série ou uma nova perspectiva na já existente. Não importa. No momento, satisfaz-se com uma avaliação das roupas de Lila Mae, que roçam de leve as costas encurvadas de Jim. Muito pouca coisa esporte, e o pouco que há, propenso à paleta de outono: marrom úmido, ferrugem, cinza quebradiço. Seus quatro ternos escuros (de novo, falta um) são idênticos, descrevendo, na opinião de John, uma afinidade patológica com a regularidade, com o constante e verdadeiro. Uma tentativa de se enquadrar que inevitavelmente chama atenção sobre si mesma. A pacificar o esquema social de John, há o fato de Lila Mae ser preta. Jim e John são brancos e, graças aos caprichos da distribuição estatística, cidadãos médios deste país. Contrário à constante universal de parceiros, Jim e John não são um alto, outro baixo, um gordo, outro magro, sobressaindo-se em cômica dessemelhança. São parecidos e parecem-se a um grande número de outras pessoas. A irmandade a que pertencem congestiona os arquivos policiais de delinqüentes fichados; eles se atiram sobre a última caixa de sucrilhos do armazém para evitar que o próximo freguês tenha chance de comprá-lo, e olhe que eles nem são fãs de sucrilhos. Os bancos estão cheios deles, os cinemas, os transportes públicos. O zé-povinho invisível, os verdadeiros cidadãos. Lila Mae tem muito poucos amigos neste mundo. Jim e John são o resto. Chumaços de cabelo castanho opaco, queixo pontudo, pele fácil de exibir o vermelho do sangue. Devoradores de carne, loucos por gordura, gente que arrota. (O Departamento de Inspeção de Elevadores está inundado de homens assim, mas que ninguém se deixe enganar por esse viés metódico deles, no seu comportamento oficioso: esses caras não são do Departamento.) Cachorro-quente com mostarda é a refeição favorita de Jim, sendo que a mostarda constitui um elemento próprio da refeição e não apenas um condimento. John gosta de hambúrguer com ketchup — diferenças refinadas não lhe escapam nunca, John é do tipo que se orgulha de saber das coisas. Com respeito à tarefa do momento, a coisa é que eles não encontraram o que estavam procurando.

Dois cômodos: um principal, com espaço suficiente para evitar que Lila Mae tropece em si mesma, e um cubículo menor que mal acomoda uma cama e uma cômoda. Uma planta, um cofrinho, uma pêra de plástico. As poucas posses mantêm-se retiradas em seus poleiros, em parapeitos e mesas, confiantes em que suas fileiras não vão aumentar e que a disputa pelas atenções de Lila Mae (ou falta dela) permanecerá como vem sendo já há algum tempo. O que mais surpreende John é o aspecto estudado daquele domicílio. Ela está tentando convencer outras pessoas de que vive ali, mas a impressão que dá é a de um mudar-se vagaroso, peça por peça. Nada tilinta no porquinho.

"Este lugar deve receber muita luz", diz John. Do lado de fora da janela de Lila Mae, uma lâmpada vermelha no topo de uma torre de rádio pisca lenta como um lagarto.

"Um bocado de luz", Jim responde.

"Quanto acha que ela paga por este apartamento?"

"Eu não moraria neste bairro nem que me pagassem", Jim diz sem remorsos.

A população do bairro é como as marés, recua e avança segundo exige a cidade. Muito tempo antes, um ricaço cismou de erguer um monumento a si mesmo, um metrô que atravessaria a cidade, até mesmo bairros como esse, que nem bairros eram ainda e sim roças teimosas, salpicadas de casas de madeira de cidadãos otimistas. Chiqueiros e cabras. Para justificar o metrô e o intento romântico do homem rico, os especuladores ergueram alguns conjuntos habitacionais, horrendos e resistentes, e direcionaram as pesquisas dos imigrantes para o norte, para o novo território. O metrô acabou se justificando e os especuladores fizeram um bom dinheiro — agora havia um destino, o porto descarregava centenas todos os dias e eles tinham de morar em alguma parte. O bairro batizou-se sozinho, criou uma personagem: otimista, tateante, penhorada ao novo grande país do qual era apenas uma pequena parte insignificante. Aí apareceram os pretos e sonharam com o norte também. Tinham ouvido dizer alguma coisa e acreditaram. Uma a uma, as luzes nas janelas dos apartamentos polacos e russos se extinguiram e, quando as janelas se iluminaram de novo, era uma luz preta que queimava lá dentro. O bairro manteve o antigo nome, mas com significado diverso. É certo que uns poucos polacos e russos continuaram administrando armazéns e açougues, de vez em quando vendendo fiado; mas ninguém tinha a menor dúvida de que o novo significado do bairro era o que contava, porque os polacos e russos apagavam as luzes das lojas ao entardecer e voltavam correndo nos metrôs para seus novos bairros. E o bairro está mudando mais uma vez. Seu significado perde um pouco de nitidez nas bordas, agora que os brancos regressaram, obedecendo às regras da densidade excessiva e dos aluguéis abusivos. Somente os corretores de imóveis, cientes de que esse significado é elástico, conhecem de fato os limites do bairro e são eles que modulam os lances de venda, que dizem aos clientes que não estão se mudando para um bairro preto e sim para as cercanias do bairro branco. Nada disso impressiona Jim, que não se mudaria para lá nem que lhe pagassem.

Não há elevador no prédio de Lila Mae. Há dois quadros nas paredes da moradia soturna, paisagens amadoras feitas com aquarela. Como a arte pendurada nos motéis: encaixa-se à atmosfera geral do apartamento. John pega a única fotografia existente, que repousa na ponta da mesa de canto, pegada ao sofá sinistro. Bem nesse momento, Lila Mae encontra-se a alguns quarteirões apenas dali, mas quando o pai tirou o retrato, dez anos antes, ela estava no alpendre de sua casa de infância, com a mãe, magricela e calada. A luz desnuda e a triste letargia da cena dizem que é final de verão: os meses frios estão a caminho. Lila Mae parece não se importar com isso. Seu rosto é essencialmente o de uma pessoa triste, voltado para dentro, em declive, um rosto que arrasta os incautos pelas ladeiras de sua melancolia. Alguma coisa nos ossos, e herdada, John decide, depois de avaliar a mãe. Os filhos estão fadados a reiterar os erros de fisionomia dos pais, como se surpreendidos pelas armadilhas das pragas que marcam as gerações, à espera de atos incognoscíveis de expiação. Os pais de Jim são obviamente parentes próximos e, se você lhe perguntar, ele não negará esse fato.

Num determinado momento, ela teve um passarinho, mas ele morreu.

John repara que Jim está esfregando o queixo. "O dente está doendo ainda?"

Jim faz que sim, solene.

"Acho melhor ir ao dentista amanhã", John aconselha. "Para que sentir dor, se você não precisa?"

John descobre os livros de Lila Mae numa pilha em forma de zigurate, debaixo da mesa de canto. São todos de trabalho, os textos-padrão: *Uma introdução aos contrapesos* de Zither, *Elisha Otis: o homem e seu tempo* e por aí afora. Ela tem todos os livros de Fulton, desde o inovador *Rumo a um sistema de transporte vertical* até as partes mais blasfemas de sua obra, *Elevadores teóricos*, volumes um e dois. Até o presente momento, as informações ali contidas têm se mostrado corretas, como sempre.

"Parece do tipo altamente qualificada", conclui John, folheando o *Guia de segurança do elevador* atrás de papéis que a incriminem.

"Você sempre diz isso."

"Ela tem todos os livros certos."

"Você sempre diz isso."

Jim e John são saqueadores ordeiros. Quando seus investigados voltam para casa, são acometidos apenas por uma sensação muito vaga de perda, uma perplexidade incômoda, e, diante de tantas outras causas possíveis para esse sentimento de perda, poucos são os que desconfiam de que dois homens estiveram ali, fuçando suas coisas. John considera-se uma engrenagem crucial dos mecanismos da cidade, um *poltergeist* freelance da inquietude metropolitana. Os patrões de Jim e John têm orgulho dos dois e, quando entregarem o relatório das atividades da noite, não serão repreendidos pelo fracasso. A organização para a qual trabalham pode se dar ao luxo de perdoar, contanto que esse perdão fique registrado e classificado, assim como o absenteísmo, o roubo de lápis e os danos por fogo (acidente, fraude de seguro) e, no fim de cada trimestre, os números coincidam.

O que Jim e John não viram foi o cofre por trás da aquarela sombria mostrando fardos de feno. Onde ela guarda todas as coisas importantes. Talvez John acabasse encontrando o cofre, se Lila Mae não tivesse perturbado a busca. Ela leva alguns instantes para perceber que o motivo de não conseguir destrancar a porta é ela já estar destrancada. Jim e John não aproveitam o tempo que Lila Mae leva tentando girar a chave na fechadura para escapar pela saída de incêndio, esconder-se no armário ou então puxar a arma e escarrapachar-se no sofá naquela pose elaborada de você-está-na-nossa-mira. Não, eles continuam a fuçar o lugar e é assim que Lila Mae os encontra, John examinando uma pilha de recibos tirados da gaveta intermediária da esquerda daquele anexo triste que atende pelo nome de cozinha — nunca se sabe que anotações estarão codificadas em frases aparentemente inócuas como "Armazém do Bob: o melhor lugar para suas compras" ou nas colunas numéricas de "preços" e "impostos" — e Jim passando o dedo na conserva de pêssego que Lila Mae ganhou no último Natal da irmã da mãe, à procura de pequenos tesouros tais como a chavinha de um depósito de bagagem de rodoviária e microfilmes, microfilmes que Jim jamais encontrou em nenhuma de suas buscas em tantos apartamentos, mas que um dia há de encontrar, ele tem certeza disso. É assim que Lila Mae os encontra, John espiando, um olhão imenso, com a ajuda de uma lente de aumento, e Jim lambendo os dedos. Tendo-se em vista a extraordinária investida da linguagem obscena na conversação cotidiana hoje em dia, seria de esperar alguns epítetos coloridos nas frases dirigidas por Lila Mae aos dois estranhos que fuçam em seu apartamento. Mas é John quem fala primeiro. Ele diz: "Quer dizer então que é a moça".

O contrapeso, colocado em operação em virtude do acidente, dispara pelas alturas do poço, raivoso com a nova velocidade.

Somente Chuck poderia dizer com toda certeza se é sua bexiga congenitamente fraca (as histórias de família falam de três tias e um primo com o mesmo problema) ou se é sua repulsa pela politicagem despudorada de Chancre que o leva a levantar-se da banqueta estofada de couro e caminhar até o tenebroso banheiro do O'Connor. Chancre continua transformando o acidente do dia em um sólido discurso em torno das façanhas conseguidas nos quatro anos de presidência da Corporação — e portanto do Departamento. As eleições estão muito próximas e Chuck (um homem esperto, mas não capaz de fazer prognósticos a respeito do assunto) conhece o jogo de Chancre. Essa entrevista coletiva à imprensa permite que ele alcance os ouvidos de integrantes da Corporação de Inspetores de Elevador que não trabalham mais para a prefeitura, os "inativos" que se aposentaram da solidão da vida de campo, que se isolaram por trás dos doutos portões do Instituto de Transporte Vertical ou entraram para o setor privado, dando consultoria aos bobalhões da United, American e Arbo sobre o que são os elevadores de fato, sobre os segredos que os poços têm para contar àqueles que sabem como ouvir. Verdade que os homens de campo estão ao lado de Chancre, são quase todos empiristas, ele não é nenhum bobo, mas os inativos são um bando volúvel, propenso a posições estapafúrdias, apartidárias. E eles votam. Qualquer um que seja integrante da CIE vota a cada quatro anos para escolher seu novo presidente, e o presidente da Corporação automaticamente se torna diretor do Departamento de Inspeção de Elevadores (e escadas rolantes, acrescenta Chuck) do município. Chuck ainda não sabe como a Corporação e a prefeitura chegaram a esse acordo, e quando pergunta a um dos Bodes Velhos qualquer coisa a respeito, eles mudam de assunto e parecem nervosos. Chuck não conseguiu encontrar nada por escrito, nem mesmo nos arquivos mortos do Instituto, nem um único precedente, mas seja lá como for: os membros da Corporação elegem seu presidente e o presidente fica com um belo emprego público. Chuck supõe que, se um deles perdesse a reeleição, poderia, em tese, recusar-se a sair e continuar como diretor do Departamento, mas isso nunca ocorreu. Chuck até consegue ver Chancre fazendo algo parecido, recusando-se a sair, e, a caminho do pequeno recesso em frente aos banheiros do O'Connor, pergunta-se o que aconteceria no caso.

Ela o puxa para o banheiro feminino antes que ele saiba o que aconteceu. O banheiro feminino do O'Connor foi projetado para acomodar uma pessoa. Com duas, fica aconchegante, com três, escandaloso, mas é esse o número que existe ali, agora: Chuck, Lila Mae e Annie Bocó. Annie Bocó, aquela da fisionomia compenetrada, está desmaiada na privada, como costuma estar nessa hora do dia. Única alcoólatra do sexo feminino a freqüentar o O'Connor, Annie Bocó tem um horário puxado e precisa desses momentos para descansar e fazer frente à longa etapa final da bebedeira diária. Ela não dá a impressão de estar desmaiada, é mais como se estivesse possuída por uma estranha felicidade, quase como se... Lila Mae já conferiu o pulso dela, só para se garantir. Fora uma corrida curtinha de seu esconderijo precário no bar até os banheiros; começou ao ver Chuck levantar-se e já estava no outro canto antes mesmo que ele tivesse escapado do bando. Em nome da decência, Lila Mae fechou as pernas de Annie Bocó, diminuindo um pouco a generosidade arejada.

Chuck sente-se igualmente perturbado com três coisas: a facilidade do seqüestro, um insulto a seu senso de vigilância; a estranheza de se ver num banheiro de mulheres, algo que lhe traz à mente um instantâneo perturbador da mãe agachada; e a certeza de que Lila Mae vai arrastá-lo nesse assunto deplorável do prédio Fanny Briggs. "Lila Mae", ele diz, "acho que isso não é muito apropriado." Ele sente a pia molhada umedecer a parte de trás das coxas.

"Desculpe o mau jeito", ela responde, "mas preciso saber o que aconteceu hoje."

"Você ainda não foi lá em cima?"

"Eu queria me preparar."

No fim, é a semelhança de Annie Bocó com a mãe o que mais o perturba. Sente-se como um menino obsceno, parado ali de pé no cubículo fedorento com ela. Comparado com isso, falar com uma fugitiva da justiça departamental é fichinha. Ele ergue os olhos para as manchas amarelas de umidade no teto e diz a Lila Mae: "Um dos elevadores do Fanny Briggs caiu em queda livre, esta tarde. O prefeito estava mostrando o prédio para uns caras da embaixada francesa, para que eles pudessem ver como a grande cidade funciona, e pimba. Ele aperta o botão de chamada e pimba! A cabine despenca lá embaixo. Por sorte, não tinha ninguém dentro".

Pela primeira vez, ocorre a Lila Mae que alguém poderia ter se machucado. "Isso é impossível. Queda livre total é uma impossibilidade física." Ela sacode a cabeça.

"Foi o que aconteceu", Chuck repete. Ele continua olhando para o teto. Os dois escutam alguns dos colegas berrando do outro lado da porta. "Quarenta andares."

"Qual deles?"

"O Número Onze, acho."

Ela se lembra do Número Onze muito bem. Um pouco tímido, mas isso é normal, para uma nova cabine. "Todo o conjunto de elevadores está equipado com os novos dispositivos antitravamento da Arbo", Lila Mae argumenta. "E mais todas as peças regulamentares. Eu mesma inspecionei tudo."

"Você viu as peças", Chuck pergunta, hesitante, "ou apenas as intuiu?"

Lila Mae ignora a calúnia. "Eu fiz meu trabalho."

"Talvez tenha escapado algo."

"Fiz meu trabalho." Lila Mae escuta a própria voz subindo de volume: mantenha a calma, pensa. "O que o Chancre está dizendo?"

"Está no gabinete com o prefeito desde que aconteceu", diz Chuck, tentando ser útil. "De modo que eu não sei qual é a história oficial, mas já deu para sacar pelo discurso. Ele está transformando a coisa toda em política, porque você é uma intuicionista. E preta, mas sobre isso ele está dando uma de esperto."

"Essa parte eu ouvi."

"Assuntos Internos está te procurando."

"O que os caras estão dizendo?"

"O que você acha?", Annie Bocó geme e Chuck estremece.

"Queda livre total? Tem certeza? Não tem como. Os cabos, para começar."

"Tenho, tenho certeza", diz ele. "Lila Mae, eu acho que o melhor mesmo seria você dar um pulo lá em cima e conversar com o pessoal de Assuntos Internos. Mesmo que tenha deixado escapar alguma coisa, por mais que você não queira admitir a hipótese, o quanto antes você falar com eles, melhor será. Eles são justos. Você sabe disso."

"Esse seria o procedimento-padrão", Lila Mae diz, quase que para si mesma. "Mas esse não foi um acidente-padrão."

"O melhor é você dar um pulo lá em cima, eu estou lhe dizendo. Numa situação dessas, não há mais nada a fazer."

"Chuck, olhe para mim." Ela está decidida. "Você não me viu, certo?"

"Isso é ridículo."

"Diga-me que não me viu."

"Eu não vi você."

Um dos efeitos colaterais para quem decide apagar alguém de sua vida é que, às vezes, a pessoa acaba apagando o desafeto numa hora não muito propícia. Os colegas de Lila Mae do Departamento de Inspeção de Elevadores teriam achado delicioso pegá-la saindo do banheiro, teriam tido a chance de usufruir de alguns instantes de xingamentos furiosos e vaias sonoras. Mas ninguém vê Lila Mae quando ela sai do O'Connor; pior para eles. Os repórteres diante do quartel-general estão se dispersando pela calçada, feito folhas secas ao vento. A região central da cidade está se esvaziando. Ninguém mora ali.

Lila Mae decidiu ir para casa. Precisa de uma noite para repassar o que houve exatamente no Memorial Fanny Briggs. Poderá fingir que não soube de nada até o dia seguinte. Plausível. E ela tem jeito para contar mentiras. Está na plataforma do metrô quando se lembra do operador. Craig lhe disse que teria de se apresentar ao QG. O trem chega: dirá que pensou se tratar de algum documento que poderia muito bem esperar até segunda-feira. A mentira talvez lhe causasse algum probleminha com o pessoal da AI, mas não era implausível de todo.

Mesmo que não acreditem nela, não poderão puni-la a menos que tenha sido negligente e Lila Mae não permitirá a possibilidade de ter sido negligente. É impossível. Quando Annie Bocó se livrar do estupor, lembrar-se-á de um sonho estranho sobre elevadores e quedas e atribuirá tudo a ter caído da privada, o que vai ocorrer daqui a uma hora mais ou menos.

Excerto de *Elevadores teóricos*, Volume Um, de James Fulton:

"*Não sabemos o que virá a seguir. Se por acaso pegássemos um bárbaro e o puséssemos, de tanga e tudo, diante de nossas magníficas cidades, o que sentiria ele? Sentiria um duplo medo: medo de sua impotência perante nossos excessos arquitetônicos e o nosso medo, que impulsiona os excessos arquitetônicos. O medo da imperfeição. Nós não precisamos de cidades e prédios; é o medo do escuro que nos obriga a erigi-los instintivamente, qual insetos. A perspectiva é o peão da relatividade. Assim como o bárbaro ficaria estatelado mirando nossas cidades e prédios, com medo e incompreensão, da mesma forma nós olharemos as nossas futuras cidades e futuros prédios. O novo prédio será ovóide, piramidal? O novo elevador será uma bolha ou terá a forma de uma concha, viajando tanto para fora quanto para dentro de si mesmo...*

Tome-se a capacidade. O elevador residencial-padrão foi projetado para acomodar doze passageiros, todos eles presumivelmente de peso e formato médios. Essa é a Falácia do Ocupante. Esse número não leva em conta nem o morbidamente obeso, nem uma convenção de homens magros e a necessidade de transporte rápido para esta convenção de homens magros. Conformamo-nos aos objetos, capitulamos diante deles. Precisamos inverter esse estado de coisas. É o fracasso que conduz a evolução. A perfeição não oferece nenhum incentivo para melhorias e nada é perfeito. Nada do que criamos funciona como deveria. O carro esquenta demais na estrada, o abridor de latas elétrico não consegue abrir a lata. Precisamos tomar conta de nossos objetos e tratá-los como bebês. Nossos elevadores são frágeis. Costumam se resfriar facilmente, são esquecidos. Nossos elevadores deveriam variar de tamanho e altura, ser escamoteáveis, infensos a arranhões, autolimpantes, ter uma boca. Uma convenção de homens magros pode acontecer a qualquer momento; na verdade, acontece o tempo todo...".

O que mais podia ter dito? A declaração é amigável, familiar, a entonação jovial, a fisionomia do homem tão banal, tão descomplicada, tão semelhante ao país, que Lila Mae quase acha que o conhece. Quando ele diz: "Quer dizer então que é a moça?", tudo o que lhe ocorre responder é: "Suponho que sim". Pausa. Jim balança a cabeça, sabedor das coisas.

"Que diabos estão fazendo no meu apartamento?", Lila Mae quer saber.

"O que acha que estamos fazendo?", John responde. "Estamos dando busca na sua casa, à procura de provas."

Pausa. De novo, Jim balança a cabeça, sabedor das coisas. Na verdade, é mais uma reação involuntária a ter sido pego com a boca na botija, apesar do comportamento impecável de John.

"Assuntos Internos não tem essa autoridade toda", Lila Mae diz, ríspida, "tenha eu me apresentado ou não depois do expediente. Saiam já daqui." Nunca houve tanta gente no apartamento, até aquele momento.

Jim e John dão um passo na direção de Lila Mae. Um pulinho decente e a teriam nas mãos.

"Quer dizer que somos Assuntos Internos?", Jim pergunta. Os resíduos avermelhados da conserva de tia Sally reluzem em seu indicador direito.

"Isso... somos os vigilantes da Indústria de Inspeção de Elevadores", John confirma.

"Departamento", diz Jim. Ele lambe os restos da conserva do dedo.

"Do Departamento de Inspeção de Elevadores", Jim corrige. John se aproveita da distração de Jim para jogar a lente de aumento para o alto e pegá-la. Para assustá-la. Ele faz que vai avançar para cima dela, sorrindo torto, mas Lila Mae sufoca sua reação de fuga. Pois sim que vai parecer fraca. O jogo absurdo de palavras das duas visitas irrita-a, talvez até mais que a invasão de domicílio, seu único lugar seguro na vida. Havia passado um tempão tentando encontrar a disposição correta das coisas. Nunca recebe visitas, claro, mas existe sempre uma possibilidade remota. Claro. "Me mostrem alguma identidade. Agora."

"Vamos lhe mostrar nossas identidades já, já", Jim entoa.

"Isso é tudo por enquanto, senhores", uma voz atrás de Lila Mae diz. A voz é polida como um pedregulho de praia. Pertence a um homem baixote, vestido com um blazer azul impecável. Um pincenê, nos tempos de hoje, é isso que o homem limpa com um lenço, ao entrar no apartamento de Lila Mae, esfregando-o com diligência excessiva, considerando-se a improbabilidade de haver qualquer sujeira nas lentes. Move-se com os movimentos rápidos de um pombo, e seu braço esquerdo lembra uma asa, comprimida junto ao corpo como está, aninhando uma pasta de couro. Ele põe a mão sobre o ombro de Lila Mae e é aí que ela sente medo de fato. Não teve contato

com a pele, mas sabe que é fria. "Não há motivo algum para que incomodem a jovem", ele diz.
 Jim e John entreolham-se. Durante toda a história da parceria entre os dois, é Jim quem segue as dicas do companheiro, coisas como um entortar sutil da narina ou o vago tremor do joelho esquerdo. Jim não está lendo nenhum sinal em John, pela primeira vez. Nunca foram interrompidos, até então. É tão constrangedor.
 O estranho, esse último estranho, pergunta: "Sabem quem eu sou?", enquanto comprime o ombro de Lila Mae.
 John suspira e responde: "Conheço sua identidade, senhor Reed, e alguns poucos detalhes biográficos, mas será que posso dizer que sei quem o senhor é?".
 Jim está prestes a encenar a improvisação costumeira de apoio ao parceiro, uma variável dialógica do tipo: "Por acaso alguém pode dizer que conhece alguém?" ou então "No sentido bíblico?", mas Reed faz um gesto que o cala. Tanta besteira. Reed olha para Lila Mae pela primeira vez. "Senhorita Watson, por acaso convidou esses homens a sua casa?"
 Tudo agora está diferente, parece-lhe. Nada em seu apartamento parece ter sido mudado e no entanto está tudo diferente. É assim que se sente. Não parece que mora mais ali. Lila Mae inclina a cabeça para olhar para Reed, porque ele é um homem baixo, mais baixo que ela, e diz: "Não, não convidei". Ela não mora ali.
 "Se me permite a ousadia..." Reed começa. Tem olhos grandes e separados. Como os de um pombo. Lila Mae faz que sim. Reed olha de volta para Jim e John, dizendo: "Senhores, eu insisto para que saiam daqui agora mesmo".
 John sacode a rótula esquerda dentro da calça e Jim repõe o vidro de conserva na bancada da cozinha, enroscando a tampa enquanto isso. Mesmo tendo sido descoberto, o hábito lhe diz para não deixar rastros. "Agora mesmo", John repete

zombeteiro, tentando não se desmoralizar de todo, lançando mão da sua impertinência cara-de-pau, mas sem grande ânimo, mais para salvar as aparências.

"Agora mesmo", diz Jim.

Jim e John encaminham-se para a penumbra do corredor externo. Mantêm-se a uma distância segura dela e do minúsculo Reed. John pega na maçaneta e pergunta: "Quer que a porta fique aberta ou fechada?".

Reed olha para Lila Mae. "Aberta", diz ela.

Jim e John não trocam mais uma palavra até atingirem o andar de baixo e Lila Mae não distingue o que dizem. Ouve palavras, porém, e o som é um zumbido alto nos ouvidos, desproporcional ao volume real. Sente-se zonza mas esconde o fato. Não faz idéia de quem seja Reed. Até o momento, não passa de mais um branco emproado, em que pese seu agudo sentido de *timing* para estar na hora certa no lugar exato. "Senhor Reed, é isso?"

"Reed, correto. Sou secretário de Orville Lever. Ele me mandou buscá-la."

"Não preciso que ninguém me busque. Se bem que acho que deva agradecer por ter me ajudado agora há pouco." Lila Mae vai até o triste cubículo da cozinha e devolve o vidro de conserva à geladeira. Depois reflete um pouco e joga-o no lixo.

"O prazer foi meu, senhorita Watson. Permite?"

"Sente-se", oferece Lila Mae. Não tem outra escolha.

"Não sei se a senhorita se deu conta da situação dificílima em que está. O acidente de hoje tem repercussões muito sérias."

"Motivo pelo qual o candidato intuicionista à presidência da Corporação achou conveniente enviar alguém para cuidar de mim. Não preciso ser cuidada."

"Posso lhe fazer uma pergunta? Por que não se apresentou de volta ao Departamento, depois do turno?"

"Estava cansada."

"É um procedimento-padrão apresentar-se a seus superiores depois de um acidente, não é?"

"Eu não sabia que tinha havido um acidente, até ver as últimas edições no trem, voltando para casa."

"Acho melhor irmos andando, senhorita Watson. Eu não acho aconselhável ficar aqui esta noite."

"Eu moro aqui."

"E se eu não tivesse aparecido?"

"Eu teria me livrado deles."

"Meu carro está parado aí embaixo. A senhorita vistoriou o prédio Fanny Briggs, não é mesmo?"

"O senhor sabe que sim."

"Então o que saiu errado?"

Nada saiu errado.

"Está ciente, senhorita Watson, de que aqueles homens não pertencem a Assuntos Internos, pois não?"

"Estou."

"Então quem são eles?"

Nada.

"Já lhe ocorreu que foi pega numa cilada?"

O acidente é uma impossibilidade. Não foi um acidente.

Mesmo que Jim e John tivessem encontrado o cofre atrás do quadro, não se interessariam pelo conteúdo, a não ser para colorir o perfil psicológico do cobiçado tema de John para aquela noite. Um troféu de futebol do colegial (todo mundo do time ganhou um, até Lila Mae, que ficou no banco de reserva a temporada toda e só participou por causa da insistência da mãe para que fosse "mais sociável"). O anel de graduação (muito malfeito). Uma carta de amor de um garoto chato, o diploma do Instituto de Transporte Vertical e um trabalho sobre elevadores teóricos, que recebera um prêmio. Nada demais, na verdade.

* * *

O pai deixou-a na frente do lugar onde iria viver mas não desligou o motor. Lila Mae tirou as duas malas da traseira da picape. As malas eram novas, de um notável plástico verde. À prova de arranhões, supostamente. O pai só pudera comprá-las porque estavam, apesar das juras do fabricante, arranhadas — escalavradas, na verdade, como se um bicho as tivesse agarrado com as unhas para ensinar-lhes umas coisinhas sobre o orgulho. Marvin Watson tinha orgulho da filha. Ela estava fazendo o que jamais pudera fazer: estava estudando para ser uma inspetora de elevadores. Seu orgulho vinha chamuscado de vergonha com as circunstâncias. Havia muito sonhava com o dia de levar a única filha, seu sangue e sua carne, para a faculdade; e lá estava ela. Mas ele não saiu da picape nem olhou para o prédio onde ela iria morar. Baixou o vidro da janela para lhe dar um beijo de despedida. A velha caminhonete começava a soluçar se o motor ficasse em ponto morto muito tempo e fazia tudo estremecer com fúria; os lábios de Lila Mae mal roçaram o rosto do pai quando se curvou para beijá-lo. O pai foi embora e nunca viu o quarto em que ela agora viveria durante três anos, um depósito que já pertencera à zeladoria do prédio, em cima do ginásio, convertido em quarto. Tinham acabado de rebatizar o ginásio com o nome de um jovem muito vistoso, herdeiro de uma imensa fortuna em polias, cavalheiro do Sul do país, que doara uma grande quantia ao Instituto, a ser gasta como melhor lhes aprouvesse. Lila Mae vivia no depósito do zelador porque o Instituto de Transporte Vertical não tinha espaço para estudantes pretos.

O campus do Instituto fora anteriormente uma estância medicinal para neurastênicas ricas das maiores cidades da região Nordeste, daí o porquê de os estudantes nunca se acharem muito distantes de estátuas de ninfas gregas, entidades de nariz protuberante e longas melenas a despencar languidamente para dentro de túnicas frouxas. A estância faliu depois que outros spas mais novos se abriram nas regiões com um clima neutro do Sudoeste. A neutralidade do clima é bem mais agradável para quem busca socorro para os males do corpo, ela evoca intemporalidade e imortalidade, e logo as neurastênicas ricas das grandes cidades da região Nordeste pegaram o avião para se livrar das estações e da proximidade de suas incômodas famílias, as verdadeiras causas de seus desarranjos. Os magnatas da indústria de transporte vertical que compraram a propriedade e remodelaram a planta física do spa, transformando-o em algo mais adequado a um estabelecimento de ensino, ficaram desacorçoados com os bairros de classe alta que a área acabou abrigando, e ponderaram, em noites de inverno, quando mulher e filhos dormiam e a única companhia que tinham era uma garrafa do velho e bom uísque irlandês, como a vida teria sido diferente se tivessem optado por mexer com terras e não com equipamentos mecânicos. A verticalidade é um negócio muito arriscado.

Lila Mae não se misturava muito com os outros alunos, que por sua vez sentiram-se gratos por terem sido poupados do fardo da falsa confraternização. Como fizera na escola primária, sentava-se na última fileira da classe e não falava a menos que não houvesse nenhuma outra opção. À noite, retirava-se cedo, ignorando os gemidos urgentes das caldeiras do ginásio, cujos uivos preenchiam o prédio deserto nas horas mortas feito os protestos dos desvalidos. Levantava-se cedo pela manhã, quando os primeiros raios surgiam em meio às estátuas de ninfas gregas, antes que o sol avançasse para a metrópole, alguns quilômetros para oeste. A admissão de estudantes pretos no Instituto de Transporte Vertical era espaçada, para evitar acúmulo e toda e qualquer possível rebelião ou explosões advindas desse acúmulo. O antigo ocupante do depósito do zelador gostava de doce. De toda faxina sempre emergia um invólucro de goma de mascar Bogart. De vez em quando os professores chamavam Lila Mae pelo nome dele, ainda que não houvesse a menor semelhança. Lila Mae nunca apontou o engano a seus professores, que eram um bando meio maluco, quase todos antigos inspetores que haviam trabalhado em campo e que rejeitaram a aposentadoria para lecionar na mais prestigiada das escolas para inspetores de elevador do país. Uma beca negra é extraordinariamente eficaz para conferir prestígio até ao mais tosco dos homens.

Em seu primeiro semestre no Instituto de Transporte Vertical, ela aprendeu um bocado. Aprendeu que os animais dos coliseus romanos, para serem ovacionados e mortos, eram erguidos em elevadores de corda manobrados por escravos. Veio a saber da "cadeira voadora" de Villayer — uma mistura simples de polia e contrapeso de chumbo descrita numa carta de amor de Napoleão I a sua mulher, a arquiduquesa Marie Louise. Aprendeu coisas a respeito do vapor — em relação aos primeiros elevadores a vapor. Leu sobre Elisha Graves Otis, sobre as cidades que ele tornou possível com sua gloriosa invenção, e sobre a guerra santa entre os recém-empossados inspetores de elevador e o pessoal das concessionárias de assistência técnica. O surgimento de regulamentos de segurança, as inovações nesse terreno e a busca de um padrão nacional. Estava aprendendo também sobre o empirismo, embora ainda não soubesse disso.

Ainda se lembra da primeira vez em que viu a luz. Em geral estava tão cansada ao cair da noite que raramente notava alguma coisa, a não ser que o quarto estava ou quente demais ou gelado demais, que a descida até o banheiro público feminino no andar de baixo era cheia de sombras e que os zeladores obviamente não precisavam de mais do que uma única lâmpada nua para executar suas tarefas no depósito. A pouca iluminação lhe dava dor de cabeça quando tentava ler. Uma noite, não podia dormir. Literalmente — tinha de estudar. Durante o semestre inteiro negligenciara as aulas sobre os conceitos cambiantes do governo em relação à inspeção de elevadores (a evolução das máquinas a interessava bem mais, para falar a verdade, nos primeiros meses de faculdade) e agora tinha de absorver tudo de uma vez só para o exame da manhã seguinte. Seu corpo não gostava nem de café nem de chá e quase nunca ia dormir tarde, de modo que resolvera beliscar o próprio pulso sempre que começasse a cabecear. Ao despertar de um desses cochilos não programados, reparou numa luz no Bloco Fulton. No último andar, onde ficava a pequena biblioteca. Não deveria haver ninguém ali, a biblioteca fechava ao entardecer — inspetores de elevador, e até mesmo seus acólitos, são em geral pessoas madrugadoras. Perguntou-se se a administração prorrogava o horário da biblioteca durante o período de exames; Lila Mae descobrira que ignorava boa parte das informações que eram rotineiras para os outros colegas. Mas os andares inferiores do Bloco Fulton estavam às escuras. Chegou à conclusão de que a luz fora deixada acesa por acidente e voltou à árida transcrição do processo *Estados Unidos contra Cia. de Elevadores Arbo*.

Chegou a primavera e com ela um novo semestre. Os estudos estavam mais difíceis que antes — tinha descoberto o Volume Um de *Elevadores teóricos* e estava tendo dificuldade para dormir. Um dia, em fevereiro, vira a luz de novo no Bloco Fulton. A luz não aparecia todas as noites, não havia um esquema que pudesse definir, mas ficava acesa vezes demais para que fosse acidental. Não pôde evitar reparar. O Bloco Fulton fora outrora o prédio principal do spa, uma construção esparramada, de pedra, no meio do campus. Caminhos de ladrilho rosa irradiavam-se dali em direção a todos os anexos importantes voltados ao tratamento de doenças psicossomáticas. Terapia de Lama, Irrigação do Cólon, Câmaras de Sangria. Agora os anexos pertenciam à Engenharia, Conceitos Avançados, Segurança. Havia um caminho rosa também para o ginásio, que já era ginásio na época, cheio de bolas pesadas de borracha. Um caminho mais ou menos direto da janela acesa do Bloco Fulton até o depósito do zelador onde Lila Mae vivia.

De vez em quando enxergava uma silhueta movendo-se em meio às pilhas de livros. Decidiu que se tratava de um velho: ele andava de bengala. Por vezes, em lugar de acender as luzes, o homem usava uma lanterna e andava ainda mais devagar, como se extremamente receoso de deixá-la cair. Viu-o umas dez vezes ao todo e sempre sentiu como se os dois fossem as últimas pessoas sobre a face da Terra. A sensação era igual a que sente agora quando está num poço de elevador, dentro da cabine. Existe uma antiga máxima entre os inspetores: "Um elevador é um túmulo". Tamanha perda e devastação ali dentro. É por esse motivo que as paredes internas da cabine nunca são inteiriças: são repartidas em painéis. Caso contrário, aquilo seria uma caixa. Um caixão. Nas noites em que assombrava o Bloco Fulton, a silhueta tornava-se o elevador de Lila Mae. A coisa na qual se apoiava na escuridão do poço, só ele, só ela, e a escuridão. No poço de um elevador, frestas de luz se infiltram pelos vãos da porta em cada um dos andares, a intervalos regulares, e não oferecem nenhum conforto. Os feixes de luz falam de mais luz fora de alcance: não haverá redenção.

Se conhecesse a identidade do homem na última noite em que o viu, isso teria mudado sua reação? Naquela última noite, ele a viu e acenou para ela, devagar, comunicando tudo o que sabia e aquilo que ela já compreendera acerca da escuridão. Teria reagido de modo diferente ao aceno (nada, nem mesmo um gesto de cabeça, a coisa educada a fazer), se soubesse que o homem era James Fulton, e que na manhã seguinte um bedel com uma ressaca daquelas descobriria seu corpo no chão da biblioteca, morto por um ataque cardíaco, o pavio da lanterna ainda bruxuleando opaco? Provavelmente não. Lila Mae é esse tipo de pessoa.

De todo modo, dormiu. Na maior cama que já vira na vida, dava até para nadar nela, Lila Mae boiando, apesar do volume insignificante de gordura corpórea (magrinha, que é). A cama possui uma contracorrente propícia aos sonhos, mas não se lembra do que sonhou quando acorda. Ao despertar, a mente semiconsciente embarca na reconstrução de sua visita ao edifício Fanny Briggs. Foi simples: é isso que Lila Mae pensa em seu quarto, no número 117, da Segunda Avenida.

O saguão de entrada do Memorial Fanny Briggs estava quase terminado quando chegou. Como se para desviar a atenção da filosofia pífia e restritiva que iria vigorar nos andares acima, a prefeitura oferecia aos visitantes a abundância espacial do saguão. O falso mármore sob os pés estava firme, qual mármore de verdade, puro, produzindo ecos trovejantes sem esforço. O círculo de colunas dóricas sustentava o peso acima sem queixas. O mural, no entanto, não estava terminado. Começava galhardamente, à esquerda de Lila Mae. Indígenas sisudos segurando o couro de um veado diante de uma fogueira. Os inquilinos originais, decerto. Um galeão navegando pelos canais traiçoeiros em volta da ilha. Dois índios sorridentes recebendo miçangas de um bando de homens brancos — a infame venda da Ilha. Grande momento, tinha de entrar, a primeira de muitas transações dúbias na história do município. (Eles ainda não tinham elevador, na época. Por esse motivo as cenas parecem tão sem relevo aos olhos de Lila Mae: a cidade carece de dimensões.) O mural saltava para a Revolução e depois, ela reparou, pulava um monte de coisas. O pintor parecia estar improvisando à medida que avançava, como os homens que modelaram a cidade. A cena da Revolução até que não era má, na sua formalidade — os colonos derrubando a estátua do rei Jorge III. Eles a derreteram para fazer munição, se não lhe falha a memória. É sempre legal ver uma boa multidão. O mural terminava aí. (Alguém bate na porta de seu quarto do 117, da Segunda Avenida, mas ela não abre os olhos.) A se julgar pela porção de parede que ainda restava à direita de Lila Mae, o mural teria de ser ainda mais sucinto em sua crônica dos melhores momentos da cidade. Ou o pintor não calculara direito o espaço ou os anos que se sucederam não eram assim tão interessantes na opinião do artista. Só as pinceladas mais gerais, por favor.

O vice-subsecretário da Secretaria de Construção Municipal aproximou-se bamboleando, vindo do lado oposto. E disse: "Veio ver os elevadores?". Tinha a arrogância gordurosa de todas as contratações do nepotismo. Sobrinho de alguém, filho da irmã de alguém.

Ela fez que sim.

"Isso vai demorar muito? É meu horário de folga agora." Folga de quê? Somente guardas de segurança e zeladores têm uma vivência assim de um prédio ainda sem funcionar. Como cargueiros presos no gelo, à espera daquela corrente quente, por enquanto muito distante, detida em alguma outra parte do mundo. Os ratos ainda nem se mudaram para o prédio, as baratas estão pensando. Daqui a um mês, a essa hora do dia, o saguão vai estar coalhado de cidadãos. Ver um edifício nesse estágio, Lila Mae pensou, é uma honra. O vice-subsecretário estava entediado e remexia nos bolsos. O andaime do muralista oscilava acima de Lila Mae qual um patíbulo raquítico.

"Basta que me diga onde estão", disse Lila Mae. Vai ser fácil.

Antes que Lila Mae consiga recriar outros detalhes da inspeção, o empregado abre a porta do quarto, apesar de ela não ter respondido às batidas. Segura uma bandeja de prata com mãos enluvadas de branco. Sorri. Ela puxa os grossos cobertores vermelhos até o queixo fino.

"Desculpe incomodá-la", diz ele, "mas me pareceu uma pena deixar um café da manhã tão gostoso esfriar."

"Obrigada." Lila Mae senta-se, encostada na cabeceira de carvalho. O entalhe pormenorizado da cabeceira, que reproduz o primeiro elevador elétrico da United, some sob seu ombro direito. O homem coloca a bandeja de atravessado no seu colo. Ovos, presunto, suco. Em geral, ao lhe oferecerem uma quantidade assim de comida logo de manhã cedo (ocorrência rara, com certeza), Lila Mae cisca e mexe educadamente a comida de um lado para o outro do prato, para maximizar a impressão de ter sido engolida. Essa manhã, sente-se grata.

A boca do empregado é rápida no sorriso. É um sujeito alto e largo, e talvez até ameaçador em sua beleza, não fosse pelo sorriso. Lila Mae vê que é um homem forte, ainda que sua força esteja desperdiçada em pequenos serviços; o uniforme branco lhe cai bem, mas parece encurralado dentro de seus limites engomados e vincados. Mas a gente pega o emprego que pode, Lila Mae pensa. Aquilo que der para arranjar. Ela não gosta disso, ser servida por pretos. É errado.

Ele está à janela. "Quer que eu abra as cortinas?", pergunta.

Lila Mae faz que sim. É mais tarde do que imaginava. A luz se coagula em glóbulos nas folhas das velhas árvores do pátio. As paredes do fundo dos prédios contíguos estão decrépitas, comparadas às fachadas que apresentam à rua, mas servem a seu propósito: formam uma fortaleza contra aqueles que talvez queiram levar os tesouros do pátio. O jardim do dinheiro antigo.

Lila Mae está prestes a atacar seu café da manhã quando repara na mala verde, aberta no meio do quarto, próxima de uma imponente escrivaninha. E vazia.

"Não se preocupe", o empregado garante, observando seu olhar. "Não fui eu. A senhora Gravely desfez sua mala ontem à noite. O senhor Reed achou que assim ficaria mais confortável." As sobrancelhas dele se arqueiam. "O que foi?"

"Nada", diz ela. "Estou apenas cansada."

"Não parece nem um pouco cansada. Parece mais uma linda visão. Como se estivesse pronta para o que der e vier."

Hum. Lila Mae sacode a cabeça e diz: "Obrigada".

"Sério", diz ele, com um sorriso. "Eu não faço isto regularmente... meu tio ficou doente, por isso estou aqui. Estou substituindo meu tio. Mas se eu soubesse que o emprego tinha tantos bônus, eu teria vindo antes." Estende a mão. "Meu nome é Natchez."

"Lila Mae."

Hum.

"Está prestando atenção, senhorita Watson?"

"Sim, senhor. É que eu estava pensando que..."

"Está ciente de que este é um exame cronometrado?"

"Sim, senhor."

"Então vamos começar. 1846."

"Sir William Armstrong projeta e fabrica um guindaste hidráulico. Erguido em Newcastle, o guindaste utiliza a pressão da água da tubulação de Londres. Armstrong acabou usando os mesmos princípios em seu acelerador com contrapeso."

"A principal função da indução polar?"

"Evitar aquecimento fora dos parâmetros prescritos."

"Quais as chances de uma pessoa sofrer um acidente num elevador?"

"Ferimento ou morte?"

"Ambos."

"Uma em trezentos milhões e uma em seiscentos e cinqüenta milhões, respectivamente."

"Em que circunstâncias um material não metálico pode ser usado nas guias?"

"Quando a velocidade da cabine não ultrapassa setenta e seis centímetros por segundo."

"Os três tipos de engrenagens de segurança?"

"Instantânea, Instantânea com efeito amortecedor e Progressiva. O tipo instantâneo exerce pressão rápida e crescente nas guias durante a parada. O tempo de parada e distância são curtos. Essa engrenagem pode ser empregada em carros com velocidades que não excedam setenta e seis centímetros por segundo. A Instantânea com efeito amortecedor incorpora um sistema elástico que tanto pode ser de acumulação de energia ou de dispersão de energia. Em geral consiste num sistema de amortecedor a óleo na parte debaixo do chassi da cabine e pranchas de segurança nas guias. Eficaz para velocidades de até dois metros e meio por segundo. A Progressiva exerce pressão limitada e crescente nas guias e é usada sobretudo em cabines européias com velocidade de um metro por segundo ou menos."

"Essa foi uma resposta completa."

"Obrigada."

"A curva-padrão de acidentes assume que forma?"

"O índice de falhas dos elevadores expressa-se por CT igual a um menos FT, em que C é confiabilidade, T é tempo e F é falha. A equação é caracterizada por uma curva em forma de 'banheira', com três fases distintas. A primeira fase, a de 'falha inicial', começa com uma incidência relativamente alta de acidentes, em grande parte devido a erros de instalação, para depois cair de maneira sensível. Essa é a primeira parede da 'banheira'. A fase seguinte, chamada de fase de 'falha aleatória', consiste num platô e se estende por boa parte da vida útil do elevador. Esse plano achatado é o fundo da 'banheira'. Os acidentes nesta fase são imprevisíveis e resultam em geral da má utilização por parte dos usuários ou de falta de manutenção. É também nessa fase que o 'acidente catastrófico' acontece. A curva ascende rapidamente de novo na fase final, ou de 'desgaste', depois que o elevador ultrapassa o período de vida útil. É a parede de trás da banheira. A maioria desses acidentes pode ser evitada, de novo, por meio de uma inspeção diligente e manutenção cuidadosa durante o período crucial. Posso tomar um gole de água?"

"Pode. As Quatro Perguntas?"

"Conforme formuladas por Mettleheim: Como aconteceu? Como pôde acontecer? Foi um acidente excepcional? Como evitar a mesma ocorrência no futuro?"

"A decisão no caso *Estados Unidos* contra *Mario's*?"

"O juiz determinou que os ascensores de pratos do restaurante eram manuais e sujeitos à vistoria dos inspetores-de-elevador municipais, ainda que não transportassem carga humana."

"Conseqüências adversas?"

"Os adversários contra-atacaram dizendo que a 'cabala' dos inspetores de elevador estava tentando ampliar indevidamente o âmbito de sua jurisdição."

"Os Dezesseis?"

"Elevador de carga: um elevador usado para transporte de carga no qual permite-se apenas a presença do operador e das pessoas necessárias para carregar e descarregar. Elevador por gravidade: um elevador que se utiliza da gravidade para movimentar a cabine. Elevador manual: um elevador que utiliza energia manual. Elevador de plano inclinado: um elevador que viaja num ângulo de inclinação de setenta graus ou menos da horizontal. Elevador multideque: um elevador com dois ou mais compartimentos, localizados imediatamente um acima do outro. Elevador panorâmico: projetado para permitir uma vista do exterior pelos passageiros. Elevador social: um elevador usado sobretudo para transportar outras pessoas que não o operador. Elevador mecânico: que utiliza uma energia outra que não seja gravitacional ou manual. Elevador elétrico: um elevador mecânico que se serve de eletricidade. Elevador hidráulico: elevador mecânico em que a energia é aplicada por meio de um líquido sob pressão, num cilindro. Elevador hidráulico de êmbolo direto: um elevador hidráulico que tem um êmbolo ou cilindro instalado diretamente no chassi ou plataforma da cabine. Elevador eletro-hidráulico: um elevador hidráulico de êmbolo direto em que o líquido é bombeado por motor elétrico. Elevador hidráulico de pressão constante: um elevador de êmbolo direto em que o líquido sob pressão encontra-se disponível a qualquer momento para transferência para o cilindro. Elevador hidráulico a cabo: um elevador hidráulico que tem seu pistom conectado com a cabine por meio de cabos de aço. Elevador unifamiliar: um elevador de passageiros mecânico instalado em residência particular ou em moradia múltipla como meio de acesso a uma residência particular. Monta-carga de calçada: um elevador de carga para transporte exclusivo de material descarregado de veículos, que opera entre a calçada ou outra área externa de um prédio e os andares abaixo da calçada. Esses são os Dezesseis."

"Muito bem, senhorita Watson."

"Obrigada."

"Estamos quase terminando. Responda-me o seguinte: sabe quantos inspetores pretos de elevador há no país?"

"Doze."

"E sabe quantos estão empregados como tais? Que não estão trabalhando como engraxate? Ou como empregada?"

"Não. Menos de doze."

"Quer dizer então que não sabe tudo. Por hoje basta, senhorita Watson. Receberá sua nota na semana que vem."

Na esteira do elevador despencado, faíscas, milhares delas, arranham a escuridão por todo o caminho.

O endereço certo é Segunda Avenida, número 117, mas todo mundo conhece pelo nome de Casa Intuicionista. Comprada por Edward Dipth-Watney, duas vezes detentor do prêmio Werner von Siemens para Trabalhos Relevantes em Inovação de Elevadores (o primeiro por sua chave de limite de carga Flyboy, o segundo por um regulador de excesso de velocidade "inteligente"), duas décadas antes, quando o movimento ainda ocupava o lugar de patinho feio da indústria. A comunidade de elevadores considerava Edward Dipth-Watney um homem de temperamento quixotesco; embora sem se deixar levar por completo pelo intuicionismo, achava que qualquer coisa capaz de provocar tanta gritaria e recriminação merecia um lugar para germinar, desabrochar e, com sorte, causar ainda mais gritaria e recriminação. Era também um conhecido entusiasta de trenzinhos de brinquedo.

Os feitos de Edward Dipth-Watney foram, e continuam sendo, muito apreciados; seu nome há de rondar os índices remissivos dos livros didáticos sobre inspeção de elevadores até o final dos tempos. Um pequeno instantâneo: a companhia de elevadores Arbo, contemplada com a licença para fabricar a chave de limite de carga Flyboy de Dipth-Watney, dá um banho de ouro no protótipo para ofertá-lo a seu inventor como presente de Natal num ano gelado. Mas Edward Dipth-Watney não estava interessado nos privilégios dourados da fama. A longevidade da ciência de Fulton era incerta; mesmo assim, raciocinou ele, se Deus lhe dera um dom, o mínimo que podia fazer era ajudar os outros a encontrar o deles. Foi essa mesma fé em Deus que impediu Edward Dipth-Watney de ver os resultados de seus esforços em favor da irmandade internacional de intuicionistas. Acreditava que o cisto que tinha no pescoço fosse mais um de seus dons, um lembrete contra a vaidade. Estava enganado.

Nos anos que se sucederam à morte do benfeitor, a Casa prosperou, virou o quartel-general internacional do intuicionismo e continuou progredindo teimosamente, mesmo depois que os diretores do Instituto voltaram atrás, oferecendo cursos sobre a nova ciência e até mesmo concedendo espaçosos (ainda que mal situados) gabinetes a seus intrépidos instrutores. Pesquisa mesmo não se faz nenhuma, na Casa, mas queimar as pestanas nunca foi o objetivo pretendido. Os inspetores e os teóricos da indústria continuam sendo criaturas sociáveis, apesar do preço pago pela alma para o exercício da profissão. Toda terça-feira, James Fulton (mais tarde Orville Lever assumiu a incumbência) postava-se na sala de estar do térreo e dava palestras sobre os meandros de sua ciência. Palestrava sobre as implicações dos desvios de manutenção praticados pelos europeus para o intuicionismo, comentava o caráter tristonho do poço e explicava que esse caráter não só ecoa a tristeza dentro de toda criatura viva como a duplica perfeitamente. Mais tarde, havia uísque com hortelã para todos e, mais tarde ainda, depois que Fulton se recolhia à sua casa em estilo Tudor na área norte do campus do Instituto para Transporte Vertical, vinham alguns filmes suecos, com muitas jogadoras peitudas de vôlei. Fulton não tinha conhecimento dessa atividade duvidosa; o motorista da Casa costumava lotar as palestras de terça à noite com caixeiros-viajantes em busca de divertimento e dispostos a pagar por ele. Fulton, se algum dia se perguntou a respeito, com certeza tomava sua audiência leiga como prova da aplicabilidade universal de suas teorias.

Desde que Lever substituiu Fulton como homem da Casa, a importância do 117, da Segunda Avenida, triplicou nos corações e mentes da tribo global de intuicionistas. Agora ela é o quartel-general da campanha e abriga um formidável otimismo, algo novo para esses sisudos detetives-filósofos do transporte vertical. Os novos boatos tomaram fôlego; a impressão geral é a de que Lever tem uma chance real de vencer a eleição para a presidência da Corporação. Sua hora chegou, como eles sabiam que chegaria. As palestras de terça-feira à noite de Lever não se limitam mais a discorrer altivamente sobre os erros práticos do empirismo; elas o desancam. As paredes da Casa vibram com as sibilações da retórica de campanha. Se vencer, a Casa mudará para sempre.

 Por enquanto, o cotidiano da Casa continua sendo o que foi durante anos, de maneira a não perturbar a mágica crescente do momento. Do continente, chegam estudiosos estrangeiros da arte e, depois de uma palestra no Instituto, recolhem-se ali, nos quartos de hóspedes do segundo andar. (Lila Mae ficaria surpresa se ouvisse os nomes dos luminares que dormiram na mesma cama onde está agora deitada. De dedos entrelaçados na nuca, ela mira o teto.) Festas de arromba em comemoração à publicação do mais recente tratado intuicionista são realizadas ali, e é costume entre os convidados comentar com espanto contido as propriedades sublimes da torta Brown Betty da senhora Gravely. Os membros locais (intuicionistas fiéis, empiristas sensatos garantindo-se contra apostas errôneas, e inspetores apolíticos desejosos de escapar da mulher) ainda se reúnem para jogar pôquer e, em noites especiais, experimentar maltes puros da melhor qualidade. Seguindo a influência crescente da Casa, os filmes suecos têm atraído audiência cada vez mais numerosa, agora que o motorista, incentivado pelo aumento sensível de consideração demonstrada pelos sogros diante de seus rendimentos suplementares, passou a convidar também os filiados da Casa para engrossar as fileiras dos engravatados, desocupados e vendedores de Bíblia que participam das confabulações tardias na garagem, filiados nos quais ele consegue identificar, com impiedosa acuidade, alguma coisa nos olhos.

Se você lhe perguntar, Lila Mae jamais admitirá o sobressalto que sentiu quando Reed lhe sugeriu que seria melhor para ela passar uma noite ou duas na Casa, mas é verdade. Uma parte secreta dela queria ficar no apartamento, de tal sorte que quaisquer outras visitas indesejáveis que viessem a aparecer pudessem lhe dar a chance de descarregar sua ira. Era raro sentir-se assim, ansiando por violência. Possuía autocontrole e estava acostumada a lembrar de suas inclinações mais atávicas, não se esquecera de que o mundo é o mundo e de que murros e arranca-rabos ocasionais não farão com que mude. Muito incômodo, no entanto, essa última história. Uma coisa é compreender o estrume todo, aceitá-lo, viver no meio dele, e outra muito diferente é ver esse estrume mudar tão de repente, tão dramaticamente, escorregar para uma nova prateleira mais funda. É assim que Lila Mae vê as coisas. Tudo está acontecendo rápido demais para que se convença de que não precisa de um pouco mais de tempo para pensar, para chegar ao cerne da questão. Mesmo que isso envolva aceitar a assistência desse Reed — e é a aceitação, não a ajuda em si, o que a incomoda e faz seu orgulho azedar. Significa que ela lhe deve uma. Para um tipo daquele.

Seu quarto na Casa é duas vezes maior que o do Bertram Arms, e quatro vezes maior quando as cortinas estão abertas de par em par, como agora, e toda aquela luz proibida inunda o aposento. Ela tem céu, no quarto do Bertram Arms, mas luz não. Aí está a diferença. Não sabe o que fazer com a bandeja do café — deixa do lado de fora da porta, como eles fazem em cenas de hotel no cinema, ou deixa ao lado da cama, age naturalmente? Hora de levantar, de toda forma. Não há uma partícula sequer de poeira no espelho oval pendurado na parede oposta do quarto. Esfrega a barriga: devia comer desse jeito mais vezes. Sente falta do terno: ela não gasta seu parco dinheiro em coisas de que não precisa, mas precisa do corte de seu terno para se ver. A angularidade ousada dele, as lapelas afiadas — seus botões são os parafusos que a mantêm fechada. O alfaiate parecia saber do que precisava, compreendia o teatro que Lila Mae necessitava para poder sair de casa inteira e estar entre as pessoas. Um homem velho.

A senhora Gravely (seja quem for, a cozinheira, uma velha amargurada, Lila Mae já pode vê-la, cabelo grisalho e com certeza frustrada) pendurou seus ternos no armário, juntamente com duas camisas brancas de algodão para as quais Lila Mae jamais oferecera a cortesia de um cabide. Até mesmo suas roupas estão recebendo tratamento de rei na Casa Intuicionista. Lila Mae pôs um terno extra na mala, ainda que não tenha intenção de ficar outra noite. Não sabe por quê. Seu terno não exala o cheiro de naftalina que permeia todo o armário, neblina medicinal.

Vestida, está na frente do espelho. Armada. Prepara o rosto. No seu caso, não é uma questão de cosméticos e sim de vontade. Como tornar empedernido um rosto tão triste? Foi preciso praticar muito. Não na frente do espelho, ou diante de estranhos, calculando o grau de sucesso pela expressão de horror, descontentamento etc. que suscitassem. Conseguiu o feito, deitada na cama, sentindo e testando quais músculos doíam com a imposição de tensão proposital. Optar pela dor mais extrema teria sido criar uma máscara de terror. Uma caricatura de força. Ela conseguiu calibrá-lo uma noite, enquanto testava um pequeno músculo do lábio superior, atingindo um registro de dor alguns centímetros abaixo da marca de dor verdadeira. Esse registro de desconforto tornou-se padrão para todos os músculos do rosto, acima das sobrancelhas, sob o queixo, ao lado das narinas. Ela nem conferiu no pequeno espelho do depósito do zelador, não precisava. Sabia que chegara lá.

Está com a cara pronta. Pronta para ver Reed, a quem vigia pela janela. Sentado num banco de pedra no jardim, polindo o pincenê, que nunca está sujo.

Veja, os empiristas dobram a espinha para verificar indícios de estriamento no sarilho e apontar cicatrizes de oxidação nas polias, todo esse trabalho duro, e acham que o trabalho dos intuicionistas é mamata. Preguiçosos de uma figa.

Alguns apelidos com que os empiristas mimoseiam seus colegas renegados: asceta, vodu, cabeça de figa, pajé, Harry Houdini. Todas expressões pertencentes à nomenclatura da negritude exótica, do estrangeiro sinistro. Exceto por Houdini, que ainda assim possuía algo de moreno.

Alguns contra-apelidos dos intuicionistas: minhocas, rasteiros, estressados ("investigar sinais de estresse" é frase muito usada pelos empiricamente treinados quando em trabalho de campo), tontos e simplistas (essa última palavra de preferência sibilada, para desdém máximo).

Ninguém sabe explicar direito por que os intuicionistas têm uma taxa de acerto dez por cento maior que os empiristas.

Tudo que há no jardim está morrendo, essa é a época do ano em que estamos. As folhas inflamam-se e ressecam-se em agonia, depois caem retorcidas, feito cinzas. Lila Mae tritura o chão na direção de Reed, num dos jardins secretos da cidade. As taciturnas sentinelas (casas vitorianas, pedras pesadonas) têm as costas voltadas para ela. O intruso tem isenções, negócios com a autoridade, enquanto na rua ali adiante famintos aos milhares exigem um exame mais apurado. Mantenha-os a distância. Mantenha o jardim moribundo a salvo.

"A senhora Gravely não permite que se fume dentro da casa", diz Reed, sem afetação. "Venho fumar aqui." Ele varre algumas folhas do banco e faz um gesto para que Lila Mae se sente. Não é o mesmo homem da noite anterior. Por alguns segundos. Depois as rugas de consternação da testa relaxam: ele calça sua cara de enigma, enfrentando Lila Mae máscara por máscara. "Espero que as acomodações estejam à sua altura."

Fazendo troça dela, uma estocada ao cômodo apertado onde vive? Mantenha a calma: "Dormi muito bem, obrigada".

"E o desjejum? Como estava?"

"Muito bom."

"O cavalheiro que o levou até o quarto... foi educado?" Reed mira o chão com toda atenção. Está pensando em voz alta, pensa Lila Mae.

"Foi."

"Nosso empregado habitual adoeceu, hoje", sussurra Reed, como se em transe. "Mandou o sobrinho. Ele nunca trabalhou para nós."

Lila Mae não responde nada. Sente cheiro de chuva. A alguns metros dela, as onipresentes folhas mortas se aglutinam em uma fonte de pedra que ainda retém uma poça da chuva de uns dias antes. O querubim da fonte dança sobre um pé só (dança a quê? à primavera do ano seguinte, a ter um dono para quem dançar?), a boquinha pequena sorvendo em copa o ar encharcado de outono. O que Lila Mae sabe sobre Reed: formado em primeiro lugar no Instituto de Transporte Vertical do Meio-Oeste, rapidamente galgou todos os degraus até um dos maiores departamentos da outra costa. Todos os sinais de estar em vias de se tornar um dos bambas da indústria. Aí Fulton se sai com o Volume Um e o homem fica fascinado. Lila Mae entende: o primeiro volume de *Elevadores teóricos* representou uma conversão para ela também, depois que uma citação concisa e enérgica num dos primeiros livros do curso ("em que pesem as recentes vulgaridades de Fulton...") levou-a às searas até então inexploradas do acervo da biblioteca. Não era de admirar que o Instituto exilasse as aulas de intuicionismo para os recessos mais sombrios do catálogo do curso, não era de admirar que as salas minúsculas estivessem sempre tão cheias, os professores alquebrados e malditos sob o fardo de um tal conhecimento. As palavras de Fulton iluminaram e alteraram Lila Mae logo no início de seus estudos; mas calcule-se o tipo de catástrofe espiritual que o livro não terá provocado num homem como Reed, que tão bem servira o empirismo por tanto tempo. Deve ter sentido que o mundo o traíra.

Outras coisas que Lila Mae se lembra do perfil publicado pela revista *O Ascensor* no verão passado. Assim como quase todos os primeiros conversos ao intuicionismo, Reed largou a inspeção de elevadores propriamente dita para pregar o novo evangelho. Que adiantava ficar, raciocinaram esses pioneiros, depois de Fulton ter escangalhado cada um dos dogmas de sua antiga fé? Eis onde Reed se destacou: não como pensador e sim como burro de carga. Ele fez o trabalho chato. Batalhou para integrar a ciência alienígena, esse tumor, na grande comunidade de elevadores, convenceu os petulantes diretores dos diversos institutos a incluírem a heresia no currículo (imagine só!) e intermediou a admissão de taciturnos intuicionistas empedernidos nos departamentos de inspeção de elevadores das maiores cidades do país. Tem também a história de como persuadiu o Instituto do Meio-Oeste a construir todo um bloco intuicionista após uma tortuosa negociação de trinta e seis horas, depois das quais recorreu-se a um degradante cara ou coroa para ver quem saía ganhando. E foi cambalacho ainda por cima — era uma moeda de brinquedo, com duas caras, que Reed tinha tirado numa máquina de balas, no saguão da escola. Um macaco velho cheio de macetes. É assim que Reed surge diante de Lila Mae, agora que está com a cara composta, depois de se recuperar da súbita intromissão dela no jardim: um abutre. Não mais aquele pombo esquisito que esteve no apartamento e sim uma ave de rapina calculista. Um soldado.

Claro que Orville Lever pegou esse soldado para servir como diretor de campanha. Reed não é assim tão pedante nem tão cheio de fantasias acadêmicas que seu cérebro e o dos homens de campo não possam se relacionar. Lever é um sujeito agradável, mas todo mundo sabe que Reed é o cérebro por trás da operação, todo mundo vê isso, o único capaz de vencer as eleições para os intuicionistas. Lila Mae não sabe por que ele se dispôs a interceder no caso do Fanny Briggs, mas tem certeza de que logo descobrirá. O nevoeiro soturno de um plano mestre exala de todos seus poros e polui o ar do jardim.

Depois de instantes, Reed volta-se para Lila Mae e diz: "Pena que Orry esteja fora, conversando com a boa gente da Arbo. Seria interessante se vocês dois se conhecessem".

"Eu o cumprimentei uma vez. Num comício." Orry. Orville.

"Devia freqüentar nossas noites livres, senhorita Watson. Alguma vez já lhe ocorreu filiar-se?"

"Eu presumi que já estava."

"Já devia saber como somos, a estas alturas, senhorita Watson", diz Reed com uma certa exaustão. "Como grupo, bem entendido. A senhorita é um de nós." Retira a mão do jornal que está amassando no colo. "Acho que seria bom dar uma olhada nisto", diz, entregando-lhe o jornal.

Não leva muito tempo para Lila Mae digerir o artigo do jornal, do alto da espalhafatosa manchete "ELEVADOR DESPENCA!" até as migalhas da citação final de Chancre. Nada que já não estivesse esperando. "Informações parciais", ela declara.

"Leu a última declaração de Chancre? Vamos ver como está minha memória... 'Meu adversário e seus companheiros têm tentado todo tipo de tática, desde o início da campanha, mas acredito que esse incidente explica de modo muito mais claro do que qualquer dos joguinhos sujos deles a tolice da coisa.'"

"Ele enlouqueceu", Lila Mae diz. "'Joguinhos sujos.'"

"Ele tem uma certa razão", Reed diz, a boca tensa. "Está falando da caixa negra."

O cheiro de chuva é mais forte agora. O infame problema de design dos tempos de escola: como será o elevador perfeito, aquele que vai nos redimir das cidades que aturamos agora, barracos atrofiados? Não sabemos porque não podemos vê-lo por dentro, é algo que não conseguimos imaginar, feito o formato dos dentes dos anjos. É uma caixa negra.

"Duas semanas atrás", Reed começa, esfregando as mãos rosadas no colo, "Lever recebeu uma encomenda pelo correio. Contendo trechos de um diário, de alguns anos atrás, e havia anotações sobre a caixa negra."

"Todo mundo está trabalhando em caixas negras", Lila Mae contra-argumenta. "É nisso que vai todo o dinheiro para pesquisa e desenvolvimento da American e da Arbo. Até aí, nada de novo." Se a primeira elevação de Otis nos salvou das construções medievais de cinco e seis andares, o próximo elevador, segundo se acredita, nos concederá o céu, torres incalculáveis: a segunda elevação. Claro que estão trabalhando na caixa negra; é o futuro.

"Era a letra de Fulton. Obviamente as páginas foram arrancadas de seus últimos diários, aqueles que nunca conseguimos encontrar. Claro que ficamos muito interessados. Fizemos algumas investigações e descobrimos que um repórter da *O Ascensor* também recebeu alguns trechos. Além do Chancre."

Lila Mae sacode a cabeça. "Sempre houve boatos de que Fulton estaria trabalhando numa caixa negra." Seu tom não é de entusiasmo. "Mas quase todas as evidências levam a crer que Fulton dedicasse suas energias à teoria intuicionista, não à engenharia. Ele não mexeu mais com mecânica desde que se tornou diretor."

"Você mesma constatou", diz Reed. "Ele estava fazendo um pouco de cada coisa, pelo que sabemos agora. É preciso entender que, em seu último ano de vida, Fulton quase não falou com ninguém, à exceção da empregada, e quando saía de casa comportava-se de maneira no mínimo curiosa. O diário mostra que estava trabalhando num elevador e que o estava construindo baseado em princípios intuicionistas. Pelo que pudemos ver das anotações, ele o terminou. E existe uma planta, em algum lugar."

Lila Mae tenta fazer com que a cabeça desvie dessa última parte. Pelo menos Reed está indo devagar, tentando levá-la passo a passo. Ainda assim. "Não vejo como isso seja possível",

Lila Mae murmura, torcendo um botão do paletó. "Quer dizer, do ponto de vista da engenharia. No âmago, o intuicionismo é todo ele sobre comunicação com um elevador em bases não materiais. 'Separar o elevador da elevadoração', certo? Parece meio difícil construir alguma coisa de aço com ar."

Reed tira um cigarro de uma cigarreira de prata. "As duas coisas não são tão incompatíveis assim. Era a isso que o Volume Um se referia e o Volume Dois tentou expressar através de elipses, nas entrelinhas. Uma renegociação de nosso relacionamento com os objetos. Começar do princípio."

"Não estou entendendo", Lila Mae admite. Com relutância.

"Se já chegamos à conclusão de que os estudos sobre elevadores — de que o empirismo, o mais fundamental — imaginaram os elevadores de uma perspectiva humana e portanto intrinsecamente alheia ao elevador, então o próximo passo lógico, depois de termos adotado o ponto de vista intuicionista, não seria construir um elevador da maneira correta? Com o que aprendemos?"

"Construir um elevador do ponto de vista do elevador."

"Não seria esse o elevador perfeito? Não seria essa a caixa negra?" As pálpebras de Reed tremem.

"Inacreditável." Lila Mae pensa em seu quarto no Bertram Arms. É um milagre que more ali, que esteja tão acostumada a seu mundo pequenino. Como são pequenas as suas expectativas. Qual a parte dos escritos de Fulton que mais a afetara? A primeira frase que lhe vem à mente é uma chama incandescente: *Existe um outro mundo para além deste.* Lila Mae pergunta: "E o que isso tem a ver com o acidente de ontem?".

Reed sorve um longo e pensativo hausto de ar. "Pense um pouco. O mais famoso dos teóricos de elevador deste século constrói uma caixa negra e o faz com base nos princípios intuicionistas. Como é que fica o empirismo?"

Lila Mae balança a cabeça e Reed prossegue: "Chancre está concorrendo à reeleição. Sempre houve rumores a respeito da caixa negra de Fulton e, de repente, aparece essa nova variável. Ela existe, e é intuicionista. Você não só perde as eleições como tudo o mais. Sua fé. Você tem de abraçar o inimigo com quem vem lutando com unhas e dentes há vinte anos".

"É preciso descobrir a caixa", diz Lila Mae.

"É preciso descobrir se é verdade ou não, e é preciso descobrir rápido."

"E me usar para o ataque inicial, já que o ataque é a melhor defesa." Lila Mae percebeu.

Pompey.

"Não necessariamente. Podia ter sido uma outra pessoa. Se Chancre não encontrar a caixa, poderá ao menos protelar as coisas para depois das eleições e rebater os rumores orquestrando uma falha gritante dos intuicionistas. E de sua política liberal."

Liberal significando ela. "Mas eu não ouvi boato nenhum."

"A coisa toda ainda circula só entre a panelinha, senhorita Watson. Até segunda-feira, quando sai a nova edição de *O Ascensor*. É a reportagem de capa. Forçando a barra de Chancre." Reed bate a cigarreira na coxa e mira o querubim na fonte. Ele não se moveu. Nunca se move. "Um elevador não cai em queda livre. Não sem alguma ajuda. Ele está com medo. Os acontecimentos de ontem são a prova. Quanto a nós", ele olha para Lila Mae, "digamos apenas que estamos ansiosos para pôr as mãos na caixa e deixar que ela fale por si só."

"Quem eram os homens no meu apartamento?"

"Está surpresa com as táticas de Chancre? Que ele seja um bandido? Chancre joga golfe com Johnny Shush toda terça-feira. Com certeza eram homens de Shush. A máfia tem outros negócios, além de controlar os contratos de manutenção dos elevadores da cidade, você sabe. Eles têm muito poder." Olhou para o céu uns instantes. "Está com cara de que vai chover. Mas não vai. Hoje não."

Reed está retomando aquele seu olhar aéreo. "Então onde ela está?", Lila Mae insiste.

"Nós vamos descobrir logo, logo. Temos uma boa idéia de quem nos mandou o diário. Acho que logo a teremos."

Esse vagaroso debate sobre a chuva: não é sobre a chuva e sim sobre a fragilidade daquilo que sabemos. Estamos todos apenas adivinhando. A segunda elevação. As novas cidades estão chegando. "Mais uma vez, obrigada por ontem. E pelo quarto."

"Uma casa segura." Reed tenta um sorriso. "Ficaria espantada se soubesse quanta gente se interessou por sua carreira, senhorita Watson. A primeira mulher preta a se tornar inspetora de elevadores. Uma façanha e tanto. Estamos contentes de tê-la em nossas fileiras." Ele lhe dá um tapinha na coxa. "Toda essa história deve estar resolvida na segunda-feira. Jameson, o conselheiro da Casa, vai falar com o pessoal de Assuntos Internos e eles vão dar um tempo. Nós cuidamos dos nossos."

Ela baixa os olhos para a manchete do jornal. "E o acidente?"

"Será absolvida. Cumpriu seu dever?"

"Cumpri."

"Então a falha é dos empiristas e de Chancre, que traíram a confiança pública. Jameson vai cuidar de tudo. Se Chancre ganhar a eleição, não verá motivos para levar adiante o assunto. E se perder, não conseguirá nada porque Lever não vai permitir. Se nós mostrarmos uma frente unida a Chancre, na segunda-feira, seus capangas param de perturbá-la. Ele saberá que estamos na cola dele." De novo, Reed tenta um sorriso e obtém mais sucesso dessa vez. "Estará de volta em seu apartamento na segunda à noite."

"Eu não quero mais."

"Não?"
"Quero encontrar a caixa negra."

Tão completa é a ruína do Número Onze que nada mais resta a não ser o ruído do baque subindo do poço, uma queda no oposto: uma alma.

SEGUNDA PARTE

Ben Urich num sábado à noite: caminhando ligeiro pela rua, um borrão no terno predileto azul-cobalto. Jogando cara ou coroa no caminho — cara, ele sempre aposta cara, e metade das vezes acerta. Assobiando uma balada boba que toca o tempo inteiro no rádio do bar onde toma o café da manhã, lá onde dobra o jornal em quadradinhos apertados para melhor se inteirar das páginas de esporte.

É tarde, mas não muito tarde. Repara que os grandes espetáculos estão no fim, que os saguões vivamente iluminados dos teatros já começaram a vomitar almofadinhas e turistas intrépidos na calçada. Não muito tarde, ele espia o relógio, e comemorações atropelam-se na sua cabeça, festividades a serem agarradas e devoradas, assim que der um pulo à redação para pegar adiantado um exemplar com sua matéria de capa. O O'Connor? Teria de passar meia hora explicando a respeito do que vem a ser reportagem, antes que os inspetores embriagados começassem a lhe pagar a bebida, sem falar que o turno de sábado é meio enfezado, um bando sem grande futuro nem muita ambição, que agüenta o tranco de olho pregado na folhinha, à espera da aposentadoria. Pessoalzinho difícil. Além disso o lugar não é lá essas coisas. Bem deprimente, para falar a verdade. E mais, ele não faz idéia da recepção que dariam à possibilidade de uma caixa negra intuicionista. Sobretudo depois de algumas horas em fogo brando. O Flamingo está começando a esquentar, a essa hora da noite, e os pretos da banda que eles têm lá no sábado, é bem do que está a fim, em termos de música. Música para sexo. De música, de uns uísques com cerveja e de um presente de Lady Luck em volta do balcão: loiras falsas, facilmente impressionáveis, que não fazem muitas perguntas, secretárias de sutiã pontudo, uma cabeleireira ou outra. Cara. Esta é a minha cidade, a minha noite.

Ela soltou a língua, depois de uma quantidade adequada de Violet Marys. Desconfiada de início, quando ele tentou muito cedo arrancar alguns detalhes de seu emprego na empresa de elevadores United, ele sendo um notório cria-caso da maior publicação do ramo, a revista *O Ascensor*. Ele assumiu seu sorriso de cem watts e acenou com o dedo para o garçom, quando os copos secaram. Manda ver. Disse que não tinha a menor intenção de deixá-la constrangida, estava só perguntando do seu serviço, parecia tão interessante. Ela corou e enxugou mais um Violet Mary. A santidade do credo jornalístico, a guerra incansável contra a corrupção na indústria, mais um caso gozado da mãe sufragista: sobre esses e outros assuntos Ben Urich discorreu, para o deleite efervescente de sua companheira, Betty Williams. Estava apenas preparando o terreno essa noite; a reportagem de capa faria o resto. Segura da integridade dele, não haveria motivo para que Betty Williams não pudesse surrupiar uma pasta ou duas dos arquivos da United. Para material de apoio. As garantias de praxe de que em hipótese alguma citaria trechos dos documentos. Inviolabilidade das fontes. Estava apenas tentando servir o público da melhor maneira possível, informou, aderir aos valores nele instilados pela mãe, desde pequeno, quando ela pintava cartazes em favor do direito de voto para as mulheres. Notou que os olhos dela cintilaram de leve quando soltou alguns jargões do ofício e começou então a prodigalizar palavras como *matéria* e *olho* pela ladainha que desfiava, com um aumento visível e proporcional das cintilações oculares de sua parceira. Deixaria um exemplar da *O Ascensor* com sua reportagem de capa no escritório da moça e, uns dias depois, insistiria um pouco mais na obtenção de uma ou duas pastas especiais. Ben Urich beijou a bochecha oscilante de Betty Williams e despachou-a num táxi. Quase desmaiada.

Cara. Mas nem tudo é cortina de fumaça. Ben Urich leva a sério seu emprego de guardião autonomeado da indústria nacional de transporte vertical e acha que merece crédito pelo que faz. Como expor o escândalo Fairweather, que resultou na renúncia de sete inspetores de elevador e cinco funcionários do Departamento de Obras, além de provocar a formação da primeira comissão conjunta da Corporação para investigar irregularidades na inspeção municipal de elevadores. A série que fez a respeito do controle da máfia sobre os contratos de manutenção de elevadores na cidade pode não ter levado ao indiciamento de ninguém, mas foi a primeira denúncia pública da maior sujeira da indústria. Bom, uma delas: agora que a caixa negra de Fulton está por aí, em algum lugar, todo o futuro do transporte vertical encontra-se na balança. O de Ben Urich também. Ele fez por merecer. Pode arrumar um emprego legal na imprensa, logo mais, depois que baixar a poeira. Num dos maiores diários da cidade, quem sabe até numa revista importante. Cara.

Não tem muita coisa para um vigia fazer no prédio da *O Ascensor*, a essa hora da noite, a não ser os deveres de um curso universitário por correspondência. De modo que Billy, o vigia noturno, está analisando um trecho de inglês vitoriano quando Ben Urich bate na porta da frente.

"Ei, *Jane Eyre*", diz Ben Urich animado, quando Billy destranca a porta. "Bom livro."

"É bonzinho", Billy resmunga. Billy é um cavalheiro redondo. O molho de chaves tilinta na mão úmida."O que está fazendo por aqui numa noite dessas?"

"Não estou a trabalho", Ben Urich informa. Billy, intrépido sentinela dos escritórios vazios. "A gráfica já trouxe as revistas? Eu queria pegar uma para mim."

"Estou com elas bem aqui", diz o vigia noturno e calouro noctívago, tirando a pilha de trás da mesa. Corta o barbante e pega o exemplar de cima da pilha.

Nos poucos segundos que Billy leva para lhe entregar a revista, Ben Urich já percebeu que há algo errado. O clarão vermelho. O boneco da capa que aprovara outro dia trazia a foto de uma planta: os planos da caixa negra de Fulton. Não a planta verdadeira, claro, mas a *O Ascensor* presume que seus leitores tenham capacidade criativa. O clarão vermelho está todo errado.

E as coisas prosseguem nesse rumo negativo. Seu nome não aparece na capa e a ilustração mostra um Papai Noel em toda sua glória invernal, escorregando por um cabo de elevador. Usa um cinturão de ferramentas do tipo padrão. A chamada diz: "PREPARE-SE PARA O NATAL: DEZ DICAS DE MANUTENÇÃO". A menor das objeções de Ben Urich é a de que o Natal ainda esteja a alguns meses de distância, sem falar no crime de uma revista especializada da importância da *O Ascensor* participar dos esquemas publicitários de que se aproveita o comércio nessas épocas.

Eles cortaram. Eles cortaram sua reportagem.

"Algo errado, Ben?"

Antes da raiva, o pragmatismo, como de hábito com Ben Urich. Dando uma editada, ainda poderia sair num dos boletins menores da indústria, que não pagam tão bem e têm circulação mais restrita. E bem menos prestígio. Será que conseguiria encaixá-la em alguma revista de assuntos gerais? Teria de fornecer mais informações para o leitor leigo, alongar-se mais no debate entre intuicionistas e empiristas. Explicar o intuicionismo, assunto do qual conhece o suficiente para se virar sem parecer um idiota completo, mas que lhe daria um trabalhão articular para o cidadão médio. Não, ele está ferrado. É a *O Ascensor* ou nada.

"Diga alguma coisa, Ben. Quer um trago? Eu tenho uma garrafa."

"O Carson está lá em cima?", Ben pergunta, torcendo um exemplar da *O Ascensor* num porrete.

"Não tem ninguém lá em cima, hoje."

Ben já está na porta. Estava ficando quente no saguão. Relembra o comportamento do seu editor, nos últimos dias. Carson parecia ter topado, disse que aquela era a maior reportagem da revista desde a triste estréia do Mighty-Springs da Arbo, aquele das molas poderosas, o Edsel dos amortecedores helicoidais. Só para ter certeza, Ben Urich confere o índice de matérias. Teste das novas cabines européias, uma reportagem sobre a Décima Quinta Conferência Internacional de Fornecedores de Elevador e aquela maldita baboseira sobre o Natal, mas nada a respeito da caixa negra. Seu nome nem consta do índice. Ben Urich tira sua moeda do bolso mas não joga cara ou coroa. Põe num telefone público e enfia o dedo no dial giratório. O número da casa de Carson, qual é mesmo?

"Perdão, cavalheiro, sabe que horas são?"

Ben Urich diz que não com um gesto.

"Sabe que horas são?", a voz pergunta de novo.

"Não, não sei", Ben Urich responde.

Tem tempo de discar um número e de ver a roda de plástico girar de volta até a metade antes de sentir duas mãos agarrando-lhe o ombro. Ele é puxado. Dois sujeitos volumosos estão na sua frente. Um deles com mãos firmes nos ombros de Ben Urich, qual tenazes autoritárias. A bochecha do homem está inchada, é uma bola vermelha raivosa. O outro tem uma fisionomia suave, bondosa e pergunta: "Sabe o que Johnny Shush faz com quem deixa ele com raiva ou aborrecido?".

Os acontecimentos da noite estão definitivamente tomando um rumo negativo. Na verdade, em velocidade acelerada. Esses homens e o patrão deles são o motivo de a reportagem não ter saído. "Sei." Ben acha melhor jogar o jogo deles e escapar com a pele intacta. Sabe como a coisa funciona.

"Jim?", diz o homem que fala.

O homem com as mãos grudadas em Ben Urich esbofeteia-lhe a cara, dobra-lhe o corpo ao meio, ergue-o como a um bebê e joga-o no banco traseiro de um Cadillac bordô. O homem que fala pega o volante, o outro senta-se ao lado de Ben. Segurando-lhe os pulsos num aperto agarrado, que não admite questionamentos.

O motorista dá a partida. Ben Urich está avaliando a situação. Surpreso que isso não tenha ocorrido antes. Seu estilo duro de reportagem, sua busca impiedosa da verdade. Uma pessoa ou pessoas desconhecidas uma vez lhe enviaram um rato morto pelo correio, embrulhado em tafetá, mas aquilo podia ser de uma porção de gente, por uma porção de motivos. Está surpreso que isso não tenha ocorrido antes.

O motorista diz: "Vamos levá-lo para dar uma volta. Só uma voltinha". Retira o carro de seu espaço quase impossível, entre uma perua vermelha imunda e um funesto Ford de quatro portas. Atravessam dois quarteirões sem dizer palavra. Ben Urich, por seu lado, teria implorado por sua vida, se tivesse conseguido desalojar a pedra entalada na garganta.

Animado, o motorista continua: "Seria muito incômodo pedir-lhe que não dê prosseguimento à sua atual reportagem?".

Ben Urich dá um jeito de dizer: "Já parei. Acabou", e o homem a seu lado quebra-lhe um dedo.

O indicador de Ben Urich é figura-chave, versátil, digno da maior confiança nas tarefas mundanas e também nos apuros, quando se destaca verdadeiramente dos demais. Sem nunca hesitar em vasculhar um nariz ressecado à procura de cacas e no entanto um instrumento suficientemente sensível para introduzir as chaves de casa em fechaduras birrentas. Ben usa o indicador para chamar até si os garçons que recolhem a conta, e para tamborilar em superfícies várias (tampos de mesa, assentos, sua coxa direita) quando está nervoso ou só passando o tempo. Muito pior que a labareda rosada que sente quando o homem calado dobra seu dedo num ângulo mal calculado de noventa graus, para além do ponto até onde ele se curvaria durante o uso normal, é o som que se segue. De graveto pisado. O som é muito, muito pior que a dor. A princípio. E lhe diz, eis o quão frágil é nosso corpo. Sem falar em apertar o botão do elevador: seu indicador é o mais natural de todos os dedos da mão recrutados para o serviço de chamar o elevador.

Os dois permitem que o berro de Ben Urich diminua até virar um gemido desigual, que sobe e desce. O homem calado afrouxa um pouco o apertão, quem sabe para lembrar ao cativo do gosto da liberdade, do conforto da mobilidade da qual acaba de ser exilado. "Eu me chamo John", o homem no volante informa. "E esse aí do seu lado é o Jim. O Jim acabou de voltar do dentista e não vai acrescentar muita coisa à nossa conversa. Quer dizer, palavras. De vez em quando vai enfatizar o que eu disser com um gesto bem cronometrado. Eu não sei onde essa gente aprendeu a dirigir, mas tem um bocado de barbeiros na rua, hoje."

Ben não consegue mexer o indicador. Quando tenta, os outros dedos simplesmente balançam de um lado para o outro, em comiseração canhestra. Encarregado de um quadrante essencial de sua máquina de escrever, também, aquele indicador. Ben repara que o carro está se dirigindo para a Zona Sul da cidade, avançando pela teia do trânsito provocado pelo fim dos espetáculos. Os semáforos são implacáveis a essa hora da noite, misteriosos e caprichosos, como se atônitos com essa recente indignidade que lhes foi impingida pelos cidadãos e seus veículos. Faróis de trânsito, funcionários públicos por excelência. No semáforo fechado seguinte, a mão esquerda de Ben arrasta-se até a janela e balbucia por socorro. O carro parado ao lado do Cadillac leva um casal arredio, de traje negro a rigor. De volta ao sossego do lar, basta de inquietações de cidade grande, para eles. A mulher dá uma olhada em Ben e nos seus meneios de mão. Franze o cenho e vira-se para o marido. O farol abre e John impele o carro adiante.

"Viu só?", John fala arrastado. "Ninguém se incomoda de fato com seu vizinho. Nós podíamos estar levando você para um depósito de lixo qualquer, despejá-lo lá, que ninguém está nem aí. Estão todos mais preocupados com suas parcas habilidades no volante do que com seu semelhante." Ben ergue os olhos, mareados, para o espelho retrovisor. O motorista está de olho nele. "Diga-me, senhor Urich, quantas vezes mentiu para nós esta noite?"

"Eu não menti. Santo Deus, por favor, me deixem ir embora", grasna Ben.

John não parece impressionado. Os olhos escuros olham de relance para a rua à sua frente, depois retornam para Ben.

"Essa é outra mentira. E já que obviamente você tem tendência para mendigar favores, eu lhe digo. Quatro vezes. E para cada mentira sua, meu parceiro Jim vai lhe quebrar um dedo fazendo pressão no... bom, não sei exatamente como é o nome certo do osso, já faz um tempinho desde a última vez que eu folheei meu livro de ciências... mas basta dizer que o Jim vai exercer uma certa pressão onde ela não deveria ser exercida."

Jim entorta o dedo médio de Ben até que ele toque o dorso da mão, ao que se segue mais um ruído de graveto pisado.

John começa de novo: "Você mentiu quando disse que não se incomodaria se eu lhe pedisse para não dar continuidade a um determinado assunto. Dá para ver pelo seu terno, sobretudo pelo brilho em volta dos cotovelos e dos joelhos, que você não é homem de viver e morrer pelos fúteis ditames da sociedade. A maioria, quando sai para passear, quer parecer boa-pinta. Feito aquele pessoal do carro, lá atrás — eles jantaram fora, foram ao teatro, tinham boa aparência. Mas isso não significa bulhufas para um homem como você, um homem com um senso de moral tão aguçado. Você se ofende quando dois bandidos — porque é isso o que somos, quando você vai fundo na coisa, não obstante o quanto eu tente me convencer do contrário —, quando dois bandidos vêm e lhe dizem para largar mão daquilo que você considera um imperativo moral. De modo que mentiu. Esse foi um dedo". John torce a cabeça para a frente e para trás. "Espere um pouco." O carro azul da frente está enviando recados confusos, tingidos por um clarão pouco sutil de agressão. "Viu só isso? Esse cara acabou de me fechar. Sem mais nem menos. Se ele queria virar, podia ao menos ter avisado. Sabe como é?"

"Por favor, eu juro que desisto da reportagem", Ben implora. "Eu juro."

"Está certo, tudo bem", John prossegue. "Você mentiu de novo quando disse que sabia o que Johnny Shush faz com gente que se mete com ele. Porque se soubesse mesmo — e não estou falando de alguma besteira tirada dos jornais ou, que Deus me perdoe, dos filmes — você nunca, jamais, em tempo algum, teria feito qualquer coisa para irritar o Johnny. Teria pensado duas vezes. E nós não estaríamos aqui bem agora. Cruzando o centro da cidade a essa hora da noite. Esqueça. De modo que essa foi outra mentira, e outro dedo. Tem mais dois na fila. Você mentiu quando disse que não mentiu, de modo que aí vai o terceiro, mas eu vou pedir ao Jim que suspenda por alguns momentos a quebração de dedos porque esse som me perturba um pouco e já está bem difícil dirigir com todos esses malucos na cidade, sem outras perturbações. Tudo bem com você, Jim? Não precisa falar, só me diz com a cabeça, eu sei que dói quando você fala, por causa do dente etc. e tal."

Jim faz que sim, grato pelo fato de o amigo e parceiro compreendê-lo tão bem.

"Tem mais uma mentira, a primeira que você contou para a gente. Quando eu lhe perguntei as horas, você disse que não sabia. Mas eu sei que foi mais uma das suas perfídias, porque estou vendo daqui o relógio, logo abaixo de onde o Jim está segurando seu pulso. E essa é a pior mentira de todas, porque quando um estranho lhe pergunta as horas, você nunca devia mentir. Não é decente."

Lila Mae inclina-se na cama, fazendo planos para a guerra. Depois da conversa, Reed pediu licença para cuidar de negócios urgentes — relacionados ou não com o assunto em pauta, não saberia dizer — e deixou-a com o jardim. Passou-se uma hora vagarosa, interrompida por gotas intermitentes de água vindas lá de cima, como se o céu estivesse refletindo sobre as implicações de deixar cair a chuva ou não. Ou pesando qual a melhor atitude a tomar. Lila Mae saiu do jardim e continuou o planejamento no quarto. Às oito horas, a senhora Gravely lhe serviu um jantar de inegáveis qualidades culinárias. A senhora Gravely não era nem um pouco como Lila Mae imaginara. Era uma mulher pequenina, enérgica, cujo cabelo grisalho enroscava-se bem apertado na cabeça, como um nó. Sorriu educadamente ao colocar a bandeja de atravessado em seus joelhos e chegou mesmo a parar, antes de ir embora, para afofar os travesseiros. Não disse palavra. Enquanto comia (devagar, como a mãe lhe ensinara), Lila Mae se perguntou por que o belo rapaz da manhã não lhe trouxera a bandeja.

Reconheceu a batida algumas horas mais tarde: leves, a espaços regulares, imperiosas. O dia inteiro de planejamentos recua para segundo plano, e Lila Mae senta-se na cama. Diz-lhe que entre.

"Só passei para ver se precisava de alguma coisa." Natchez tem o polegar firmemente enterrado no canto do bolso, os outros dedos esparramados pelo quadril.

"Não, obrigada." Depois, pensando melhor, ela acrescenta: "Fica aqui a noite toda? Quer dizer, dorme na casa?".

Ele sacode a cabeça, achando graça. "Não, senhora, saio daqui a pouco. Só quis ver se precisava de alguma coisa antes. A senhora Gravely já foi deitar, de modo que vai ficar sozinha, depois que eu for embora."

"Estou bem. Obrigada, mais uma vez."

O corpo dele inclina-se para partir, mas Lila Mae o pára com um: "É de onde você é? Natchez?".

"É de onde minha mãe é." Ele se encosta na porta. "Não gostava o suficiente para continuar lá, mas gostava o bastante para me batizar com o mesmo nome. Ela ainda gosta de ouvi-lo na boca dos outros."

"Eu também sou do Sul."

"De onde?"

"De uma cidadezinha poeirenta."

"Você não é de falar muito, não é mesmo?"

"Eu falo."

Natchez abana a cabeça de novo e sorri. "Tudo bem, então você é um daqueles professores de fora que sempre ficam aqui? Vai fazer um discurso?"

"Não, sou inspetora de elevadores." A voz de Lila Mae aumenta automaticamente de volume ao dizer as últimas palavras e atinge o tom que normalmente usa quando está fazendo uma inspeção.

"Eu não sabia que eles deixavam a gente fazer isso", Natchez lhe diz. "Mesmo aqui."

"Eles não deixam, mas eu faço assim mesmo."

"É bom serviço esse, trabalhar em elevador? É emprego municipal, não é?"

"Não é mau", diz Lila Mae, dando uma espiada rápida nas mãos dele. Os dedos são largos. Arrogantes, é o que lhe parecem. "Eles sobem e eles descem. Só precisa entender por que eles fazem isso." Vigia os olhos do moço. "O que você faz quando não está trabalhando aqui? Este não é seu emprego regular, é?"

"Só estou substituindo. Eu faço uma coisa e outra. O que aparecer. Esta é uma cidade difícil, puxa, se é."

"É uma cidade difícil", Lila Mae repete. Acaba de chegar ao fim de seus recursos para conversação.

Natchez não se importa. "Então nos vemos amanhã. Meu tio, ele ainda está doente."

"O que ele tem?"

"Diz que não sente a perna." Natchez franze o cenho. "Diz que parece que foi cortada."

"Que horror."

"Ele tem isso, de vez em quando."
"Obrigada por ter vindo ver como estou."
"Durma bem, Lila Mae. Durma bem."

Crianças mastigam açúcar-cande com dentes manchados e aguardam até que a saliva engrosse, açucarada. No calor, tudo fica grudento. As línguas estão verdes e vermelhas do doce.

Na Exposição Industrial de Todas as Nações, as bandeiras dos países civilizados pendem no ar, flácidas qual trapos de cavalariços. O sol incendeia, reluz sobre o edifício monstruoso do Crystal Palace, réplica perfeita de seu xará londrino: ferro, madeira e vidro, nervuras radiais reforçadas por nervuras transversais. Uma bolha régia. Antes que inventassem a verticalidade, isso era tudo a que se podia aspirar, confeitos de vidro e aço, captados do estrangeiro por lunetas.

A oeste do Crystal Palace fica o fétido reservatório Croton; a leste, a Sexta Avenida, um escoadouro de carroças e cascos. O Crystal Palace tombará cinco anos depois, em 1858, devorado pelas chamas em quinze minutos, e tornar-se-á Times Square, com o correr do tempo. Mas, naquele dia, mil janelas enclausuram a luz, e o vidro está estriado por uma película salobra de suor condensado. É uma estufa, e que tesouros desabrocham ali dentro? Numa sala, estão expostas matérias-primas sobre veludo, por trás de vidro: minerais, minérios de todos os formatos, carvão, bronze, ferro, mármore, cristal, maravilhas variadas todas elas. Numa galeria há uma locomotiva acocorada em quadris de ferro, sobre um pedestal negro: a máquina é a destilação dessa era dinâmica, desses tempos veiculares. Elas vêm do mundo inteiro. Hamburgo apresenta vários artigos de chifre, alguns móveis bonitos, uma grande coleção de bengalas, bordados, e a Turquia exibe sedas finas, matérias-primas, coisas da terra, tapetes muito elogiados. Um milhão de pessoas debaixo daquele vidro, durante a Exposição. Divertindo-se, boquiabertas diante dos extraordinários relógios da Suíça, minúsculos, verdadeiras obras-primas, menos de dois centímetros e meio de circunferência, de corda, tiquetaqueando alto, lindamente engastados em adoráveis exteriores de esmalte. Cereais, chocolate e armas, mosquetes e pistolas francesas (os famosos duelos) e um apache empalhado. Frutos carmim de arbustos do Amazonas e lascas castanhas de carne de lhama, secas e salgadas.

No segundo andar estão as colheitadeiras e debulhadoras, plácidas e elegantes, qual animais graciosos, curvados, lambendo-se. As facas Bowie cintilam ao sol: diz-se que os americanos nunca se mostram sem uma dessas facas de mato. (Uma rápida olhada em volta desmente o mito.) Um macaco com capa de marta e coleira de couro lê o futuro. Um estande mostra um cavalo de apenas trinta centímetros de altura e um bebê de duas cabeças num vidro, para deleite das crianças. As senhoras e os cavalheiros afastam-se e acenam lenços em sinal de respeito profundo quando ele passa: o mandarim chinês e seus dois criados. (Os jornais mais tarde noticiam que se tratava tão-somente de um traficante de ópio.)

O som do órgão no segundo andar, contra o qual duzentos instrumentos e seiscentas vozes não seriam coisa alguma, que soa tão alto nesse primeiro dia, 14 de julho de 1853, vai sumindo — "O calor está pesando até no órgão", alguém comenta. Não, o órgão calou-se porque o homem com voz poderosa, o vice-presidente dos Estados Unidos, está prestes a se dirigir aos presentes: "Nossa exposição há de suavizar, quando não erradicar por completo, os preconceitos e animosidades que há tanto tempo vêm retardando a felicidade das nações. Estamos vivendo um período de magnífica transição, cuja tendência é realizar rapidamente aquele grande fim para o qual toda a história aponta — uma humanidade unida. As distâncias que separam as diferentes nações estão desaparecendo velozmente com os feitos das modernas invenções. Podemos cruzá-las com velocidade inacreditável. A publicidade da época atual faz com que assim que uma descoberta ou invenção aconteça, logo venha a ser melhorada e ultrapassada por esforços competitivos. Os produtos de todos os quadrantes do globo estão à disposição de todos, hoje em dia, basta escolhermos o mais barato e o que melhor se adapte a nossos propósitos, os poderes da produção estão sob os cuidados do estímulo da competição e do capital. Senhoras e senhores, a Exposição de 1853 deve nos fornecer um verdadeiro teste e um retrato vivo dos desenvolvimentos alcançados por toda a humanidade, e um novo ponto de partida para todos os futuros esforços de todas as nações". O macaco de capa de marta furta uma carteira.

Naquela primeira noite, o homem tenta se matar mas não consegue. É apenas um ato, entre tantos outros no Grande Saguão, uma pedra bruta entre todas as jóias mundiais ali reunidas. Elisha Graves Otis pára na plataforma do elevador. Ninguém ainda viu sua representação e, depois de tudo que testemunharam nesse dia, o entusiasmo no Crystal Palace é muito pouco diante daquele senhor modesto. Apesar de suas promessas de futuro. É um cavalheiro de meia-idade, magro, de sobrecasaca com trama em ziguezague; a mão direita alisa um colete branco. Se alguns pararam para ver o ato, foi com certeza devido à exaustão, o preço de uma vida inteira de visões exóticas apinhadas num único dia glorioso, mais o calor sufocante do Palace, que só agora à tardinha começa a diminuir. E não há nada de novo acerca de elevadores de carga, exceto, talvez, para alguns caipiras do interior, mas não para os moradores urbanos.

A plataforma sobe nove metros no ar, alçando-se para a cúpula de vidro lá em cima, negra de noite. Convocados para longe das tapeçarias persas e escaravelhos egípcios, arrastados das cerâmicas etíopes na direção de Elisha Otis, os espectadores no Grande Saguão vão se postar diante da plataforma, mirando o homem e a catraca. Eles querem o futuro, no fim das contas. "Por favor, observem atentamente", Elisha Otis diz. Ele segura uma serra no ar, um crescente dourado à luz da lanterna, e começa a serrar a corda que o mantém no alto. Aquele ato crescerá em fama, no decorrer das semanas e meses seguintes, mas nunca mais se verá um silêncio tão completo no Crystal Palace quanto o de agora. A primeira vez é sempre a melhor. Está tudo quieto. A corda dança no ar quando o último fiapo cede. A plataforma cai uma eternidade, por trinta ou sessenta centímetros, até que a mola de sob a plataforma solta-se e prende-se nas catracas das guias. Um Elevador de Segurança. A verticalidade já está a caminho, e também as verdadeiras cidades. A primeira elevação começou. Elisha Otis tira a cartola, com uma mesura bem treinada, e diz: "Totalmente seguro, senhores, totalmente seguro".

O motorista não diz nada, dirige apenas, manobrando o volante com as mãos espalmadas. Graça controlada de um pintor: ele faz gestos curtos, cuidadosos, nem muito extravagantes nem muito mesquinhos. Tem uma mancha pequena e vermelha na nuca, onde o barbeiro o cortou. Enquanto o Buick negro esgueira-se por entre o quadriculado da cidade, rumo ao Instituto de Transporte Vertical, Lila Mae pensa de novo no que Reed lhe disse: "Talvez seja a pessoa perfeita para falar com ela. Ela não fala conosco".

Lila Mae Watson é preta, Marie Claire Rogers é preta.

A pasta que segura contém documentos de formas, pesos e espessuras diversas. Algumas das palavras estão manuscritas, algumas foram impressas por uma máquina de escrever. O papel de cima é um formulário de pedido de emprego da Companhia de Faxina Smart preenchido por Marie Claire Rogers. Tinha quarenta e cinco anos de idade na época, dois filhos e era viúva. O formulário enumera os lugares em que trabalhara anteriormente; pelo visto passara a vida limpando a sujeira dos outros e tinha grande experiência no ramo. Cuidar da sujeira alheia. Um de seus antigos empregadores endossa-lhe os talentos numa carta de referência, qualificando-a de "obediente", "calada" e "dócil". Outro documento, preso com um clipe de papel ao formulário e encimado pelo logotipo da Companhia de Faxina Smart, discorre sobre as atribuições de Marie Claire Rogers na casa dos McCaffreys durante seis meses. Seu período ali transcorrera sem incidentes; seu trabalho fora caracterizado pelo senhor e senhora McCaffrey como "eficiente e cuidadoso". Os McCaffreys mudaram-se para climas mais amenos, segundo os registros da Smart, e Marie Claire Rogers fora transferida para um dos clientes regulares da empresa, o Instituto de Transporte Vertical.

Lila Mae reconhece a assinatura de James Fulton ao pé de uma ficha de avaliação, um ano depois de Marie Claire Rogers ter sido contratada para trabalhar no Instituto. Observa-se tinta idêntica à da assinatura nos pequenos quadrados do topo, onde ela foi usada para fazer um xis na coluna de "excelente". À exceção de um único quadrado na coluna "regular", referente à pontualidade. A data da ficha informa Lila Mae de que Fulton acabara de renunciar à presidência da Corporação (sob o acompanhamento de murmúrios de intensidade variada por parte da indústria de inspeção de elevadores em geral) para se tornar diretor do Instituto. O estágio final de sua carreira. Ele colhera todos os louros; não havia mais o que galgar.

O papel timbrado do Instituto é mais distinto e sóbrio do que a falsa antigüidade do material usado pela companhia de faxina. Austeridade refinada e apropriada a um lugar de altos estudos. O documento que Lila Mae tem nas mãos está endereçado ao corpo de diretores do Instituto e o teor emocional das palavras, o pânico indisfarçável, fornecem um contraste intrigante com a serenidade do timbre no topo da página. A carta pede "ação rápida" em relação ao comportamento "excêntrico" de Fulton ("excêntrico" sendo a palavra, Lila Mae observa secamente, usada pelos brancos para qualificar os loucos de pele branca de uma certa posição), detalhado abaixo. Lila Mae já ouviu quase todas essas histórias — as súbitas iras, o repentino ataque de choro no meio da importante cerimônia de inauguração do anexo de Engenharia —, mas boa parte dos atos desabonadores sobre os quais lê agora são novidade. Os brancos se acobertam entre si. O comportamento de Fulton não faz com que ela reconsidere o pai de sua fé; Lila Mae não espera que os seres humanos ajam de maneira diversa daquilo que são de verdade. Ou seja, fracos.

O documento seguinte também não é nenhuma revelação. Fulton aquiesceu, o anônimo secretário relata (com muito mais entusiasmo do que o evidenciado em seu primeiro documento), e resolveu renunciar. Aceitou nossa oferta de permitir que continue vivendo no campus, bem como a condição de ter uma pessoa encarregada morando na mesma casa. Essa folha de papel em especial (que sacode com a velocidade do Buick; nem tudo está sob o controle do motorista) prossegue descrevendo a recusa de Fulton de todos os encarregados propostos pelo Instituto (ou "babás", termo usado por ele para se referir ao desfile de eficientes empregadas que lhe transpuseram a soleira da porta). A mulher que ele queria era a governanta, Marie Claire Rogers. Ninguém mais. O secretário sente-se satisfeito em acrescentar que ela concordara e se mudaria para os aposentos do antigo criado no primeiro andar na segunda semana do mês seguinte. Parabéns, cavalheiros, Lila Mae diz com seus botões.

Lila Mae e o motorista da Casa, Sven, encontram-se agora em território não mapeado, cheio de superlojas barateiras e de restaurantes para toda a família, que atendem às necessidades da gente de cor primária, coisas que não existiam quando da última visita. É mais fácil respirar ali do que na cidade, há menos coisas para ver. Volta de novo os olhos para o documento seguinte, um velho artigo da revista O Ascensor que já tinha lido à época de sua publicação. As folhas são moles e brilhantes, finas como a brisa. O processo está encerrado. O juiz chegou a um veredicto. Marie Claire Rogers deve entregar todos os documentos de Fulton em seu poder ao Instituto de Transporte Vertical. Segundo o repórter da O Ascensor (cuja escolha de adjetivos o denuncia como aliado do Instituto), quando Fulton percebeu que não teria muito mais tempo de vida, barganhou seus documentos pessoais por garantias de que a senhora Marie Claire Rogers poderia continuar vivendo no campus pelo tempo que desejasse. Desnecessário dizer, o Instituto já tinha como certo que ficaria com todos os documentos após sua morte, já tinha inclusive construído os devidos nichos para o relicário; essa última estipulação inesperada era apenas uma pedrinha no sapato. Ou pelo menos foi o que pensaram de início. Quando o espírito de Fulton partiu, a senhora Rogers passou a tomar conta dos tais documentos. Mas não de todos. Obviamente faltavam alguns cadernos, aqueles referentes aos dois últimos anos de sua vida. A comunidade acadêmica, a posteridade, o implacável motor da história não seriam desmentidos. Mas a senhora Rogers não se deixou demover do propósito de cuidar daqueles diários e investiu contra seus senhorios com expressões raras vezes ouvidas em climas ianques, por ouvidos brancos, moderando aquele seu comportamento insuportável apenas quando impelida a fazê-lo por ordem do juiz James Madison (nenhum parentesco). O artigo termina aí, mas Lila Mae acrescenta um pós-escrito de autoria própria, sobre a natureza da prova. Era óbvio, pelas datas dos diários, que ainda faltavam alguns, mas ninguém poderia provar que não tivessem sido, como a senhora Rogers insistia, destruídos pelo próprio Fulton num miniacesso de desesperança, ou até mesmo roubados — a empregada dizia que no dia do enterro de Fulton a casa fora arrombada. Boatos espalharam-se em terreno pior que esse.

O carro aproxima-se do Instituto. Ela sabe disso sem mesmo erguer a cabeça porque os sons da cidade haviam finalmente cessado, como se Lila Mae e o motorista tivessem descoberto o único vale verdadeiro. Os rangidos e sibilos da cidade, a risada cortante que vem depois de apanhar a presa. Lugar perfeito para um spa, para nos trazer de volta a saúde, armar-nos para o mundo social. Por último, na pasta, estão as notas manuscritas de um certo Martin Sullivan, um acólito intuicionista do Instituto. *Bateu a porta na minha cara, xingou minha mãe, me pegou espiando pela janela da cozinha e golpeou minha mão com um termômetro de carne, me viu escondido atrás de uma árvore e se aproximou de maneira ameaçadora — decidi abandonar a área.* Martin Sullivan prossegue, catalogando o conteúdo de uma lata de lixo recolhido como prova, uma semana antes. *Restos sobretudo de comida*, Sullivan observa, *com aproximadamente dez por cento de dejetos de papel. Dois começos do que aparenta ser uma carta pessoal a alguém chamada "tia Ida" e por aí afora. Um item parecia prometedor — um exemplar do* Palavras Cruzadas Rápidas, *com dois terços parcialmente preenchidos, nem sempre de forma correta. Mas, apesar de meus melhores esforços, não me foi possível encontrar nenhuma mensagem cifrada ou significados ocultos nas palavras cruzadas.*

É isso. Ela é a próxima da fila, a próxima chatice para uma velha senhora.

Havia um bocado de tempo que não punha os pés ali no Instituto. Tanto tempo que a reação inicial não é de rotina e sim a das primeiras impressões: lembra-se da primeira vez em que cruzou os largos portões negros do Instituto, das mãos do pai no volante. Pergunta-se de novo se as notícias sobre o acidente teriam chegado até a família, se os artigos mencionaram seu nome. (Outro pensamento: existe uma pasta para ela, crescendo em algum lugar, agora, igual à que segura no colo, um acúmulo de falsidades.) Ela não é como os outros que foram interrogar Marie Claire Rogers, ralhar com ela. Lila Mae foi limpar seu nome. Custe o que custar.

Reed lhe disse: "Ela não fala conosco. Talvez você seja a pessoa perfeita para falar com ela. As duas são pretas".

Excerto de *Elevadores teóricos*, Volume Dois, de James Fulton:

"Acreditar no silêncio. Como fazíamos quando vivíamos em bolhas. Conscientes, na medida em que sabíamos que era quente: o silêncio fornecia o calor. O útero. Mais fácil para as formigas, que falam por substâncias químicas. Comer. Fugir. Seguir. Nomes e verbos apenas, e nunca em concerto. Não existem erros porque não há sentença, exceto aquela que a natureza impõe (mortalidade). Você pára numa plataforma de embarque. O medo de perder o trem e a escravidão ao tempo forneceram-lhe dez minutos antes da partida. Há tantas coisas que você nunca disse a quem o acompanha e tão pouco tempo para formulá-las. Os anos acumularam-se em volta das palavras simples e haveria tempo bastante para dizê-las, não tivessem os anos intervindo para escondê-

las. O chefe do trem percorre a plataforma, perguntando-se por que você não fala. Você é uma nódoa na plataforma e no horário dele. Fale, encontre as palavras, o trem já vai partir. Você não consegue encontrar as palavras, as palavras não permitem que você as encontre a tempo. Nada se passa entre você e a pessoa que o acompanha. É tarde, um assento espera. Que as palavras sejam simples e verdadeiras é apenas metade da luta. O trem vai partir. O trem está sempre partindo e você não encontrou as palavras.

Lembre-se do trem, e daquela coisa entre você e suas palavras. Um elevador é um trem. O trem perfeito termina no paraíso. O elevador perfeito aguarda enquanto sua carga humana tenta achar caminho na escória das palavras e encontrar as palavras certas. Na caixa negra, esse negócio confuso da comunicação humana está reduzido a substâncias químicas excretadas, compreendidas pelos receptores da alma e traduzidas em discurso verdadeiro".

Nada de soda caramelada, nem pensar em suco de ameixa e definitivamente não para café: Pompey não toma nada que seja mais escuro que sua pele, por medo de escurecer ainda mais. Como se sua pele fosse uma mancha capaz de piorar, de mergulhar e saturar-se no inferno negro. Eles mandaram Pompey sabotar um dos elevadores do prédio Fanny Briggs, Lila Mae tem certeza. Teria acalmado o sentido distorcido de harmonia daquela gente, colocar dois pretos um contra o outro. Dois cães no ringue. Pompey teria adorado a oportunidade, saliva branca espumosa a lhe manchar a face. Pois não foi ele mesmo quem disse alguma coisa nesse sentido, quando estavam no O'Connor, logo depois da queda, quando Lila Mae se esgueirou pelas paredes, como uma ladra? *Bem feito para ela, está colhendo o que plantou*. Algo assim. Pompey em seu terno bege pequeno demais, chapéu-coco de banda, aprontando na sala de máquinas.

Ela espera no carro até que Marie Claire Rogers apareça. As casas da faculdade debruçam-se atrás de um regimento de carvalhos, no sopé da colina. Sempre uma incongruência: os teóricos cheios de preocupações graves e os ex-inspetores de conceitos toscos unidos em comunidade acadêmica, vivendo por trás de fachadas Tudor indistintas. Pela janela do carro Lila Mae enxerga o ginásio onde morou, enxerga o pequeno buraco estripado que foi sua janela para o campus. Desenha no ar uma linha até as janelas superiores do Bloco Fulton, até a biblioteca onde o homem morreu. O homem cuja casa ela agora vigia, sentada dentro de um carro, com um motorista que não fala. Sven respira pesado pela boca, feito um cavalo.

A batida na janela lhe dá um susto. "Se vai ficar aqui na frente o dia todo, é melhor entrar de uma vez", diz a criatura, suas palavras avançando com certa dificuldade pelos dois centímetros de vão na janela à direita de Lila Mae. Marie Claire Rogers acrescenta: "Só você. Ele não".

É uma mulher de baixa estatura, um toco em cima de pernas fortes e curtas, com aspecto bem mais moço do que Lila Mae imaginara. Não acabada e cansada como seria de esperar da profissão. Nesse dia nublado, ela é uma sólida presença viva, um touro de vestido vermelho intenso, terminado em babados brancos, a afogar-lhe o pescoço. Flores secas amarronzadas comprimem-se num punho espetado no chapéu de palha. Ela não aguarda a resposta de Lila Mae e segue pela entrada de pedra da casa de Fulton, de sua casa, com passos pequenos, controlados. Lila Mae diz ao motorista para não esperá-la, ela voltará sozinha para a Casa Intuicionista. Personalidade não muito chegada a nostalgias, Lila Mae decidiu no entanto dar uma volta pelo campus, depois de entrevistar a senhora Rogers. Ver se tem alguém morando em seu antigo quarto. Talvez seja o deslocamento dos últimos dias.

Lila Mae abre a porta que dá para o vestíbulo e vê a mancha vermelha a sua esquerda. A senhora Rogers diz: "Eu vi você parada aí na frente, quando virei a esquina". Ela tira um longo alfinete de chapéu da cabeça e deposita-o a seu lado, no sofá. "Esperei vinte minutos e você não se mexeu. Ninguém vai me impedir de entrar na minha casa."

"Desculpe incomodá-la", Lila Mae responde. "Eu só quero lhe fazer uma ou duas perguntas. Se estiver com tempo."

Marie Claire Rogers sacode a cabeça, entediada. "Eu não teria deixado você entrar", diz sem rodeios, "mas você não é como aqueles outros homens que vieram aqui, de terno todo chique, uma empáfia que só vendo. Como se fossem obrigados a ser educados porque a gente tem alguma coisa que eles querem, mesmo que se achem muito superiores." Ela mira nos olhos de sua visita. "Mas eu dei tanto trabalho para eles que desconfio que acharam melhor mandar você para falar comigo."

"Algo assim."

"E que aí então eu iria falar tudo o que não falei até agora só porque você e eu somos do mesmo time." A mão de Marie Claire Rogers espana o colo, como se estivesse limpando alguma coisa. "Por que não se senta", diz ela, levantando-se, "enquanto eu faço um chá?"

A casa não é o que Lila Mae esperava, mas por outro lado Fulton está morto há seis anos. Agora é a casa da senhora Rogers, por acordo contratual. Não havia menção do fato na pasta, mas devia haver alguns boatos sobre os dois serem amantes. Por que outro motivo dar-se a tanto trabalho por causa de uma empregada? Será que começara a mudar a casa enquanto ele ainda era vivo, em estágios sorrateiros? Quinze cavalos de cerâmica adornam o consolo sobre a lareira, em poses que vão desde o meio galope até um pastar pensativo. Escuta Marie Claire mexendo e revirando coisas mais além. Fervendo água. O que teria dito Fulton quando ela começou a transformar a casa? Louco demais para notar o mundo a sua volta, ou preocupado demais com sua caixa negra para se importar com a casca das coisas. Com as aparências.

Marie Claire Rogers retorna com o chá e biscoitos wafers. O chá cheira e sabe a cravo. A cadeira onde Lila Mae sentou é velha e firme. Resistente. Marie Claire Rogers pergunta, tomando seu chá e olhando Lila Mae por cima da borda da xícara: "Então, por que não fala logo?".

"Vim aqui só para lhe perguntar a respeito de Fulton."

"Isso foi o que os outros homens disseram também. De que lado você está? Está com o Instituto ou com o Departamento municipal? Ou tem gente nova para me infernizar?"

"Eu me chamo Lila Mae Watson. Sou uma intuicionista. Agora trabalho para o Departamento de Inspeção de Elevadores. Da prefeitura."

"Sei, sei." Marie Claire Rogers não demonstra qualquer emoção. "Pergunte o que ia perguntar." Mordisca um biscoito com dentes minúsculos.

"Só tinha a senhora morando aqui com Fulton?" Marie Claire talvez não facilite as coisas, mas ela vai descobrir o que quer saber, tomou a decisão. Vai sim.

"Alguém tinha de morar", Marie Claire responde, enfastiada. "Ele não podia se virar sem alguém por perto para mantê-lo afastado da loucura. Afastado de si mesmo. Primeiro eles trouxeram todas aquelas senhoras finas da Europa, ou de algum lugar assim." Ela acena para a janela, como se esse lugar ficasse logo atrás do arvoredo. "Mas James botava todas elas no olho da rua, assim que chegavam. Dizia que lhe metiam medo, essa mulherada vinda da Suécia, Rússia, por aí. Aí então um dia ele disse que só queria a mim debaixo do mesmo teto."

"E a senhora aceitou."

"Todos os meus filhos já tinham casado e saído de casa", Marie Claire Rogers responde, a cabeça inclinada muito de leve na direção de um retrato na mesa a seu lado. Lila Mae não tinha reparado nele: rostos e corpos que não consegue discernir, posando no arranjo tradicional das fotos de família. "O que eu ia fazer", a senhora Rogers continua, "ficar naquela cidade com todas aquelas loucuras que acontecem hoje em dia? Não tem muito o que fazer, por aqui, mas ao menos a gente não precisa ficar pensando em algum moleque acabando com a nossa vida só por causa de uns trocados."

"Então eram amigos, a senhora e Fulton?"

"Eu trabalhava para ele e ficamos amigos. Ele era bom para mim. Sabe que queriam que eu espionasse para eles? Logo que ele começou a escrever aqueles livros sobre sentir o elevador, e abraçar o elevador e essa coisarada toda..."

"*Elevadores teóricos*", Lila Mae complementa.

"Esse mesmo. Assim que ele começou com isso, aqueles velhos corocas lá de cima do morro não sabiam mais o que fazer com ele. Agindo como se tivesse sido picado por uma cobra louca e fazendo aquelas coisas todas, depois escrevendo aqueles livros. Acho que foi isso que mais incomodou o pessoal, os livros. Não sabiam o que fazer, como interpretar, vinham aqui a qualquer hora do dia ou da noite, não sei bem se eles estavam tentando fazer o velho parar ou guardar aquilo tudo para si. Um dia ele saiu, para fazer um discurso ou coisa parecida, e um deles me aparece aqui, um branquela murcho qualquer, entra na minha cozinha e me diz que 'eles gostariam muito que eu os mantivesse informados' sobre as idas e vindas de James e o que ele faz no quarto à noite. Como se eu fosse espionar em minha própria casa, porque foi isso que este lugar virou, assim que me mudei. Minha casa. Eu disse para eles saírem imediatamente da minha cozinha e que se voltassem de novo a entrar na minha casa, eu ia contar tudo ao Fulton. E você sabe que ele teria um ataque." A senhora Rogers coloca a xícara de chá na mesa lateral, fixa os olhos em Lila Mae e muda de rumo: "Por que está demorando tanto?", pergunta, resoluta. "Não vai me perguntar onde eu escondo o resto das coisas de Fulton? É isso que todo mundo quer saber. 'Será que podemos conversar um minuto?', 'Será que tem um minuto?' Não, eu não tenho um minuto, não para eles."

"Só estamos tentando ter certeza", diz Lila Mae. Ela está perdendo o controle da situação, deixando que essa velhota amargurada leve a melhor.

"Como foi que se misturou com essa gente? Você se veste igual, mas deve ter um pouco mais de bom senso."

"Eu estudei aqui", Lila Mae responde. Mantenha a conversa centrada em Marie Claire, não nela. Não é por isso que foi até lá. "Faz alguns anos."

"Então é só isso? Apenas isso?"

"Como eu disse, sou uma intuicionista. Sou adepta dos ensinamentos de Fulton e se houver mais alguma coisa por aí, em algum lugar, eu gostaria de encontrá-la."

"Você estudou aqui?"

"Já faz alguns anos."

"Acho que eu me lembro", Marie Claire Rogers diz sem entonação na voz, balançando a cabeça. "Nunca teve muitos iguais a nós por aqui, quer dizer, que não estivessem esfregando chão e servindo mesa. Claro. Eu me lembro de você. Lembro porque você era a única preta por aqui que não trabalhava aqui. Eu costumava ver você andando muito depressa para tudo quanto é lugar, como se tivesse aonde ir mas não tivesse tempo de chegar lá. Sempre andando depressa e sozinha."

"Mas eu consegui."

"É, acho que sim." Os olhos castanhos de Marie Claire não largam os de Lila Mae. "Valeu a pena? Toda essa coisarada que puseram na sua cabeça?"

"Tenho meu distintivo. Fiz por merecê-lo." Lila Mae percebe, não sem uma boa dose de constrangimento, que está com a mão no bolso, tateando o relevo do timbre de seu distintivo de ouro. Estende a mão e pega um biscoito na bandeja.

"Não foi o que eu perguntei, não é mesmo?" Satisfeita com a expressão canhestra de Lila Mae, uma bola de papel amassado, igualzinha, Marie Claire Rogers inclina-se no encosto do sofá e sorri. "Desculpe", diz, bem devagar, "eu não passo de uma velha falando sem parar numa tarde de domingo. Você veio aqui me perguntar algo. Quer saber se estou escondendo alguma coisa. Alguma coisa de Fulton que o mundo e todo aquele pessoal lá de cima do morro não pode passar sem."

"Por que não entregou esses papéis? Tinha um acordo, certo?"

"Era o que James queria." O sorriso abriu-se distante e estranho, como se satisfeito com o som de uma música longínqua. "Ele me disse porque sabia que ia morrer logo, as pessoas sabem, apenas sabem, quando vão partir, ele me disse que quando eles chegassem aqui para fuçar nas coisas dele, eu devia lhes dar tudo o que estivesse no escritório, mas qualquer coisa que houvesse no quarto não era para entregar. Foi o que ele me disse e eu percebi que falava a sério. Ele guardava parte do trabalho no quarto e outra parte no escritório, e são dois lugares bem diferentes. Era o que ele queria e era o que eu ia fazer por ele, por mais que esses corocas e seus advogados esperneassem."

"Mas no fim acabou cedendo."

"Sabe o que eu acho? Acho que Fulton ia queimar aqueles papéis na lareira, só que não sabia que ia morrer assim tão rápido. Mas eles me levaram na frente daquele juiz e me fizeram jurar sobre a Bíblia. O que mais eu podia fazer? Me diga... o que mais eu podia fazer? Eu tive de jurar sobre a Bíblia. Sei que James não gostou nada da história, mas o que mais eu podia fazer? Eu não posso começar minha vida de novo e James queria que eu ficasse com a casa."

"E a senhora lhes deu tudo que havia?"

"Dei tudinho e assim mesmo eles não acreditaram. Alguém assaltou a casa no dia em que enterramos James. Remexeu tudo, à procura de alguma coisa. Eu contei para eles que alguém tinha entrado aqui e quem sabe tivesse levado alguma coisa, mas mesmo assim não acreditaram em mim." Um mecanismo diminuto entra em ação no velho corpo daquela mulher, subitamente ativado. Como, Lila Mae não é capaz de dizer, mas compreende que a entrevista está chegando ao fim. A senhora Rogers rosna: "Eu olho pela janela, outro dia, e sabe o que vejo? Vejo um homem fuçando na minha lata de lixo. Eu conheço o homem do lixo e aquele não era nenhum lixeiro. Aí ele sai correndo. O que tem para me dizer sobre uma coisa dessas?".

"Eu não sei."

"Sabe quanta gente me aparece por aqui, fazendo a mesma pergunta? Às vezes eles são gordos, às vezes altos, e às vezes demonstram um pouco de respeito. Dizem que vêm da parte de fulano, que pertencem ao grupo tal e assim vai. E sabe o que eu digo para eles? Bato a porta na cara deles. Me olhando daquele jeito. Já vi tudo quanto é tipo de branco na vida, e vou lhe dizer uma coisa. São todos iguais. Até o último deles. Agem como se eu nem estivesse na sala. Só de ouvir eles falando aquelas coisas, as coisas que eles dizem, bem ali na minha cara, como se eu nem estivesse na sala. Coisas horríveis. E são todos iguais, exceto o James. Eu não tenho mais nada a dizer para eles. Mais nada. Depois do que fizeram para mim e com os meus, a vida toda."

Xícaras de chá voando, um daqueles cavalos de cerâmica na cabeça de Lila Mae. Coisa de um minuto mais, se ela não sair dali.

"E agora mandam você. Arranjaram uma negrinha pra fazer o trabalho deles. Este é um novo mundo. Eles pensam que podem mandar você aqui e que eu vou conversar com você. Como se nós nos conhecêssemos. Vestida com terno de homem, como se fosse homem. Deixe-me fazer uma pergunta para você. Por que veio até aqui? Num domingo?"

"Porque é importante", responde Lila Mae. Desafiadora. Acredita em sua missão.

"Para quem?", a senhora Rogers quer saber. "Para você ou para eles?"

Mas Lila Mae não diz nada e a senhora Rogers acrescenta: "Agora chega". A última coisa que a velha diz, quando Lila Mae já está do lado de fora da casa: "Ele não é o homem que você acha que é. Lembre-se disso: ele não é o homem que você acha que é".

Não havia janelas e eles tinham levado seu relógio, de modo que não fazia idéia de há quanto tempo estava lá embaixo. Tempo suficiente para ter sido apelidado de Homem do Berreiro, tempo suficiente para ter merecido a alcunha umas dez vezes. Berrou a primeira vez quando o grandalhão sem olhos quebrou o primeiro dedo. Berrou mais algumas vezes depois disso, em seguida as coisas fluíram até aquele ponto.

O grandalhão tinha olhos, mas tão lá no fundo do crânio que o Homem do Berreiro estivera mirando um abismo. Quando chegaram a esse lugar, os dois homens arrastaram as formas trêmulas por degraus úmidos de pedra, através de corredores escavados na terra reticente, até esse quarto. Acorrentaram-no a um catre que fedia a urina e vômito e outros fluidos obscuros que o corpo humano com certeza expele de tempos em tempos. Pus. O colchão exibia tatuagens, manchas escuras amorfas que correspondiam às diferentes partes do corpo que haviam caído sobre ele, uma nuvem marrom em volta do joelho direito, alguma sujeira coagulada perto da virilha. Ele berrou ao ver o colchão e berrou mais ainda quando o acorrentaram ao catre e viu seu corpo postado em cima das secreções de hóspedes anteriores. Zonzo e em agonia como estava, compreendia que aquele cubículo ficava no subsolo e que ninguém de verdade ouviria seus gritos. Porque os homens que o mantinham preso não eram de verdade. Eram monstros e iriam matá-lo.

Não se pode dizer que o Homem do Berreiro não estivesse ciente de seu crime. Sabia que estava violando aquelas leis já na época. Violou por vários motivos, por motivos que recuavam vários anos, por motivos que esperavam o momento maligno de sua vingança. O momento da teia. Ele não violou as leis do país e sim as leis de um homem poderoso no comando de uma legião de testas-de-ferro que empenharam sua lealdade com sangue. Parara de berrar por várias horas e até mesmo idealizara sonhos de soltura, pequenos dramas de contrição e perdão (nós só queríamos lhe dar um recado), até o homem baixo de dedos hábeis entrar no quarto e começar a torturá-lo. "Só vou podar o excesso", disse o baixote enquanto cortava o Homem do Berreiro. Disse Homem do Berreiro, e àquela altura, aliás por várias horas depois disso, ele de fato fizera por merecer a alcunha.

O sangue de suas feridas (plural) borrifou na parede cinza, acabou secando e tornou-se indistinto do sangue seco de tantos outros que vieram antes. Não eram os borrifos de seu sangue, por mais intrigantes e animados que fossem os desenhos formados na parede, o que o distinguia de seus antecessores e sim a incompreensível originalidade de seu berro. Seu berro, tão constante e confiável por uns tempos (crescendo, diminuindo, depois redobrando de intensidade a intervalos perfeitos, como se a dor fosse um virtuose e seus gritos o próprio libreto do inferno), esmorecia lento até parecer, aos ouvidos dos homens que vigiavam do lado de fora da porta, que chegaria um momento em que o Homem do Berreiro não estivesse mais berrando. Que tivesse, na verdade, parado de berrar. Mas aí o Homem do Berreiro começava tudo de novo, depois de uns tempos, e o homem que apostara na recaída do Homem do Berreiro estendia entediado a palma da mão para que seu companheiro mais otimista ali depusesse o fruto da aposta perdida e ponderasse, em silêncio com seus botões, os motivos que levam certas pessoas a sucumbir ao choque e outras não.

Todos eles berravam, claro, os condenados àquele quarto pela moralidade caprichosa de Johnny Shush. Mas o que intrigava os homens que vigiavam o Homem do Berreiro, bem como os que o torturavam, era o matiz e o timbre, a incansável clareza de seu berro. A pura novidade da coisa, inimaginável num homem de porte tão modesto. Eles nunca tinham ouvido a dor cantar daquele jeito, até então, em todas as sessões de tortura jamais encenadas no humilde palco daquele cubículo. E algumas coisas bem extravagantes tinham acontecido ali, no decorrer dos anos. Um cavalheiro prosaico, do lado de fora do quarto, que respondia pelo nome de Frankie Orelhas, por causa daqueles vestígios de abas que tinha nas laterais da cabeça, disse que parecia que o Homem do Berreiro tinha perdido o emprego, a mulher e o cachorro ao mesmo tempo, pelo visto a imagem protótipo do pior que poderia acontecer a um homem, a seu ver. Mas não. O berro do Homem do Berreiro era o som que uma alma faria, se fosse possível ouvir o som que faz uma alma quando despida da pele e exposta ao ar, à angustiante esfera mortal. Perdera cinco dedos — eles não vão crescer de novo, mas você ainda tem mais cinco, certo? Cortaram fora metade de seus dedos (e pregaram-nos no quadro de avisos do clube, bem abaixo da manchete de jornal anunciando o mais recente fracasso do Departamento de Justiça em indiciar o irrepreensível Johnny Shush), mas ainda não tinham cortado a outra metade. Sempre existe a esperança, os homens presos no cubículo nunca desistem da esperança de conseguir se safar, não obstante o quanto estejam feridos, os extremos da desfiguração. (A esperança, como já se observou, é o mais terrível dos instrumentos de tortura.) O Homem do Berreiro, no entanto, berrava como se estivesse perdendo não apenas a vida mas também a abençoada eternidade, o silêncio que se faria dali para a frente, no lugar onde os mortos repousam em leitos de margaridas, a testa desimpedida de preocupações. Os homens que montavam guarda lá embaixo, em geral de coração imperturbável, experimentaram um novo desconforto. Alguns, falando com seus botões, planejaram uma mudança de carreira, pensando nesse ou naquele primo que tinha acabado de abrir um restaurante ou uma revendedora Ford. Nunca tinham ouvido berro como aquele antes. Puro. Luminoso. Incorrupto. Como se ele fosse um profeta e a linguagem de suas profecias fossem os gritos e uivos que aqueles a quem se propusera salvar não pudessem compreender, cabendo-lhes apenas presumir a importância da mensagem e fazer cada qual seus preparativos para o Dia do Juízo Final. Graças a Deus pelas folgas e mudanças de turno, um guarda disse consigo mesmo.

    Johnny Shush nunca descia até o porão. Dizia que ficava deprimido. Quando chegou e os guardas levaram o Homem do Berreiro, cuja voz ainda estava surpreendentemente límpida, até o primeiro andar, para que Johnny Shush proferisse seu costumeiro discurso "Você me sacaneou, agora tem de pagar", aconteceu de Joe Markham Preguiça estar levando a mocinha preta para baixo. A mocinha preta olhou para o Homem do Berreiro, o Homem do Berreiro olhou para a mocinha preta e fez o que lhe vinha naturalmente. Berrou.

O Buick azul-marinho continua empoleirado no meio-fio, apesar das instruções de Lila Mae para que o motorista fosse embora sem ela. Sairia por si só de sua *alma mater*. A infame lealdade intuicionista. Ao se distanciar da porta da frente da casa de Fulton, vê as mãos flácidas do motorista no volante, largadas como águas-vivas encalhadas. O motor rosna e gargareja assim que ela se senta no couro macio do assento traseiro. Ao sentar-se, ergue o pano da calça na altura dos joelhos. Para suavizar a fricção.

A velha e sua casa bolorenta, onde enxames de poeira rodopiam e piscam ao sol, criaturas marinhas diminutas. Lila Mae não receia o relatório que terá de fazer a Reed sobre o resultado da missão — é perante si mesma que falhou. A vontade de Marie Claire Rogers é tão cega e bruta quanto a sua. Talvez alguém tenha mesmo assaltado a residência de Fulton e roubado seus últimos apontamentos, no fim das contas, e tenha sido essa pessoa que andou enviando alguns trechos do diário. Tão distraída está ela com o rumo dos acontecimentos da tarde que leva algum tempo, depois de atravessarem os portões filigranados do Instituto de Transporte Vertical, para reparar que o motorista não tem mais a cicatriz vermelha no pescoço, que o pescoço é uma coluna rósea de concreto. Que não há botões para destrancar as portas traseiras, ou manivelas para baixar os vidros. Que esse não é o carro em que chegou, que esse não é seu motorista (embora os dois tenham uma afinidade com o silêncio), que eles não estão voltando em direção à cidade e sim rumando para um outro lugar muito diferente.

A balsa que atravessa a Terra rumo ao Paraíso. Parece-lhe uma tolice não ter visto antes: uma caixa negra intuicionista. Lá pelo fim do curso sobre Elevadores Teóricos, no segundo ano, o professor McKean fez a classe descrever os elevadores que construiriam caso se vissem livres de toda e qualquer restrição. Alguns alunos entenderam restrição como necessidade de inovação e mais que depressa resgataram suas criações prediletas de outrora, simplesmente acrescentando, digamos, um seletor moderno à massa bruta tremendamente antiquada de um Sprague-Pratt. Outros fizeram melhorias (pelo menos assim lhes pareceu) em conceitos dominantes do design do momento, como o rapaz de cabelo cor de areia de Chicago, cujo projeto deveu um bocado aos desdobramentos então mais recentes havidos na Áustria. Lila Mae, que naquele ponto da carreira ainda estava presa à linearidade, bolou um modelo moderno com o melhor que as grandes firmas tinham para oferecer (pegou a mola de braço da Arbo para fechamento de portas e as polias à prova de corrosão da United), antevendo um futuro de cooperação em que não houvesse mais patentes. (Sorri melancólica à lembrança disso, agora.) Um jovem de olhos muito sérios entregou uma planta que tinha apenas um poço vazio e um "fantasmagórico gotejar". Ninguém ficou muito satisfeito com a altíssima nota que Morton recebeu por essa frivolidade.

Lila Mae achava difícil entender o professor McKean: ele estivera na guerra. Faltava-lhe o braço esquerdo, do cotovelo para baixo, e prendia a manga do paletó com a medalhinha brilhante que ganhara por bravura em ação. Ninguém lhe perguntava os detalhes, havia boatos, claro, mas ninguém perguntava e ele não falava no assunto. McKean era alto e esquelético, com o cabelo grisalho ainda tosado ao estilo militar. Cabelo grisalho, mesmo sendo tão jovem. Até hoje ela não tem certeza do que ele pensava sobre o intuicionismo. Sabia que era a primeira vez que dava o curso, mas seu tom era tão árido e monótono que podia muito bem ter estado ministrando os ensinamentos da nova ciência há décadas, para milhares de pessoas. Em termos de entusiasmo, era o mesmo que estar fazendo uma lista das camisas para deixar na tinturaria do chinês. Paixão nenhuma — mas por outro lado, Lila Mae pensa, o intuicionismo não é paixão. A verdadeira fé é séria demais para as distrações da paixão.

O curso foi dado numa sala no subsolo, abaixo do auditório Edoux. Os encanamentos assobiavam com petulância, ou então era o radiador que soava como um gongo; de um modo ou de outro, era preciso enunciar bem as palavras e elevar a voz para se fazer ouvir, apesar das dimensões modestas da sala. A acústica não incomodava Lila Mae, que raramente abria a boca. Não achava que compreendesse suficientemente o intuicionismo para falar a respeito, não obstante a extensão de sua sinceridade. Como se falar sem ser sua vez fosse a apoteose da vulgaridade, a mais absurda das corrupções.

Os seis outros alunos não partilhavam dessa mesma prudência e seus resmungos ignorantes perdiam-se nas gordas vibrações do aparelho de calefação. Três deles, como Lila Mae, ávidos conversos à mitologia de Fulton, e dois liberais bem-intencionados e curiosos o bastante para gastar um ano de sua educação vertical com o tema. O último membro dessa viagem era um certo Frederick Gorse, que sentava no extremo oposto do barco, mareado de forma igual pelo nojo difuso que o acometia e pelas águas revoltas daquele discurso. Gorse, um espécime gordo e mole (fazia Lila Mae pensar num porco velho que sabe que sua carne já está passada demais para virar lingüiça), era um empirista intragável que só participara do seminário para entender aquela ralé apóstata que andava fazendo tamanho barulho na comunidade e, portanto, armar-se contra eventuais investidas. Estava de olho na presidência da Corporação, era evidente para quem quisesse ver, e a se julgar pelas imprecações freqüentes de "Baboseira!" e "Besteira!", um dia viria a ser um inimigo feroz do intuicionismo. Já desde o primeiro contato, Gorse parecia um vingador antiqüíssimo. O professor McKean mantinha-o sob controle, Lila Mae percebeu depois, deixando que falasse; minoria entre os conversos, e argumentando em prol da doutrina contra a qual os outros se haviam unido em revolta, Gorse era um acessório didático tão eficiente que McKean poderia ter defendido convincentemente sua inclusão na folha de pagamentos do Departamento.

Lila Mae deveria ter enxergado a caixa negra e as novas cidades da segunda elevação porque os escritos de Fulton eram investigações técnicas e primordiais do mecanismo. *Rumo a um sistema de transporte vertical* continua sendo um texto básico para o pensamento empirista. Ninguém sabe o bastante sobre sua história para poder pôr em destaque seu gênio no design: Fulton simplesmente apareceu um dia na Faculdade de Engenharia Pierpont, aos dezoito anos de idade, lento no falar, hesitante, e dali em diante tornou-se um espanto. A caixa negra explica tudo. Foram as percepções curiosas de Fulton, sua maneira de encontrar a solução menos óbvia que é também a solução perfeita, que fizeram dele um gênio da técnica. E foi também o que lhe permitiu, Lila Mae dá-se conta, romper o véu deste mundo e descobrir o mundo do elevador. Porque é isso que *Elevadores teóricos* fez, descreveu um mundo, e um mundo precisa de habitantes para torná-lo real. A caixa negra é o cidadão-elevador para o mundo do elevador.

Um dia, já no final do curso, quando a primavera começara a se agitar acima daquele abrigo subterrâneo, o professor McKean apresentou o Dilema do Passageiro Fantasma. (Obviamente, eles ainda estavam atolados no Volume Um de *Elevadores teóricos*.) Com a única mão de punho fechado sobre a superfície antiarranhão da mesa de conferência, o professor McKean perguntou se alguém gostaria de explicar as implicações do texto lido na noite anterior.

Morton, o criador do elevador de som gotejante, declarou: "O Dilema do Passageiro Fantasma pergunta o que ocorre quando o passageiro que apertou o botão de chamada vai embora, seja por ter mudado de idéia e ido pela escada, seja porque, não querendo esperar, pega uma cabine que sobe quando na verdade quer é descer. Ele pergunta o que acontece ao elevador chamado".

O professor McKean disse: "Correto. Fulton faz essa pergunta e deixa que o leitor a resolva, partindo em seguida para a psicologia do botão de Fechar Porta. Como acha que Fulton responderia?".

"Obviamente", intervém Gorse, "o elevador chega, a porta se abre pelo tempo-padrão estipulado para a entrada de passageiros e depois se fecha. Só."

Johnson, um calouro corpulento que sempre sentava perto de Lila Mae, ignorou Gorse e prontificou-se, com voz entrecortada: "Acho que Fulton diria que o elevador chega, mas as portas não se abrem. Se não há necessidade de as portas se abrirem, então o imperativo vertical não se aplica".

O professor McKean balançou a cabeça. "Mais alguma teoria?"

Bernard, em geral sempre pronto a oferecer respostas sensatas, falou: "Em primeiro lugar, o imperativo vertical aplica-se à vontade do elevador, mas não se aplica aos passageiros. Acho que Fulton se referia, nessa parte, ao 'índice do ser': onde o elevador está quando não está em serviço. Se, como nos diz o índice do ser, o elevador não existe quando não há carga, seja ela humana ou não, então acho que nesse caso a porta se abre e o elevador existe, mas apenas pelo tempo prescrito para que a carga embarque. Assim que a porta se fecha, o elevador retorna à condição de não-ser, 'a eterna qualidade de quietude', até ser chamado a servir outra vez". Bernard sentou-se de volta em sua cadeira de metal, satisfeito.

O professor disse apenas: "Muito bem. Alguém mais?".

Lila Mae esperou que alguém lhe fornecesse uma resposta. Ninguém o fez. Limpou então a garganta e disse, com voz fina: "Fulton está tentando pegar o leitor. Um elevador não existe sem sua carga. Se não tem ninguém para embarcar, o elevador continua em repouso. O elevador e o passageiro precisam um do outro".

McKean abanou a cabeça com veemência e depois perguntou à aluna: "E se nós puséssemos uma câmara no hall, para ver o que acontece, o que veríamos quando revelássemos o filme, Watson?".

Lila Mae enfrentou seu olhar. "Ao deixar a câmara no local, teríamos criado o que Fulton chama de 'expectativa de carga'. A câmara é um passageiro que não embarca no elevador, não um passageiro fantasma. O filme registraria a abertura das portas, o tempo de espera do elevador e depois o fechamento das portas."

"Muito bem", aprova o professor.

Gorse, que nos últimos minutos se remexia todo na cadeira, agitadíssimo, não conseguiu mais refrear o desdém. Cuspiu: "Só porque não se pode vê-lo, não significa que não esteja lá!", e esmurrou a mesa com o punho gordo. A batalha fundamental.

O professor McKean franziu a testa. Empurrou a cadeira para longe da mesa de conferência, até que ela atingiu a parede com uma pancada surda. Com a mão direita, desprendeu a medalha da manga do paletó. A manga, solta, balançou-se para a frente e para trás, como um pêndulo. "Gorse", disse o professor McKean, "meu braço está ou não está aqui?"

"Ele não... está aí", Gorse respondeu tímido.

"O que tem nesta manga?"

"Nada."

"Eis aí o engraçado da coisa." O professor McKean agora sorria. "Meu braço se foi, mas às vezes ele está aqui." Olhou para baixo, para a manga vazia. Sacudiu a manga com a mão restante e a classe ficou observando o tecido balançar.

Uma vez, num momento em que não tinha nada a fazer no Fosso, ela perguntou a Martin Gruber de onde vinha o nome de Johnny Shush. Martin Gruber é um dos Bodes Velhos, a um ano ou dois da aposentadoria e da boa vida das consultorias. Passou por inquéritos sobre corrupção, intimidações da parte de várias administrações municipais e pelo surgimento do elevador elétrico. Mas deixou de lado sua volubilidade habitual diante da pergunta. Olhou em volta para ver quem poderia estar escutando e instruiu-a: "Ninguém fala sobre isso. Capisce?". Shush, como em *shush*.

Shush, sussurravam as bocas negras dos armazéns desertos, as janelas quebradas, tão seguras nos cacos que nem mais lembravam vidro. Ela não conhecia a região por onde passaram para chegar a esse lugar, a esse quarto subterrâneo. As casas pré-fabricadas enfaixadas em tapumes de alumínio rarearam e sumiram, os semáforos desapareceram, as pessoas esconderam-se, e começaram os armazéns, carcaças da prosperidade. Enquanto o carro rodava pelos armazéns, chacoalhando por cima de velhos trilhos, era possível, em certos pontos, ver o céu através das janelas e dos tetos em ruínas. A decadência ressaltando o visível. Estava curiosa demais para sentir medo. Não se importou de falar, assim que reconheceu o motorista: Joe Markham Preguiça, um dos Cinco Finnegans.

Era uma história antiga. Assim que o governo quebrou o monopólio dos fabricantes de elevador (nós instalamos e cuidamos da manutenção mediante uma taxa mensal), tudo quanto é tipo de espertinho entrou para esse recém-esvaziado nicho de mercado. A máfia intimidava os donos dos prédios para que usassem pessoal seu na conservação dos elevadores. Homens que nunca fizeram muita coisa pelos males do elevador, mas que acabaram desenvolvendo uma mania muito engraçada de atirar caixinhas de comida chinesa e invólucros de sanduíche para dentro do poço, aparentemente fascinados pela maneira como o lixo se contorcia e rodopiava ao viajar na escuridão para mofar entre os amortecedores lá do fundo. A máfia tinha uma praça-forte. Shush era dono do West Side, desde o topo da ilha até as docas.

Alguns anos antes, um dos capangas de Shush fora pego pelos tiras pondo fogo num bilhar (nada a ver com elevadores, algum outro negócio paralelo do crime organizado). Os tiras o levaram e ele resolveu colaborar. Captou, nervoso mas captou, os Cinco Finnegans em fita magnética, num dia em que trocavam experiências a respeito das entranhas deliciosamente varridas por rajadas de vento de um novo edifício de luxo. Lila Mae não lembrava se os Cinco Finnegans tinham cumprido alguma pena; mais importante de tudo, eles não abriram o bico sobre Johnny Shush. Esse um, Joe Markham Preguiça, aparentemente fora recompensado com um emprego de motorista.

Reed lhe dizendo, Chancre e Johnny Shush jogam golfe juntos.

Quando finalmente chegaram a um determinado armazém, idêntico na dilapidação a seus companheiros da área industrial, Markham levou-a por uma escada, onde cruzou com um homem ensangüentado sendo levado para cima por outros homens. Ele estava berrando.

De acordo com seu relógio interno (confiável, ela está com a corda toda), acha-se ali há duas horas. Num quarto mobiliado com uma mesa quadrada de madeira que tem uma queimadura denteada no centro. Duas cadeiras, uma diante da outra, e ela sentada na que a deixa de costas para a porta. Conforme as regras das salas de interrogatório dos esconderijos encardidos da máfia e as das delegacias de polícia de todo o país. O chão do quarto está limpo, não que precisasse de confirmação da influência da máfia sobre os sindicatos institucionais da prefeitura. A porta é sólida e cinza, guarnecida de cravos nas bordas. Uma porta industrial para sua pequenez.

Joe Markham Preguiça revistou-a rápida e decentemente ao levá-la para o quarto, as mãos peludas escorregaram por todo seu corpo, enroscaram um instante no lugar inesperado onde a cintura irrompia em quadril pontudo, recuperaram-se e deslizaram pela calça abaixo. Ele não se meteu a engraçadinho. E não foi recompensado pela revista. Ele e os dois homens que deram busca no apartamento: meticulosos e detalhistas, como é do feitio de Johnny Shush.

Ela tem tempo. Pode ser que esteja meio inquieta, a essa altura. Ela pensa, tenho de trabalhar amanhã. Não se apresentou depois do acidente e se não aparecer no Fosso às nove horas, sabe que será considerada oficialmente suspeita. Se Reed estiver certo, e for eximida de toda culpa, ainda assim terá de seguir os trâmites de rotina: submeter-se a um inquérito de Assuntos Internos. Mantê-la ali prejudicará seu caso. Pensamento positivo: tudo o que eles querem é detê-la. Ela dispensou o motorista de Reed e Marie Claire Rogers não seria capaz de distinguir o carro que a fez refém do carro que a levou ao Instituto. Ninguém sabe de nada.

Gostaria que o homem parasse de berrar.

Chuck, coitado do Chuck, ele quer muito, por isso trabalha até tão tarde em pleno domingo à noite, sozinho no prédio, criatura nenhuma trançando em volta, a não ser sua ambição sôfrega. À esquerda, uma garrafa de refrigerante; à direita, uma pilha de cadernos. À frente, palavras suas, arrancadas de si a duras penas, grudando-se nele qual sanguessugas. Quanto mais trabalha, mais as palavras se empilham. Por enquanto, só fazem sentido para ele. *O tempo há de vingar esse tempo*: algo que a mulher, Marcy, ouve às vezes no meio da noite, dos lábios do marido adormecido. É difícil trabalhar em casa, por isso está ali. As tarefas baratinadas de Marcy (esfregando trapos em superfícies diversas, erguendo copos diante da lâmpada da cozinha, tudo sempre ao som de alguma balada insuportável cantarolada em voz baixa) perturbam-no. Precisa trabalhar na monografia, por isso trabalha no Fosso. "Como Entender os Padrões de Uso da Escada Rolante em Lojas de Departamento Equipadas Também com Elevadores" — o fardo da coisa, ele às vezes mal o suporta, sendo de sensibilidade delicada.

Todo sábado à tarde Chuck entra de prontidão. Nos últimos seis meses de sua vida tem passado os sábados na Freely, a observar o desaguadouro rolando pelas portas principais, rugindo e se diluindo no térreo, seção de cosméticos femininos, roupas masculinas, joalheria. Na galeria dos prazeres de luxo (frascos de perfume sulcados por linhas da velocidade do jato, torradeiras curvilíneas automáticas, cor-de-rosa e verde-água), onde todas as opções são decididas de cima, por homens em gabinetes secretos no topo, ainda resta uma escolha elementar. Elevador ou escada rolante. Chuck discorda veementemente de Cuvier, para quem a opção é aleatória, uma simples questão de proximidade. Enquanto são atirados de uma bolha a outra, hipnotizados por essa cintilação, seduzidos por aquele brilho, os compradores optam pela condução vertical mais conveniente, pelo que estiver mais próximo. E isso não serve para Chuck. Ele confia em fontes primárias. Dez Centavos a Ascensão. Quando a companhia de elevadores Otis inaugurou o primeiro elevador do mundo, na Exposição de Paris de 1900, a placa ao pé da porta dourada dizia "DEZ CENTAVOS A ASCENSÃO". Mais claro que isso, impossível. Essa necessidade de subir é biológica, transcende a física indeterminada da arquitetura das lojas de departamento. Optamos pela escada rolante, optamos pelo elevador, e essas escolhas dizem muita coisa sobre quem somos, insiste Chuck. (Há mais que uma pitada de despeito nisso, que o aplicado Chuck não vê: ele está tentando justificar sua especialidade.) Você deseja subir em ângulo, a observar o mundo que está deixando para trás e para baixo, um espírito de braços amplos, um rei do firmamento? Ou prefere a caixa, o caixão, que amputa a viagem com destino aos céus e, *presto*, a chegada, um simples ato banal de prestidigitador? Sempre que Chuck toca na borracha negra do corrimão da escada rolante (substância tão misteriosa! tamanha alquimia!), compreende que fez uma escolha. A escolha certa.

Ele trabalha até altas horas no escritório, como agora, contorcendo e torturando os dados em apoio a sua tese.

A bexiga, sempre a bexiga. Tira os dedos das teclas da máquina de escrever. Sua lâmpada de mesa fornece um corajoso cone de luz, considerando-se que tudo fora do círculo é escuridão. Chuck não consegue ver o imenso mapa da cidade que cobre toda uma parede do Fosso, salpicado aqui e ali com alfinetes de cores várias, marcando a guerra santa do Departamento contra os meios de transporte vertical defeituosos, manhosos e recalcitrantes dessa metrópole amarga. Não vê também o ponto silencioso de interação do escritório, o bebedouro, sua firmeza serena. Passa pela fileira de pastas negras recheadas com os indecifráveis regulamentos municipais para elevadores, códigos da sua missão em meio à desordem, e dá mais de uma topada, atormentado por inimigos invisíveis. No corredor, o trânsito fica mais fácil (paradoxalmente, já que a dor na bexiga sempre aperta quando chega mais próximo do banheiro), porque o inspetor-chefe Hardwick está em sua sala. A brancura palpita por trás do vidro opaco e ele escuta um grunhido. Hardwick não devia estar ali assim tão tarde, mas as lojas de bebidas não abrem aos domingos e talvez ele precisasse recuperar uma garrafa de uísque de seu estoque privado. Esse é um momento de tensão para Chuck. Ele precisa fazer xixi, mas sua afabilidade natural e sua ânsia por um pouco de companhia àquela hora da noite lhe dizem para dar um alô. Hardwick é monossilábico e os cumprimentos não vão demorar muito. Chuck promete umas flores, uma caixa de bombons e nada de refrigerante à sua bexiga, e bate na porta. Toma o grunhido como sinal de boas-vindas e entra.

Não é Hardwick que está lá dentro. É um homem atarracado, gordo, com meia dúzia de fios pretos sebentos estirados sobre o cocuruto pelado. Já da porta Chuck enxerga a nuvem de caspa nos ombros, escamações do que lhe restou de cabelo. O homem não parece se incomodar com a avaliação de Chuck. Está comendo um sanduichão imenso, quase um melão, mastigando do meio para fora, na direção das luvas. E tem uma pilha generosa de pastas para mantê-lo, ao que tudo indica, bastante ocupado.

"Você deve ser Charles Gould", diz ele, em meio a muito salame moído. "Aqui na sua ficha está escrito que gosta de vir aos domingos."

"O que está fazendo na sala de Hardwick?", Chuck pergunta de volta.

Com um ar de aborrecimento, o homem retira uma carteirinha de couro do paletó e abre. "Bart Arbergast, Assuntos Internos", ele diz. "Estou trabalhando no caso Fanny Briggs."

Chuck não soube mais nada de Lila Mae desde o encontro no banheiro do O'Connor (quando é preciso ir, que se vá, insiste a bexiga), e lembra-se dos mexericos irados dos companheiros: aquela vaca metida ia acabar aprontando alguma, mais cedo ou mais tarde; agora eles entregaram a eleição para Chancre. Chuck tentara ligar para ela, no dia anterior, mas quando a telefonista completou a ligação para o telefone público no hall de distribuição, ninguém atendeu, nem mesmo um dos vizinhos desconhecidos. Nenhum sotaque caribenho a lhe dizer que a senhorita Watson não atendia a porta. "Então desculpe ter interrompido", Chuck diz ao homem da AI, a mão na maçaneta.

"Não tão depressa", diz Arbergast, chupando uma lasca de cebola para dentro da boca como se fosse um gato devorando um rato. "Você é amigo dessa Watson, não é?"

"Amigo é uma coisa difícil de achar, neste Departamento."

"Entendo o que está querendo dizer", Arbergast fala, com um aceno de cabeça. "Gould... é um nome judeu, certo?"

"É. E daí?"

"E você é da turma da escada rolante."

"Exato. É minha área de especialização. Acho importante ter uma especialização. Alguma coisa em que a gente seja bom de fato. Assim..."

"Igualzinho àquelas malditas escadas rolantes... você vai, vai e não pára." Arbergast enfia o dedo nas gengivas. "Para falar a verdade, eu não gosto muito da turma que pilota degrau. Por que vocês não fundam uma corporação própria e param de tentar se misturar com o pessoal dos elevadores? Complica muito as coisas, toda essa papelada interdepartamental que vem de vocês."

"Se os cartolas reconhecessem que as escadas rolantes são tão importantes para o transporte rápido quanto os elevadores, não haveria tanta dor de cabeça o tempo todo."

Arbergast inspeciona uma substância mole e marrom debaixo da unha e ingere-a. "Pelo menos vocês não criam problema", diz ele. "Em geral. Eu dei uma olhada na sua ficha. Parece que teve um pequeno incidente na Freely, alguns meses atrás. Alguma coisa a ver com incomodar a clientela?"

"Fizeram um estardalhaço por nada", Chuck interpõe rapidamente. "Eu só estava tentando perguntar a uma mulher o que a fizera sair do seu caminho e andar até os elevadores, quando havia uma escada rolante bem na sua frente, e ela foi dizer para o segurança da loja que eu a estava incomodando. Diga-me se isso faz sentido: tem uma fila enorme para os elevadores, ela podia ver a fila muito bem de onde estava, e ainda assim rejeita a escada rolante, que estava praticamente vazia. Ela..."

"Pelas barbas do profeta! Vocês da turma da escada rolante têm uma resposta na ponta da língua para tudo, não é mesmo?"

Minúsculas sardas vermelhas de irritação surgem nas faces de Chuck. "Isso é um interrogatório oficial ou posso ir embora?"

"Pode ir embora quando quiser", Arbergast resmunga, esfregando a boca com a manga do paletó. "Mas se quer ajudar sua amiga, talvez prefira me dar uma mãozinha com algumas coisas que estão me incomodando." Põe de lado seu sanduíche, largando-o num canto qualquer. "Quer sentar?"

Alguns metros além, no fim do corredor: a misericordiosa louça do banheiro. Chuck puxa uma cadeira e senta-se em frente a Arbergast. O que se é capaz de fazer por amizade.

Arbergast dá uma espiada em suas anotações. "Na sexta-feira passada", começa ele, "acontece um acidente no prédio Fanny Briggs. Dezoito elevadores no prédio. Tecnologia de ponta. A prefeitura investiu milhões no prédio, é a menina dos olhos do prefeito. Essa Lila Mae de vocês inspeciona todos, certifica-se de que está tudo em ordem. Está me seguindo?"

"Ainda não me disse nada de novo."

"É essa língua afiada que faz a reputação de vocês. Então, por que dar a incumbência a essa Watson? Ela tem uma ficha limpa. Na verdade, impecável. Mas esse prédio é a nata, é a jóia da prefeitura. Uma coisa que o Chancre provavelmente daria a um dos seus comparsas, em retribuição a bons serviços. Por que ela, é o que estou me perguntando."

"Como disse, ela trabalha bem", diz Chuck, cruzando as pernas. "Ela merecia."

"Merecimento não tem nada a ver com a história", Arbergast resmunga. "Um dos elevadores despenca, por coincidência justamente quando o prefeito vai testá-lo. O que põe tudo em grande evidência. Se alguém queria que alguém caísse, não poderia ter planejado melhor."

"Talvez", Chuck admite. O cara da AI está começando a parecer mais interessante do que há poucos minutos. Repara nas depressões rasas em volta das têmporas do sujeito, onde o fórceps o puxou de entre as pernas da mãe.

"Veja, por exemplo, o próprio elevador", Arbergast continua. "Produto de primeira linha, como eu disse. A perícia ainda não entregou o relatório do que eles tiraram lá do fundo do poço, mas eu já posso adiantar umas coisinhas. O cabo rompeu-se. Um cabo de liga de aço da Arbo. Dá para puxar um cargueiro com aquilo, mas ele se parte ao meio, de algum modo. A própria cabine tinha aqueles novos sistemas antitravamento da Arbo. Eu estava lá quando a Arbo realizou os testes finais neles, e são perfeitos. Oficialmente indicados para dois metros e meio por segundo, mas podem agüentar duas vezes isso. Eles não funcionaram. E isso é só o começo. Esse elevador caiu em queda livre, coisa que não acontece há cinco anos, e olhe que isso foi lá na Ucrânia, vai saber quais são os padrões que eles têm por lá. No que me diz respeito, é capaz até de eles amarrarem as cabines em lombo de burro. Mas isso não acontece aqui desde antes de você nascer."

"Quer dizer que está pensando em sabotagem."

"Foi você quem disse isso." Arbergast enfia o último pedaço de sanduíche na boca. "Alguém andou mexendo por lá. E essa Watson foi a última pessoa, que eu saiba, que esteve em contato com os elevadores."

"Tem um probleminha com o seu raciocínio, inspetor." Chuck aperta a virilha, distraído: vamos encerrar esse assunto. "Por que Lila Mae, quer dizer, a inspetora Watson, haveria de passar um certificado de aprovação dos elevadores, se pensava em sabotá-los?"

"Não sei. Despistar. Dar a si própria um álibi."

"Não. Esta história não está colando." Colando. "Vai ter de achar um outro para pôr a culpa."

"O que você precisa entender, filho, é que eu vou pôr a culpa disso em quem couber." Arbergast cruza os braços sobre a barriga recém-recheada. "É uma prerrogativa que tenho, como funcionário da Seção de Assuntos Internos. Não tenho mais ninguém. Me diga uma coisa, piloto de degrau: onde está ela?"

"Não faço idéia."

"Ela devia ter se apresentado depois do turno. A seção de viaturas diz que ela devolveu o veículo depois do turno da sexta, mas não bateu o cartão na saída."

"Não é tão raro assim. Eu mesmo nem sempre bato o cartão na hora de sair. Às vezes a gente está cansado demais."

Arbergast balança a cabeça num gesto rápido. "Presumindo-se que não tivesse sabido do acidente pelo rádio, claro. Mas por que não vir no dia seguinte? Com certeza teria ouvido alguma coisa a respeito, até a tarde seguinte. Saiu em todos os jornais."

"Ela não é obrigada. Seu próximo turno é amanhã, e, segundo o regulamento, é nesse dia que deve comparecer."

"Mas não sente nem ao menos curiosidade?" Agora ele sorri. "Só um pouquinho. É a carreira dela."

"É preciso entender uma coisa a respeito de Lila Mae. Ela é diferente de você e de mim."

"Ela é preta."

"Não é a isso que estou me referindo, inspetor. Diferente na maneira como vê as coisas. Não é fácil para ela trabalhar aqui. Olha só os jornais, a forma como Chancre deu o nome dela para a imprensa. Se fosse um dos rapazes dele, Chancre jamais teria contado àqueles chacais quem inspecionou o Fanny Briggs."

"Ele aproveitou a chance para fazer campanha, só isso." Arbergast deixa escapar um arroto tão animado que é quase visual. "Isso é política. Você sabe bem disso. Vou lhe dizer uma coisa. Eu não sou muito fã do Chancre. Ele é impiedoso. Um valentão. E também não sou muito fã dos intuicionistas e de todo aquele carnaval. Eu me importo é com o que aconteceu no Fanny Briggs na última sexta-feira, por volta das três e trinta e cinco da tarde. Pouco me importa se o prefeito estava mostrando o prédio para o rei do Sião. Só quero saber o que aconteceu com aquele elevador. Alguém mexeu nele, isso é certo. E tudo que eu sei é que Lila Mae foi a última pessoa a lidar com ele. Ela deve saber de alguma coisa. Mais do que colocou no relatório. Pessoalmente, eu não gosto de pôr essa tal de Watson na berlinda, como culpada, mas ela é tudo que eu tenho e eu vou prosseguir com aquilo que eu tenho. Então por que não me faz um favor e diz para sua amiga vir dar uma palavrinha comigo assim que ela chegar amanhã? Caso contrário, vai se ver numa enrascada ainda maior do que aquela em que está." Arbergast se levanta, a edição do mês anterior da *O Ascensor* na mão. "Agora preciso dar um pulo na casinha. Você me prendeu aqui por tempo suficiente."

Arbergast leva um tempão no banheiro, mas depois que Chuck consegue finalmente sossegar a bexiga (por enquanto), faz uma ligação para o prédio de Lila Mae. Ele nunca viu o prédio de Lila Mae, mas pode imaginar o telefone tocando sem parar num corredor deserto.

Ela escuta um riso forte do outro lado do quarto, um casquinar que vem das tripas, e que já escutou várias vezes no escritório. Ouve a porta de aço ranger atrás dela. Chancre diz aos homens do lado de fora: "Um chinês e uma freira, essa é boa, rapazes, muito boa", e entra no quarto. (Cela, ela prefere.)

Entra Chancre com seus trajes domingueiros, o terno branco predileto dos cavalheiros sulinos. Senta-se na cadeira em frente a Lila Mae, esfrega o pescoço gorduroso com um lenço azul de bolinhas. "Meio sem janelas, por aqui, não é mesmo?", diz ele, olhando com nojo para o aposento lúgubre. Não há maître nem mocinhas de sorriso inflamado e meias rendadas vendendo cigarro.

Ela não responde.

"Ouvi dizer que foi fazer uma visitinha àquela preta do Fulton, hoje." Chancre inspeciona as marcas úmidas de sujeira que acabou de limpar com o lenço. "Sua antiga faculdade, certo? Eu também ainda volto à velha Bridgehook sempre que posso. Presidente da minha trigésima quinta reunião de ex-alunos. Já pensou?"

Não há muita coisa para se ouvir vindo do outro lado da mesa.

"É verdade, você não é de falar muito. Parece que não é muito amiga de um papo. Tudo bem. Deve ser difícil para você, no Departamento. A turma às vezes é meio grosseira... eu sei, porque fui eu que os fiz desse jeito." Seus lábios úmidos se partem: dentes levemente amarelados. "Mas você se destacou. Não pense que não reparei no seu bom trabalho. Bobby sempre lhe dá uma avaliação excelente. Sente-se feliz lá, trabalhando para o Departamento, senhorita Watson?"

"Gosto do meu trabalho." A voz de Lila Mae é fraca. Ele é gordo e rosa. Nos anúncios da companhia de elevadores United, eles retocaram as marcas da pele do rosto, as estrias vermelhas do nariz. Em pessoa, ele é carnoso demais, um bife cru. Consta que os cães o seguem às vezes, otimistas.

"Fico feliz em saber", Chancre diz, com voz animada. "Tem um grande futuro à frente, dá para perceber. Isso se não sair da linha. E é fácil dar um passo em falso."

"Essa é sua maneira de tentar ganhar meu voto?", Lila Mae pergunta. "Discursos eleitorais cara a cara?" Onde Chancre iria parar sem o dinheiro de seu endosso à indústria de elevadores, sem o baita filé sangrento e os copos generosos de uísque? Onde irá parar quando a caixa negra emergir do lodo, subir à superfície e pronunciar a praga final de Fulton, contra ele e os de sua laia?

Chancre sorri e encosta-se no espaldar da cadeira. Que se queixa do peso. Lila Mae adoraria vê-la desmoronar, atirar Chancre ao chão. Chancre diz: "Não precisa votar. Não nessa altura. O Lever não tem a menor chance de ganhar essa eleição. Eu já providenciei tudo".

"E o que vai acontecer quando a O *Ascensor* sair amanhã e seu eleitorado ler sobre a caixa negra?"

Ele sorri de novo. "A *O Ascensor* não vai publicar nada sobre Fulton. Eles mudaram o conteúdo editorial desse número, digamos assim."

Lila Mae não dá resposta. Escuta berros do quarto contíguo, uma porta batendo e os capangas de Shush rindo alto no corredor. Mantê-la ali, deixar que o escândalo sobre o acidente cresça, atingir Lever ainda mais. Ele é um homem meticuloso, ela pensa.

"O que conversou com a empregada?" Chancre redireciona a conversa.

O próximo trecho é uma novidade para a em geral taciturna senhorita Watson: sarcasmo. Ela diz: "As novas molas espirais vão começar a ser fabricadas o mês que vem pela United". Não foi grande coisa, verdade, mas o desembaraço não lhe vem fácil.

"Sei que não está com você porque já a revistamos. Será que já está com o Reed? Ou com o Lever?"

"E então, quem foi que arrumou para fazer seu servicinho no elevador do Fanny Briggs? Pompey?"

"Desconfio que se estivesse com você", Chancre pensa em voz alta, "o Reed não a teria enviado ao Instituto."

"Queda livre total — isso foi um pouco de exagero, não acha? Não é um acidente natural. Até o pessoal da AI vai ser capaz de perceber isso."

Chancre abana a cabeça. E diz, com ar de quem está se divertindo: "Eu não faço idéia do que o Reed andou lhe contando para convencê-la a entrar no esquema dele, mas nós não fizemos nada com os elevadores do prédio Fanny Briggs. Eu não preciso disso. A presidência é minha — precisamente agora estamos cuidando de todos os detalhes".

Lila Mae dá um sorrisinho afetado. "Assim como não mandou os capangas de Shush darem busca no meu apartamento."

Olha só a figura. Chancre subiu no Departamento por intimidação, especialista em mutretas, o Bode Velho dos Bodes Velhos. Dando tapinhas nas costas dos camaradas, bem-humorado, gargalhando, dando em cima das putas junto com o prefeito, quando ainda era promotor público assistente e tão faminto quanto Chancre. Ela se lembra de quando derrotou o presidente anterior da Corporação, o "Chefe" Holt, por desistência, o desgraçado do velho retirou sua candidatura na véspera do pleito. A coleção de lendas de Chuck tem alguns instantâneos: Holt num encontro com uma corista de pernas compridas. Uma armação.

"O Reed realmente lhe deu um nó, não é mesmo?" Chancre dobra o lenço ao meio e torna a dobrá-lo ao meio. "Quer dizer que acha que foi armação? E por que nós havíamos de esperar até depois desse seu acidente para revistar sua casa? Se, de acordo com sua teoria, nós tivéssemos sabotado o Fanny Briggs, por que haveríamos de esperar até você ser informada de que estávamos atrás de você? Agora, digamos que, por uma estranha coincidência, você estivesse de posse do projeto. Você o teria entregue ao Reed ou ao Lever, como uma boa menina, e não haveria motivo para entrarmos em sua casa." O lenço já está no bolso, bem onde ele o queria. "Você nem tinha entrado na história até o acidente da sexta-feira e, mesmo então, não estávamos preocupados com você, até que foi se meter lá naquele buraco de ascetas que vocês chamam de clube e eles a mandaram falar com a mulher do Fulton." Soltando uma risota, agora. "Vocês intuicionistas são mesmo loucos. Quem sabe em vez de 'separar o elevador da elevadoração', vocês devessem separar a paranóia dos fatos."

Ela recosta-se no espaldar da cadeira e fecha os punhos, por baixo da mesa, onde o velho presunçoso não pode vê-los. Por que lhe diz essas coisas? A elaborada cena do seqüestro, a viagem pelo cemitério industrial, obrigando-a a ficar ali naquele cárcere para acelerar-lhe o medo. "O senhor certamente tirou o máximo partido do acidente em sua coletiva à imprensa." Observe os olhos dele, por baixo desse palavrório todo.

"Temos uma eleição pela frente, certo? Eu tenho de tirar o máximo partido." Chancre deixa de lado seu jogo político e olha fundo nos olhos de Lila Mae, mudando de tática, como se soubesse o que ela está pensando. "Olha aqui, Lila Mae: esses seus amigos a deixaram num apuro do tamanho de um bonde. Daqui a duas semanas, onde você vai estar? No meu Departamento, certo? Os rapazes não lhe dão folga, eu sei disso. Mas você tem sido poupada. Devia ter visto o que eles fizeram com o Pompey, para dobrá-lo. Agora ele é meu. Eu não sou como o resto do pessoal, veja bem. Eu sou todo pelo seu povo. Você pode achar que não, mas sou. Sou todo pelo progresso dos pretos, mas de forma gradual. Não se pode fazer tudo da noite para o dia, isso seria o caos." Seus dedos se agitam no ar que há entre eles. "Quero fazer de você um exemplo. Do que seu povo pode conseguir. É isso que a move, certo? Quer provar alguma coisa, correto?"

Lila Mae diz: "Em troca do quê?".

Chancre fica calado uns instantes, saboreando, depois responde: "Faça seu trabalho. Sirva o Departamento. O Reed mandou você ir atrás da caixinha negra de Fulton. Bom, se por acaso encontrá-la, você entrega para nós. Que serventia ela teria para eles, a longo prazo? Talvez convença alguns indecisos, mas o empirismo sempre foi o partido da Corporação de Inspetores de Elevador e sempre será. Você acreditou no que eles lhe disseram e acha que o Lever e os outros são 'amigos dos pretos' ou algo parecido, mas eles são iguais a todo mundo. Eles querem tirar o que puderem do sistema. Como eu. E como você". Ele grita: "Joe... abra a porta, sim? Já acabamos por aqui".

De volta para Lila Mae: "Já acabamos por aqui, certo?".

"Eu posso ir embora?"

"Nós até vamos lhe dar uma carona. Por aqui não tem muita condução."

Escuta a porta se abrindo atrás dela. Chancre levanta-se. "De modo que estamos entendidos?"

Lila Mae diz: "E se eu não topar?".

Chancre espreguiça e suspira. "Pensei que tivesse sido bem claro. Eu me orgulho de me fazer entender. Sobretudo em época de eleição. Eu quero que encontre a caixa de Fulton e me entregue. Porque ninguém se importa com uma negrinha. Porque se não me entregar, da próxima vez em que vier para cá, não sou eu que vou entrevistá-la. Vai falar com um dos rapazes do Shush, e eles sempre se fazem entender."

Lila Mae tinha esquecido o incidente. Mas não importa. Aconteceu. E aconteceu assim:

Era uma noite de final de agosto, uma noite que reacendia no desassossego das janelas e no tremular dos galhos a lembrança perdida do outono, desalojada pela sucessão de distrações estivais, pelo calor preso em aposentos pequenos, pelas axilas suadas. Mas ele estava ali aguardando. Ele sempre aparece e aquela primeira noite do fim do verão era um lembrete, um pequeno olá, querida, do que viria. Aquela noite, por volta do final de seu sexto verão, foi a noite da visitação anual.

Não estava conseguindo dormir por causa da briga cansativa entre o vento e a casa. Como figurante menor naquela discussão, quase espectador, havia o farfalhar das folhas secas pelo terreno atrás da casa — conversando com Lila Mae, recomendando-lhe um copo de água para sua garganta ressequida. Estava silencioso, lá embaixo, e era tarde; a percepção desse fato entrava em confronto direto com as instruções muito firmes da mãe para que estivesse na cama ao anoitecer. E para que ficasse ali. Pois muito bem, o anoitecer já fora havia tempo e ela de fato estava na cama, conforme as instruções. Com sede. Os pais deviam estar dormindo — não ouvira mais nenhum barulho desde o último, aquele ranger alto de dobradiças que vinha da porta do quarto dos pais quando eles iam deitar. Na hora habitual, como sempre. Ela já contemplara várias vezes a possibilidade desse crime, mas sempre acabava optando por não cometê-lo: roubar um copo de água. A possibilidade de uma chinelada invariavelmente a convencia a não seguir esse curso, tão rebelde, descer para pegar um copo de água quando devia estar na cama. Mas não nessa noite. Essa noite, o outono dera o ar da graça e isso significava que mais um verão se fora. Mais ou menos — haveria ainda alguns dias quentes, quentes mas sob o manto castanho do outono. Outro verão que se fora. Ela podia contar os verões e isso queria dizer que estava mais velha, ou pelo menos era o que lhe cochichava sua crença. Velha o bastante, a garganta seca incitava, para arriscar a descoberta, numa aventura a altas horas da noite em busca de um copo de água. Ela puxou o acolchoado com um floreio perigoso. Que seja: um copo de água.

A porta abriu-se sem ruído. Sabia que seria assim — já tinha chegado pelo menos até aquele ponto, em missões anteriores abortadas. Olhou pelo corredor para o quarto dos pais e não viu sinal de luz por baixo da porta. Estavam dormindo. Parou, ciente de que os pais estavam por toda parte, como o ar, quem sabe dotados dos mesmos poderes de audição do morcego. Aprendera sobre morcegos, sabia que ficavam pendurados de ponta-cabeça, presos por garras, feito pregadores de roupa, e que tinham orelhas grandes porque não tinham olhos. Não ouviu o ranger das molas da cama dos pais, como ocorreria se o pai se levantasse para investigar, por exemplo, a passagem ilegal de uma menina para além de sua porta. Estalo — as tábuas estalaram. Munida daquele primeiro assomo de coragem, pisou no hall e o assoalho rangeu. Tão alto que eles vão sair para bater nela a qualquer momento, agora. Mas não. Ainda nenhum ruído vindo do quarto deles. Se pisasse bem devagar, só na ponta dos pés, o assoalho não rangeria. Criou coragem, depois de quatro passos, acelerando a pressão dos pés sobre aquelas simples tábuas depois das quatro primeiras e bem-sucedidas pisadas e, na quinta, elas rangeram. Dava para sentir a sujeira nas solas, ainda que tivesse visto a mãe varrer o hall aquela tarde mesmo, com seus movimentos exatos, fortes. Mas havia sujeira invisível, e ela sentia. Não ouviu as molas da cama cantarem. Quando chegou no alto da escada, lembrou-se de que ela fazia um barulhão quando alguém pisava nos degraus, mas quase não estralava se você fosse rente à parede, longe do centro, onde havia menos apoio. Desnecessário dizer, ela estava com muita sede ao chegar lá embaixo porque levara um tempo enorme para cruzar o perigo daquela escada. Lembrava-se de metade de uma oração e rezou essa metade baixinho a descida inteira; não se deu ao trabalho de tentar lembrar a outra metade porque apenas fingia, na igreja apenas mexia a boca, e só muito de vez em quando dizia as palavras, para que os pais não lhe dessem uma surra. Não ouviu som nenhum do quarto lá em cima, de modo que talvez meia oração fosse suficiente, às vezes. Ou talvez não fizesse nenhum efeito, vai saber. Assombroso mesmo era o medo que sentira, das outras vezes todas, morrendo de sede no meio da noite, mas sem coragem de descer para pegar um copo de água. Sentiu o mesmo assombro ao atravessar o tapete da sala e abrir lentamente a porta da cozinha. Depois de tatear em volta da mesa e seus cantos pontudos, chegou até a pia para pegar um copo e foi então que o pai riscou um fósforo, alto e ríspido, na perna da mesa e acendeu a vela. Ela quase fez xixi na camisola. Pensou, de fato, eles estão por toda parte. Retirou rápido o braço e parou diante das mãos do pai.

Ele estivera sentado no escuro, com seu copo de uísque. A graxa escura de seu dia de trabalho estava espalhada pelos braços grandes, até os cotovelos. Ela viu que ele estava meio debruçado sobre a mesa, formando palavras com a boca sem produzir nenhum som. Olhou para ela com olhos pesados. Afastou a cadeira de pau para longe da mesa e deu um tapa no colo. Disse-lhe para ir até ele. Ela sentou-se em seu colo, hesitante por um segundo ou dois, porque lhe passou pela cabeça que a graxa na calça dele podia manchar sua camisola, e a mãe não iria gostar, mas o pai lhe dissera para ir, e ela sentou-se no colo largo. Ele bateu com a mão espalmada no papel sobre a mesa e perguntou: "Eles estão te ensinando a ler, mocinha?".

Ela fez que sim, olhando para o papel amarelo sobre a mesa, na sua frente. Tinha uns desenhos, ali, e palavras.

"Então me diga o que está escrito", falou o pai, batendo de novo a mão no papel e deixando parte de uma impressão digital negra nele.

Ela curvou-se para a folha, que estava amarela por causa da luz da vela. Acima e abaixo dos desenhos, as palavras aglomeravam-se em blocos, zombando dela. Teve a impressão de que ia se meter em apuros. Tinha um monte de palavras que ela nunca vira antes, de modo que buscou algumas conhecidas suas, mais animadoras, e encontrou-as espalhadas ao léu. A. O. Ela se esforçava. Não sabia por onde começar porque as palavras já aprendidas estavam distantes umas das outras, e não agrupadas, para que pudesse escolher um ponto e começar dali. Começar num lugar era o mesmo que começar em qualquer outro. De modo que escolheu um dos desenhos no topo da página, um que parecia o tear da mãe, e juntou as letrinhas minúsculas todas, pegando uma por vez. Onde havia um espaço em branco, esse era o final da palavra. O vento continuava castigando os batentes das janelas e as folhas se riam. Ela disse, hesitante: "Gú... in... daste...". O pai, ela sentiu as palavras no peito dele, encostado a suas costas, disse: "Guindaste". Seu pai leu: "'Guindaste com Motor de Engrenagem Dupla, Patente Arbo, para ser usado com Plataforma de Segurança para Armazéns de Estocagem, Empresas de Carga e Encomenda, Operações Portuárias, Minas etc. Movimentação da plataforma de acordo com o operador, até 30 metros por minuto.' Isso significa que é forte e rápido", explicou ele. Depois apontou para um outro desenho parecido com duas tinas ligadas por uma estrutura de madeira. O pai leu: "'Ascensor Mecânico Combinado. Para Guindagem Universal, conforme ilustrado abaixo, mostrando a Amarração de Correia, pela qual a máquina pára instantaneamente caso o mecanismo atinja uma posição insegura por qualquer motivo, como por exemplo o rompimento de uma correia enquanto o içamento está sendo feito.' Isso quer dizer que se alguma coisa der errado, isso segura o elevador lá em cima. Ele não quebra". E assim ele foi pelo velho catálogo da companhia Arbo de elevadores, lendo em voz alta para ela o nome das máquinas, Guindaste Universal, Guindaste Metropolitano, Guindaste Auxiliar, Tambor Automático de Segurança, Ascensor Combinado de Parafusagem Mecânica, este último, a seus olhos, quase igual a um gordo morcego metálico pendurado no teto como estava no desenho. O pai leu cada palavra daquela folha para ela e, depois de terminar, disse-lhe: "Acho bom você escutar a professora. Acho bom escutar a professora e aprender o que ela tem para ensinar".

Depois sacudiu-a para fora do colo e tomou seu uísque. "Você veio até aqui embaixo para quê?", perguntou, agora em voz alta, não como quando estava lendo e sussurrava.

"Um copo de água."

"Então pega e volta já para a cama."

Ela estava na sala com seu copo de água quando ouviu o pai soprar a vela da cozinha. Como se ele fosse o outono.

Está tudo revirado. A escrivaninha saqueada, meias estranhamente tristonhas debruçadas para fora da gaveta. Os papéis, antes tão bem empilhados, agora com os cantos perpendiculares apontados para boa parte dos trezentos e sessenta graus do tapete. A planta do vaso arrancada, raízes e terra ressabiadas. A pêra de plástico, a única concessão de Lila Mae às bugigangas, estatelada no chão. Alguns livros se foram de vez, o *Guindastes e polias* de Ettinger, uma agonia de espinha quebrada, *O contrapeso e seus efeitos* escondido debaixo do radiador, entre as teias de aranha. Almofadas derrubadas, expondo superfícies mais limpas. Persianas tortas, arriadas, de modo indolente, na janela. Uma bagunça. Desarrumado.

Lila Mae fecha a porta do apartamento. Esse não é o estilo de Shush, a menos que a intenção tenha sido enfatizar a conversa travada com Chancre. Como se o passeio até o armazém não tivesse bastado. (Markham teve o desplante de erguer de leve o quepe de motorista ao deixá-la na frente de casa.) Os dois homens que estiveram ali na outra noite eram religiosamente ordeiros. Obviamente já estavam no apartamento havia um bom tempo quando os encontrou, pelo menos é o que ela acha, mas não deixaram marcas. Hóspedes respeitosos. Os que vieram depois não precisaram fazer nenhum segredo, estavam pouco ligando. Acharam que estava ali, ou que haveria uma pista, um arranhão num bloco de notas, que os pudesse levar até ela. Até a caixa negra.

Não queria mesmo voltar à Casa Intuicionista. Queria ver seu apartamento, sentar no sofá onde deixara escoar tantas horas, até que elas se desfizessem em névoa. Onde sente tanta paz quanto jamais sentirá nessa cidade. As palavras de Chancre ondulando por ali, perturbações, mesmo ali. Ela pensa que provavelmente Chancre está tentando chateá-la, só que não entende que Reed e Lever não contam com sua lealdade. Sua lealdade é para com Fulton, para com suas palavras, e se agora está envolvida é porque foi injustiçada. Eles sujaram seu nome. Chancre não vai confundi-la.

Conseguirá dormir essa noite? Aquele homem, Natchez, ainda estará na Casa Intuicionista, ouvirá sua batida reconfortante na porta?

Não comeu nada desde o café da manhã e já é mais de meia-noite. Quase todas as janelas dos vizinhos estão apagadas. O quarteirão onde mora é um quarteirão que dá duro, onde as tampas descansam firmes nas latas de lixo metálicas na frente dos prédios, porque é assim que se faz no país ao qual vieram para se virar. As coisas aqui são diferentes do que são nas ilhas queridas de origem. Fazer a trouxa, enfiar uma vida inteira em algumas malas rotas como oferenda a uma vida melhor. Eles vão dormir cedo porque trabalho árduo é a maneira de ir para a frente neste país. Pelo menos foi o peixe que lhes venderam.

A porta da geladeira está entreaberta, o gargalo de uma garrafa de leite espia para fora; seu conteúdo, uma nuvem esbranquiçada no chão. Apanha uma lata de carne enlatada do armário da cozinha. Pega um pouco da substância cinzenta e passa numa fatia de pão, amassando a carne numa camada encaroçada com o fundo da colher. A carne e o pão têm a mesma consistência. A tontura de fome faz abrir alguma comporta interna. Ela come e pensa: visitar sua casa na sexta-feira e depois arrebentá-la hoje é redundância, a menos que seja para aguçar o medo. Enrolar-se nas ameaças da abstração. Dá uma espiada no aposento, nas coisas que eles tocaram: não há indícios de quando estiveram ali. Podia ser que tivessem revirado tudo na sexta mesmo, depois que ela saiu, ou em qualquer momento do sábado, antes que estivessem certos de que ela não estava com nada. A fórmula mágica odiosa de Chancre: nós não sabotamos o Fanny Briggs, nós não demos busca em seu apartamento. Então quem foi? Uma lasca de cartilagem enterra-se em sua gengiva. O que sobra do animal depois de moído: uns poucos bocados teimosos. Mas ela não será tão facilmente demovida. Chancre não pode fazer com que desconfie de Reed porque ela nunca confiou em Reed.

O quadro não foi mexido. Ela o tira da parede, gira a combinação e abre o cofre. Está tudo lá. Ela pensa, esses brancos consideram-na uma ameaça mas se recusam a vê-la ameaçadora, esperta, dúplice. Vêem-na como burro de carga, transportando informações de um lado para o outro, jamais inteligente ou curiosa o bastante para explorar-lhe o conteúdo. Bruta. Negra.

Vai até o quarto e põe o colchão de volta no estrado de molas. Logo depois está dormindo, de roupa e tudo. O lençol se desloca num dos cantos e a ponta solta corta-lhe o pescoço, uma guilhotina macia.

Ela agarra a cabeça do grifo que faz as vezes de aldrava e bate na porta. O grifo deve ter sido um presente da indústria de elevadores de mesmo nome, a Griffin Elevator, firma britânica agora defunta, presume Lila Mae. Ficar do lado do intuicionismo nunca foi uma opção muito inteligente.

Depois de uns tempos, a pesada porta da Casa Intuicionista se abre e ela vê Natchez. Sua face larga alegra-se após o momento inicial de surpresa. Ele diz: "Você voltou, Lila Mae", e abre de par em par a porta.

"Sentiu minha falta?", Lila Mae pergunta, antes que consiga conter-se. Reprima esse impulso.

Natchez faz um gesto largo em direção ao saguão. "O senhor Reed zanzou de lá para cá igual a uma galinha sem cabeça ontem." Ele examina, avalia: "Mas você parece inteira".

Ela se vê no espelho comprido, na outra ponta do hall. Está inteira. Por enquanto.

"Permite?", Natchez indaga e Lila Mae entrega-lhe com relutância a capa. Ele tem de fazer seu serviço. Os patrões estão sempre vigiando. Por toda parte, o casal se acha sob o escrutínio cruel de retratos enfumarados de homens que ela reconhece dos livros didáticos, telas que sepultam seus retratados com uma vergastada final de pigmento marrom. Qualquer concessão que lhe tenham dado é provisória: não a querem ali. "Eles estão na sala", diz Natchez. Se está preocupado com sua posição e lugar, a fisionomia não demonstra.

Eles caminham na direção da sala de estar, Natchez um passo atrás. Ela o quer paralelo, igual. "Seu tio continua doente?"

"Leva algum tempo, depois dos ataques. Mas ele volta logo."

A porta da sala está entreaberta. Ela consegue ver uma estante comprida; ela consegue ouvir: "Estou aqui como condiscípulo, para falar do visível pernicioso". Vira-se para se despedir de Natchez, mas ele não está mais ali. Bate de leve e entra, os passos subitamente fortes.

Reed e Orville Lever levantam-se de suas poltronas de couro marrom quando ela entra. Educados diante de uma senhora. A lareira entre os dois está alaranjada, viva, para aquecer-lhes o sangue gelado. Não está frio lá fora. Reed deposita a pasta no chão e diz: "Orry, esta é a senhorita Lila Mae Watson". Difícil ler sua expressão, pétrea.

Lever estende a mão. "Reed me falou muito a seu respeito, senhorita Watson, sobre tudo que fez por nós." Lever é um eterno caniço, apesar do cabelo grisalho e das pelancas no pescoço. Há espaço nos punhos, no colarinho e a calça drapeja esvaziada pelos joelhos pequenos. Ela não se lembra se ele já estava assim tão acabado na última vez em que o viu, mas isso foi antes da campanha. Lila Mae acha que provavelmente estaria em pior estado, se tivesse de falar o dia inteiro, ela que tem horror a falar. Lever veste um terno alinhado, corte à Saville Row, contrastando com o aspecto mafioso de Chancre: o embate dos dois é entre a academia e o bilhar, entre o xadrez e o boxe. Os intuicionistas escolheram um paladino adequado.

"Orry", diz Reed, "por que não vai lá para cima e continua ensaiando sozinho? Com certeza será mais proveitoso do que ficar se preocupando com estes assuntos."

Lever faz que sim e recolhe o discurso. "Claro, claro", ele concorda, sonolento. "Você tem razão. Estarei lá em cima, caso precise." Vira-se para a inspetora de elevadores. É um daqueles brancos translúcidos, com todas as veias boiando na superfície da pele. "Senhorita Watson, foi um prazer. Espero revê-la em breve."

Assim que a porta se fecha, Reed conduz Lila Mae até a poltrona de Lever e ela se afunda lá dentro. Parece que a poltrona se fecha em torno de seu corpo. E ele diz: "Por onde andou, senhorita Watson? Ficamos preocupados, quando percebemos que não voltou com Sven, ontem". O tom não tem inflexão, nem emoção.

"Decidi voltar sozinha para casa." Ela não tem a menor dúvida quanto à eficácia de seu jogo facial, da cadência que guarda para os brancos iguais a Reed. "Fazia tempo que eu não via o Instituto."

"Pensei que tivesse lhe acontecido alguma coisa."

"Receio que a senhora Rogers não tenha ajudado grande coisa."

Reed meneia a cabeça, num gesto rápido. Sua mente dá voltas. "Sven disse que ela a deixou entrar. É a primeira pessoa a quem ela diz mais que duas palavras, desde que recebemos aquele envelope. O que foi que ela disse?"

"Ela diz que não sabe nada a respeito do projeto. Foi categórica. Diz que já deu tudo o que tinha."

"Acreditou nela?"

"Difícil dizer. Acho que ela não confia em ninguém."

Reed repousa a cabeça no espaldar da poltrona e cruza as pernas, pensando no assunto. "O carimbo do correio. O carimbo no envelope era da agência do Instituto. Eu estava certo..." As palavras se perdem, momentaneamente. "Acha que ela pode estar segurando a informação, na esperança de uma recompensa em dinheiro?"

Lila Mae sacode a cabeça. "Acho que não é bem isso. Eu vi o rosto dela. Acho que ela não vai mais falar comigo."

Reed não diz nada. Levanta-se e vai até a escrivaninha. Fuça um pouco por lá, depois lembra-se de alguma coisa e tenta parecer despreocupado enquanto tranca uma gaveta. Lila Mae não vê mas ouve. Então, o que tem aí, senhor Reed? Tira uma revista de cima de uma pilha de papéis e dá para Lila Mae. Ela olha a capa da *O Ascensor*, para a ilustração tola de Papai Noel, e procura no sumário. Está ciente de que Reed a observa, e faz questão de mostrar que está procurando o artigo sobre Fulton, ainda que já tenha sido informada por Chancre de que ele não sairia. Por fim ergue a cabeça e pergunta: "Cadê?".

"Precisamente a pergunta que eu fiz quando apanhei a revista na soleira da porta, esta manhã. Liguei para o editor-chefe, um camarada conhecido meu. A telefonista informou que ele não foi trabalhar, ligou dizendo que estava doente. Depois pedi para falar com o repórter, Ben Urich, e a telefonista me disse que ele não apareceu na redação."

"Está dizendo que Chancre chegou primeiro?"

Reed olha para ela. Suspeitará de alguma coisa? Os olhos são dois buracos. "Essa seria a conclusão lógica. Nosso adversário tem braços muito compridos." Senta-se de volta na poltrona. "Pensei que fosse voltar para cá, depois da visita ao Instituto."

"Decidi passar a noite em minha própria cama."

"Nós não tínhamos concordado que não seria aconselhável, senhorita Watson? Tendo-se em vista o clima do momento?" Ele desenha um grifo invisível no braço da poltrona, com um dedo ossudo.

Nós não tínhamos concordado. Como se ela fosse criança. "Eu queria dormir em minha própria cama." Depois pergunta: "Temos alguma outra pista?".

"Tenho algumas idéias de quem possa ser a nossa pessoa misteriosa. Mas não quero falar sobre isso. Minhas teorias, no momento, ainda estão mal formuladas. De todo modo, imagino que os preparativos para a Folia Musical manterão nossos adversários ocupados até quarta-feira. Pretende comparecer?"

"Folia Musical?"

"Não vai participar, vai?"

Ela tinha se esquecido da Folia Funicular. "Nunca fui", informa ela.

"Eu também tento evitá-las. Um espalhafato tão grande. Mas com as eleições na semana que vem, é importante que Lever apareça. Nesses últimos dias cruciais."

"Claro." Mas não é aconselhável que Lila Mae compareça, uma vez que é uma festa do Departamento, e que ela é agora entidade suspeita no escritório.

Estará mostrando na cara a preocupação que sente por dentro? Reed diz: "Decidiu não ir trabalhar hoje, eu presumo".

"Obviamente."

"Vai pegar mal com a seção de Assuntos Internos. Foi um erro."

"Eu cuido disso. Assim que tivermos a caixa, não terá mais importância nenhuma, correto?" Devolva a bola direto no colo dele.

"Claro. Mas não sei como Chancre vai agir com os tablóides."

"Eu cuido disso. E agora, qual o próximo passo?"

Reed levanta-se. "Se quer mesmo ajudar... se não aceita meu conselho para ir falar com o pessoal da AI, o melhor é que se mantenha afastada. Eu terei mais informações dentro de alguns dias e aí então voltamos a conversar."

Ela faz que sim. Relutantemente. Não tem muita certeza se Reed confia nela, assim como não confia nele. Talvez tenha ido até seu apartamento, na noite anterior, e visto a bagunça. Talvez esteja tentando tirá-la do caminho, agora que já cumpriu seu papel de contatar Marie Claire Rogers: dois pretos falando a mesma língua.

Ele diz: "Seu quarto ainda está disponível, lá em cima. Acho que é nossa melhor opção, no momento".

Nossa. Mantê-la no gelo, longe dos inimigos e das influências maléficas nesse momento crucial. "Concordo", ela diz.

Reed volta-se para seus papéis e ergue a caneta. Ela foi dispensada. Lila Mae caminha rígida para fora da sala. Todos os aposentos onde tem entrado, ultimamente, são uma cela, reflete enquanto sobe a escada, para suas acomodações de hóspede. Cada quarto é uma cabina de elevador sem botões, controlada por uma sala maligna de máquinas. Sempre a descer, onde ninguém mais entra e de onde não pode sair. Sente uma cutucada no ombro, no topo da escada. É Natchez, que pergunta: "Posso ir vê-la hoje à noite? Tem uma coisa que preciso conversar com você".

* * *

Sabia que ele estava nervoso de perguntar por causa da reticência prolongada entre o "Quer ir ver aquele filme novo no Royale" e o "comigo", uma brecha da qual a música no rádio tirou partido astuto, encaixando uma ponte e um coro. Ela disse que queria. Eles já tinham ido ao cinema juntos muitas e muitas vezes antes. Filmes bons e maus, no decorrer de vários anos. Os pais de Lila Mae gostavam de Grady Júnior e os pais de Grady Júnior adoravam Lila Mae. Na verdade, Grady Júnior muitas vezes aparecia na casa dela só para conversar com Marvin Watson. Sobre pescaria, ou então sobre a eterna questão de quando, exatamente, a comarca iria asfaltar as ruas da cidade onde moravam os pretos. Em geral conversavam na varanda, como Marvin Watson fazia com os amigos, que era como considerava Grady Júnior. Lila Mae e Grady Júnior eram amigos e ele tinha acabado de convidá-la para sair. Depois que ela disse que topava, pagou seu milkshake de chocolate, como sempre fazia quando paravam na lanchonete. Ele pagou pelo seu de baunilha, depois cada um seguiu seu rumo pela tarde adentro.

Sabia que as coisas tinham mudado pelo jeito como sorriu para ela na hora em que abriu a porta da frente, aquela noite. Lila Mae e Grady Júnior tinham crescido juntos, arranhado os joelhos no mesmo triciclo, aprendido a engatinhar através dos incentivos mútuos. Era um crescente complicado, aquele sorriso, um que jamais observara em seu repertório antes, naquele tempão todo. Digamos que nunca o tivesse visto na vida. Ele perguntou: "Está pronta?", e logo Lila Mae estava no banco de passageiro da caminhonete vermelha enferrujada do pai dele. Grady Júnior nascera rechonchudo; o subtexto de seu amadurecimento fora uma longa escaramuça para obter as proporções naturais. Antes de poder se sentar, teve de tirar a caixa de ferramentas de Grady Pai do banco e, na estrada de chão, uma chave de fenda e um martelo chocaram-se um no outro a cada buraco. E olhe que havia um bocado de buracos na estrada. A lua acabara de sair por cima das árvores.

Sabia também que restava pouco tempo para o cinema ou qualquer outra coisa. Grady Júnior estava a caminho da capital, no outono, para fazer faculdade. Lila Mae não o vira muito, naquele verão; ele passara a maior parte do tempo trabalhando na pedreira, para juntar o dinheiro dos livros e de quaisquer outras coisas de que pudesse precisar lá no Norte. Os verões aliás já não eram os mesmos havia muito tempo. Não havia aulas, e tampouco algo que viesse substituí-las. As ruas estavam encolhendo e ela pensava a respeito dos lugares onde desembocavam da mesma maneira como pensava a respeito do cabelo, quando o via no chão do banheiro, depois de cortados pela mãe. Percebia que a mudança que sentia em si era irmã da mudança operada em Grady Júnior. Sempre faziam tudo juntos. Ele não disse muita coisa enquanto se dirigiam ao Royale.

Contornaram o cinema até a escada que levava à entrada reservada aos pretos. Subiram a escada até os lugares no balcão reservados aos pretos, até o poleiro crioulo, e quando Lila Mae enfiou a mão no bolso para pagar Skinny, Grady Júnior adiantou-se e pagou pelos dois. O mesmo Grady Júnior que mantivera um rígido controle sobre cada tostão que Lila Mae ficara lhe devendo na vida, e que exigia de volta os dois ou três centavos, o que fosse, que às vezes pedia emprestado para comprar um doce ou um gibi, toda vez que se encontravam. Era um rapaz engraçado. Queria ser dentista, uma escolha pragmática. Professor, médico, sacerdote, agente funerário. Aquilo a que pode aspirar um rapaz preto num mundo assim. Os pretos tinham dentes ruins e uma alma carecida de cuidados. Sempre morrendo. O pai dele fazia serviço de carpintaria, o que conseguisse arranjar. A mãe trabalhava na cidade, faxineira da família do juiz. Esfregando degraus de pedra. Grady Pai tinha nomes para cada uma das ferramentas que jamais pronunciava diante de ninguém. Dentista. Mas antes tinha de ir para a faculdade, o que não era problema porque era bom rapaz, aplicado, e a faculdade de pretos da capital era louca por rapazes assim. O futuro da raça. Era a terceira lua cheia do verão e lá estava ela, por cima do arvoredo, como se a noite fosse uma fazenda e ela o fazendeiro, e não tivesse a menor pressa em percorrer todas as plantações, sabendo e compreendendo que aquela terra era sua, só sua, como se conhecesse todos seus segredos.

Ela ainda não tinha visto o filme e já tinha visto o filme. É assim que Lila Mae entende o cinema. Às vezes tinham títulos diferentes, mas os atores em geral eram os mesmos e, se não eram, pareciam ser. Num determinado momento percebeu que estava dividindo o mesmo descanso de braço com Grady Júnior. Tinha certeza de que reivindicara para si os direitos àquele descanso quando as luzes se apagaram e não notou em que altura a situação mudara. Agora estava plenamente consciente da situação. Como é que o braço dele se esgueirara até ali? Ela não arredou. Reparou que ele pressionou um pouco, uma pressão firme. A pressão no braço e o calor recuavam e depois voltavam a insistir, como se tivessem redescoberto a ousadia e o propósito. Na tela, uma senhora branca de longos cabelos escuros chorava, tendo percebido que as forças sociais a manteriam afastada de seu amado. Ao fim e ao cabo, Lila Mae tirou o braço e colocou-o no colo. Alguns minutos depois, Grady Júnior suspirou.

Quanto a Lila Mae, tinha seus próprios planos para o futuro e já começara a investigar.

"Filmão", disse Grady Júnior, ao tomarem o rumo de casa.

"Foi sim", Lila Mae concordou.

Ao saírem dos limites da cidade, Grady Júnior falou: "Filmão. Mas foi curto".

"Me deu a impressão de ter sido um filme normal."

"Que nada. Olhei no relógio quando estávamos saindo. Não durou nem uma hora e meia. Foi curto." Não havia mais iluminação pública e poucas eram as casas a oferecer luz pelas janelas.

"É. Vai ver foi."

Grady Júnior limpou a garganta, de olho na estrada. "Hoje de manhã, quando cruzei com seu pai, eu disse para ele que levaria você de volta às onze horas em ponto, mas ainda está longe disso, e nós já estamos voltando."

Ele tinha saído da estrada de terra e tomado uma trilha acidentada que ia dar no Buraco do Miller. Ela já passara várias vezes por aquele lugar cheio de mato, mas de vez em quando a mãe e o pai faziam umas piadas que ela não entendia. Conhecia uma ou duas, no entanto: a de que metade dos pretos não estaria andando e respirando pela cidade se não fosse o Buraco do Miller, e a de que mais de uma cerimônia matrimonial fora celebrada à força um mês ou dois depois de a noiva ter passado algumas horas no Buraco do Miller. Havia um outro caminho até lá, um caminhozinho estreito pelo mato, onde as crianças brincavam. Sempre que a clareira ficava visível através das árvores, as crianças paravam e recuavam para dentro do mato de novo. Embora não estivessem proibidas de ir até lá, as crianças entendiam que lá não era lugar para elas. Teria sido um belo lugar para brincar e correr; as pipas teriam voado alto no vento forte que soprava da pedreira. Mas a criançada entendia e encontrava outros locais para brincar.

Lila Mae ficou decepcionada quando chegaram. Não era buraco coisa nenhuma, ela viu muito bem, e sim uma clareira ampla que acabava no beiço enfezado da pedreira. A emoção diante da aventura ilícita evaporou-se rápido. O buraco não era nem impressionante, nem assustador, nem mesmo sem graça; era apenas um lugar onde não crescia árvore nenhuma e a relva amarelada secava ao sol.

"Filmão", Grady Júnior disse de novo. E limpou a garganta outra vez.

"Foi mesmo", concordou Lila Mae. Essa foi a última coisa que disseram por um bom tempo. Ela ouvia a respiração dele e o novo volume de tudo o que havia em volta, de cada mudança minúscula. O motor estalou alguns segundos, enquanto esfriava, os insetos chiavam e os pássaros noturnos trocavam confidências. Dava para ver a pedra branca da pedreira pelo teto vermelho arredondado da caminhonete. Parecia a lua. Tinha deixado a Terra em algum momento, ao piscar, e agora ela e Grady Júnior estavam na lua, por isso fazia tanto frio, porque a lua é fria. E quieta.

Grady pôs a mão trêmula sobre seu ombro e a mão parou de tremer assim que foi colocada ali, assim que ele encontrou um lugar para colocá-la. Lila Mae supunha que devia olhar para ele, e assim o fez. Os lábios do rapaz primeiro lhe bateram no nariz, depois na bochecha e por fim conseguiram achar os seus. Lábios secos e ásperos. Assim que encontraram seu lugar, não saíram mais dali, e os dois, Lila Mae e Grady Júnior, passaram um bom tempo ali sentados, lábios nos lábios. Depois ele recuou, mirou o pára-brisa e pôs a mão firmemente no volante. Lila Mae acomodou os pés em volta da caixa de ferramentas.

Grady disse: "Já devem ser onze horas".

Lila Mae respondeu: "Devem ser".

Deram uma espiada na casa, quando a caminhonete parou. Viram o pai dela afastar a cortina da janela da sala e acenar.

Grady falou: "Desculpe. Não tive a intenção de fazer você ficar brava".

Lila Mae retrucou: "Preciso entrar", e passou a noite inteira furiosa consigo mesma porque sabia que ela e Grady Júnior nunca mais iriam ao cinema de novo. Não tinha ficado nem um pouco brava, mas não lhe disse isso. Ele já devia saber como ela era, depois de todo esse tempo. Não estava nem um pouco brava, queria beijá-lo um pouco mais. Mas não disse isso.

Tirou o paletó e a gravata, abrindo o botão de cima da blusa. Natchez não especificara a hora. É quase meia-noite. Ela desmonta elevadores na cabeça e imagina que existe uma discrepância entre a massa do elevador antes e depois da desmontagem. Que essa massa retorna quando o elevador é remontado. Fulton não escreveu tal coisa, isso é uma extrapolação que faz do segundo volume de *Elevadores teóricos*. É uma intuicionista, mas não muito fã dos novos acréscimos à obra de Fulton que chegam do exterior e que são discutidos nas salas abaixo de onde se encontra pelos discípulos da prática intuicionista. Eles acabam chegando lá, ainda que aos trancos e barrancos, e de vez em quando as publicações não são de todo vazias, mas ela prefere as próprias extrapolações. Acha que suas criações são fiéis ao lado espiritual das palavras de Fulton, ao passo que o restante do movimento se deixa levar, estonteado, por abstrusos escritos apócrifos. Uma perda imprevista de massa. Um mistério.

Quando ele entra, traz uma fatia de bolo de chocolate na mão, enquanto se esgueira para dentro do quarto. "Achei que talvez quisesse um pedaço do bolo da senhora Gravely." Continua com o uniforme de criado, um trapézio branco apertado em volta do torso. Senta-se na cama, ao lado dela. "Foi um grande sucesso no jantar", ele acrescenta, "ao qual você não compareceu."

"Eu estava sem fome", Lila Mae responde, por sobre o garfo.

"Está com muitos problemas?"

"Pode-se dizer que sim."

"Não se importa de eu ter vindo até aqui?"

"Não, fico feliz." Quase terminado, já, o bolo.

Natchez dá uma espiada para ter certeza de que fechou a porta e diz: "Eu não sei o que foi que o senhor Reed lhe disse sobre seu apartamento, mas as coisas não se passaram assim".

Ela coloca o prato no criado-mudo. "Do que está falando?"

Natchez respira fundo e olha de novo a porta. Continua fechada, Lila Mae pensa. Ele diz: "Ontem, depois que você não voltou com o Sven, ele teve um ataque. Ficou louco. Nunca pensei que o branquinho fosse capaz, mas lá estava ele, berrando com o senhor Lever e com o Sven, dizendo um monte de desaforos. Disse que o Sven devia ter esperado você. Depois falou que você devia ter feito um trato com o Chancre, acho que era esse o nome, e que tinha lhe passado a perna. Eu estava no hall. Aí pegou o telefone e mandou uns homens irem atrás da coisa. E deu seu endereço".

O bolo em seu estômago encaroça. "Ele disse isso?"

"Desconfio que estava falando sobre a caixa negra." Natchez endireita o corpo. "Quando ele disse 'a coisa'."

Tudo errado. "O que sabe você sobre a caixa negra?", ela exige saber.

Natchez sorri. "Um bocado de coisas. Fulton era meu tio."

O menino sonha com lugares diferentes daquele, onde não há lama, há calçamento, onde em vez das paredes de madeira que não protegem do frio existem prédios que irrompem do chão qual deuses antigos despertando. A noite, nesses lugares com que ele sonha, não é a abundância e o terror que o fazem sentir-se minúsculo, porque os prédios são tão altos que não existe nem noite nem estrela, só escuridão. Ele nunca sai para onde as pessoas possam vê-lo, porque estão todas trancadas em seus buracos, empilhadas umas sobre as outras, como se numa colméia. Ninguém fala com ninguém. Ninguém sabe da vida de ninguém. Ninguém sabe de onde você é.

Existe um outro mundo para além deste.

Ele compreende que ela o ama profunda e desesperadamente. É sua mãe. Mas ele não se parece com ela, a não ser em volta dos olhos. Olhos que querem se esconder do rosto, os da mãe e os do filho. Quando vão à cidade, ela o obriga a andar bem atrás dela, ela o prende atrás dela, como se para protegê-lo do olhar dos brancos. Como se achasse que, ao vê-lo, fossem querer tirá-lo dela. Agora já não faz isso tanto, agora que o menino está mais velho e mais alto, mas a ele sempre pareceu meio desnecessário. Os brancos não enxergam os pretos, mesmo em plena luz do dia, no meio da cidade. Ele é tão claro quanto os brancos, quando não toma sol, talvez por isso ela tenha medo, mas ele fica no sol o máximo que pode e em geral sua pele tem um leve tom de amendoim. O sol nunca deixa sua pele tão escura quanto a da mãe ou da irmã. Quando não toma sol, como no inverno, quando a luz é morta e pão-dura, a escuridão de sua pele adormece.

Sabe que a irmã o ama, mesmo que não tenham o mesmo pai, mas quando ela fica brava com ele, faz questão de lembrá-lo disso, e a intenção é magoá-lo. Mas não magoa porque ele jamais conheceu o pai, de modo que o pai podia nem existir. E se não existe, não há por que sentir qualquer coisa por ele. Vai-se improvisando, como quando não há comida na casa. Vai-se improvisando. Além do mais, o pai dela só aparece muito de vez em quando e nunca dá muito certo quando aparece.

Ele sempre teve muito medo do mato. Lá fora, rondando a casa, avançando sobre a casa. Só que é o único que sabe que as árvores e as moitas estão avançando contra a casa, aproximando-se para levá-lo. É a luz que lhe conta. A luz da lua apanha o movimento dos galhos e o coloca nas paredes do quarto, e ele observa as sombras se agitando, ameaçadoras. A lua o vem avisando disso desde antes de começar a falar, de que seu tempo com a mãe e a irmã é curto: tem de sair daquele lugar ou alguma coisa de ruim vai acontecer com ele. Ele não pertence ao lugar, e o mato o está expulsando. O mato diz o que a língua das outras pessoas se recusa a dizer.

A irmã conta que soube que ele estava vindo na noite em que a mãe chegou em casa arrasada. Diz que soube pelo silêncio da mãe, e pelo choro que veio depois, que alguma coisa nova ia chegar na casa e acabou sendo ele. A mãe não foi mais trabalhar na cidade, eram os vizinhos que traziam comida e que levavam a irmã para dormir na casa deles algumas noites, quando a mãe fazia barulho ou ficava na cama, chorando sem parar. Aí ele chegou e a mãe ficou melhor assim que o viu, começou a trabalhar de novo na cidade. A trabalhar para um outro pessoal. A irmã o limpava quando se sujava, mesmo que não fosse muito maior que ele.

Alguns bebês pretos são clarinhos quando nascem, mas ele não pretejou com o tempo. O cabelo de início era bem encaracolado, mas foi ficando cada vez menos. A irmã o amolava, dizendo que tinha cabelo de branco, mas um dia a mãe a ouviu dizer isso e berrou com ela, que nunca mais repetisse aquilo. E ela nunca mais repetiu. Pediu desculpas à noite, quando foram deitar. Pediu para Deus, em suas preces, desculpe pelo que eu disse. O menino perdoou a irmã porque não lhe ocorreu que tinha sido ofendido, até a mãe ficar fula da vida. A irmã falara a verdade.

Possui alguns poucos livros que roubou e eles contêm mecanismos. Não compreende todas as palavras, de modo que inventa significados para as palavras que desconhece, usando palavras em volta das palavras que não sabe. Mais tarde, descobre que suas definições eram certas. Nunca teve o menor problema para entender os mecanismos. Eles significam: sobe.

A mãe não gosta que vá sozinho à cidade, mas é para lá que todas as estradas convergem. Por isso. Os pretos sabem quem ele é e não o confundem com outra coisa. Um dia está na cidade, na venda, com um doce barato na mão. Tem um preto velho que nunca viu antes, segurando duas laranjas. O velho está na frente dele, na fila, e o menino não se importa de esperar. Acontece uma coisa curiosa: o preto velho sai da fila para deixá-lo pagar pelo doce. Ele acha que o homem decidiu comprar mais alguma coisa, mas depois de ter pagado pelo doce, vê que o velho não acrescentou mais nada às laranjas. Espera atrás do menino. Ele leva um bom tempo até atinar com o que houve. Bem depois de ter terminado de comer o doce. E a conclusão é amarga.

"Pode ser que seja ele", Lila Mae admite. Na foto, aparecem duas pretas e um branco iluminados pela luz do poente, na varanda de uma casa velha de madeira. Os degraus empenados da frente arreganham os dentes. Ela reconsidera: ainda não é homem feito, esconde as mãos nos bolsos da calça como um rapazinho. O cabelo preto está cortado em forma de cuia, irregular e tosco por cima dos olhos. Na foto seguinte, e na outra, Lila Mae não consegue mais ver-lhe os olhos. Já encontrou sua marca registrada, o *trilby* marrom, e o véu de sombra da aba esconde os olhos da mãe. Está rodeado de brancos que envergam o primeiro terno, largo e tímido nos punhos, um pouco aquém da dignidade, mas quase lá. Um bando pretensioso, a boca cheia de jargões adquiridos há pouco: a foto de formatura de sua classe na Faculdade de Engenharia Pierpont. Na foto de família (riscos brancos esfarinhados onde ela foi dobrada uma e muitas vezes mais), o braço da mãe desaparece por trás de seu pescoço esguio, na da formatura ele aparece ombro a ombro com seus camaradas de turma. Bem-vindo nas duas, não é um intruso, aceito por seus companheiros. Mas, na da escola, ela não consegue ver-lhe os olhos.

"É ele", ela diz. Tira a foto seguinte da pilha de Natchez, as mãos firmes. É o Fosso antes do reinado das paredes atravancadas e das tachinhas, acessórios burocráticos. Lá está ele com os companheiros de guerra, os primeiros defensores do Departamento de Inspeção de Elevadores, com os homens que vão impedir a recém-verticalizada cidade de se esborrachar no chão feito criança. Todos de cabelo cortado no estilo Segurança, embora não fique claro como prefere o dele, o chapéu *trilby* esconde-lhe os olhos. No tempo em que ocupava a presidência da Corporação, as paredes não eram, como agora, enfeitadas com instantâneos cuidadosamente orquestrados da falsa pachorra de Chancre e dos alcaides. Chancre à testa de sua família porcina em fatiotas domingueiras. Nessa foto, as paredes estão nuas. Nenhum outro vestígio de vida antes disso. Sentado à sua vasta mesa de carvalho, desvia os olhos da câmara para fixar o bando de repórteres, preocupado. O boletim de ex-alunos anunciando sua nomeação como Diretor do Instituto de Transporte Vertical traz a foto três por quatro que ela já viu tantas vezes, em capas de livro, assombrando os rodapés dos textos didáticos. Já então olha direto para a câmara, orgulhoso, destemido, ou vazio, oferecendo os olhos negros cavos como páreo ao olho cavo da máquina. Desafiando a câmara para o duelo, não há mais por que se esconder: o melhor homem ganha a realidade. A expressão amadureceu em meia-idade descaída, mas é o mesmo homem da primeira fotografia.

"Por quê?", Lila Mae pergunta. "Não. Deixa para lá."

Natchez desliza as fotos da mãe para uma pilha no colo. "Ele mandava cartas para ela. Estas coisas", dando uma pancada de leve nas recordações todas, "sempre que era mencionado nos jornais. Sempre que arrumava um novo emprego. Como vê, ela guardou tudo. Depois que morreu, achei tudo isso num baú. Embrulhado com esta fita aqui."

Ele franze a boca. Lila Mae olha os envelopes: mesmo então, o Departamento usava aqueles envelopes cor de creme com a cola nojenta. Os de agora são com certeza da mesma marca vagabunda. "Quando recebia alguma coisa dele pelo correio", Natchez continua, "ficava uma fúria durante alguns dias e me punha num cortado, descia o chicote por qualquer ninharia, coisas que num outro momento em geral nem notava. Ela me disse que o irmão fugiu de casa quando ela tinha dezesseis anos e que nunca mais se encontraram."

A mão dela segura a foto dele ao lado da mãe e da avó de Natchez. "Esse tempo todo", ela sussurra. Dar as costas àquelas duas mulheres. "Quem era o pai dele?"

"Eu sempre soube que eles não tinham o mesmo pai, mas não sabia que o dele era branco. Minha mãe não tocava no assunto. Mas aí está." A voz morre, depois ele sugere: "Alguém de Natchez. Um branco de Natchez. A avó Alice fazia limpeza pra eles".

Ouvem alguém se mexer no andar de baixo e ficam em silêncio. Esperam. Ela de olho na porta, não no homem a seu lado. Mas sente que ele olha para ela. Por todo o longo tempo que leva até que o som se movimente para um outro ponto da casa.

"Ela morreu no verão passado", Natchez retoma, num cochicho. "Foi aí que eu descobri que era meu tio."

Ela o olha de novo. "E o sujeito que trabalha aqui? O tio que não sente a perna?"

Uma lasca de sorriso largo. "Eu lhe dei um dinheiro para sumir por alguns dias. Eu queria entrar aqui dentro."

"Você quer a caixa negra."

"É meu direito. Eu sou o sobrinho, eu tenho o direito. Sou o único parente vivo dele. Pelo que deu para ver, ele é figurão nessa turma dos elevadores. O Grande James Fulton. E essa confusão toda que eles resolveram aprontar agora, o Reed e os outros, depois mandam você lá conversar com a mulher. Eles querem a máquina que ele fez. E ela é minha, por direito."

"Quer dizer então que é isso", Lila Mae decide. É verdade, acabaram-se os boatos. A caixa existe. "Como ficou sabendo disso?"

"Está na última carta que ele mandou para minha mãe. Estou com ela em casa, junto com o resto das coisas dela. É uma carta meio maluca, fala disso e daquilo, mas aí ele diz que encontrou a maneira de construir o elevador perfeito. Que vai ficar todo mundo muito surpreso de ver. Acontece que os anos foram passando e ainda não saiu nada, não é verdade? Alguém deve estar com ela, porque não tem ninguém usando." Ele faz um gesto vago para o quarto. "Eu queria ver como era esse pessoal daqui, e dei um jeito de vir. No primeiro dia, dou de cara com você."

As palavras dele ficam em segundo plano. Quem mais sabe que Fulton era preto? Marie Claire Rogers. Ele teria dito a ela? Ela seria sua amante, como era insinuado? O que eles dizem dos pretos, quando não estamos por perto? O que Fulton fazia, quando se fingia de branco? Falava sobre "o problema da cor" e sobre o nosso dever de ajudar a raça primitiva a alcançar a civilização? Sair das trevas da África. Ou permaneceria em silêncio, sorrindo educadamente das piadas de crioulo? Quem sabe contasse algumas também. "Ei, vai com calma", Natchez diz, "ele é do meu sangue." Ela amassou a fotografia na mão, acrescentando novas dobras sem geometria às já existentes.

"Posso contar com você?", ele lhe pergunta, próximo dela na cama, muito próximo.

"Para quê?"

"Eles sempre tiram tudo do nosso povo. Eu não sei se eles sabem que ele era preto, mas se sabem, não vão revelar para ninguém. Jamais admitiriam uma coisa dessas. O pessoal lá embaixo, eles nunca vão dizer que idolatraram um neguinho. Ia fazer eles vomitarem em cima dos tapetes caros que têm em casa. Para eles, é preferível morrer." Lila Mae continua olhando para a pilha de fotografias. Fulton é um espião em espaços brancos, assim como ela. Mas não são iguais. Ela é preta. Natchez diz: "Quando ouço eles falando sobre a invenção, estão sempre dizendo que é o futuro. É o futuro das cidades. Mas é o nosso futuro, não o deles. É nosso. Temos de pegar de volta. O que ele fez, esse elevador, foram os pretos que fizeram. É nosso. E eu quero mostrar que nós não somos um nada. Mostrar para eles lá embaixo, e para o resto, que estamos vivos".

Depois que ele sai, Lila Mae não dorme. Porque se lembra da sensação quando Natchez pegou sua mão entre as dele e disse: "Eu preciso de você para fazer isso".

Eu preciso de você.

Sobe

PRIMEIRA PARTE

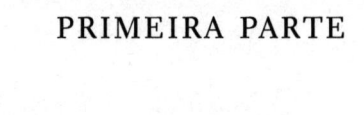

Aqueles que aspiram ao luxo geralmente optam por tons de vermelho e dourado porque essas são as cores que têm entranhadas na mente como pertencentes à realeza. Não existem mais reis, nos dias que correm, nas cidades de hoje. Só toupeiras. Cortinas vermelhas de dois andares de altura pendem de ganchos industrializados, do chão até o teto, cingidas na cintura por fitas douradas guarnecidas de borlas também douradas. Frisos dourados ondulam na barra de toalhas vermelhas e o mesmo esquema se repete, em miniatura, nos guardanapos que se aninham na virilha dos convivas. No tapete vermelho macio estendido no chão, criaturas douradas, foragidas de mitologia não identificada, contorcem-se em poças de lava. Vermelho e dourado, danação e cobiça. Dourados os trompetes e saxofones, vermelhas as bochechas e os narizes dos músicos, por todo aquele plangente soprar. Para a eventualidade de alguém se pegar perdido, para a eventualidade de alguém se perguntar que espetáculo é esse que ocupa o Salão de Banquete Três do hotel Winthrop, uma placa humilde, logo na entrada, diz "FOLIA FUNICULAR". Letras douradas sobre fundo vermelho. O peregrino incauto, a caminho do bar do hotel, foi devidamente avisado.

    Rick Raymond e os Moon-Rays, muito elegantes de smoking, entoam melodias de batida animada e letras desconsoladas com instrumentos comprados a perder de vista. Rick Raymond repara que os inspetores de elevador não dançam. Mas essa não é uma regra tão firmemente estabelecida entre o clã quanto o insípido fruto da incapacidade aprendida. Não sabem o que fazer dos pés, têm inúmeros hematomas psíquicos ainda doloridos dos constrangimentos passados na adolescência e não costumam, no coletivo, dançar. Pena, porque gostam de música, apesar da enfermidade infeliz. Porque essa é música que não se ouve mais no rádio; expulsa por novos ritmos para outras freqüências menos estáveis. Está sumindo. Mas Rick Raymond e os Moon-Rays são profissionais. Já estiveram em funções muito piores que essa. As desventuras do casamento dos Mortonswiegs, para citar um exemplo recente. Com um bando assim sedentário, tão concentrado em solicitar mais uma dose aos garçons, a banda não precisa se preocupar com pedidos espinhosos. A música exigida para o que virá a seguir é simples, o formato da festa pouco rígido. Uma noite sem problemas diante de uma platéia de bêbados — Rick Raymond está satisfeito, porque sua banda é sabidamente fraquinha.

    Rick Raymond afasta os babados azuis da camisa do smoking para longe do queixo, eles estão pinicando. Canta a respeito de uma moça chamada Mary Lou e de seu olho tão azul. A banda é bem cotada, por causa da extraordinária semelhança de Rick com um cantor muito em voga, ídolo das matinês. E Rick costuma roubar os movimentos mais famosos desse cantor popular, como faz no momento, aninhando a base do microfone como se fosse uma moçoila desfalecida, acariciando loiras melenas invisíveis. Seus olhos são tão azuis, diz ele.

Bem canastrão, esse Rick Raymond, mas olha só para o restante da turma. O negócio todo se acha algumas bolhas aquém do champanhe. Os homens estão com o nariz no prato, fuçando um coquetel de camarão que parece osso boiando em sangue. Os smokings têm largas lapelas idênticas e um exame mais apurado das etiquetas pregadas no bolsinho de dentro poderá testemunhar os cuidados artesanais de um tal de Irmãos Ziff, "DEZ POR CENTO DE DESCONTO SE TROUXER UM AMIGO". Os coquetéis de camarão são um reforço posterior aos batalhões de minisalsichas e enroladinhos nanicos de ovo (os petiscos empoleirados em bandejas de prata, chafurdando em pequenas poças de óleo marrom, gotejando fluidos desconhecidos). Esses aperitivos tranqüilizam os estômagos prostrados em consternação azeda pelo súbito afluxo de uísque gratuito. Primeiro os drinques, depois os petiscos e os drinques, depois a revista musical e os drinques, depois o jantar e mais drinques, sempre, nesse dia santo máximo, nessa mui augusta ocasião, a Décima Quinta Folia Funicular Anual. A grande noite do ano para os gurus da veiculação vertical.

Rick Raymond canta sobre Peggy Sue e seu amor tão verdadeiro. Dedos revolvem resíduos do molho de camarão, línguas lambem dedos. E agora os charutos! Pela manhã, os inspetores de elevador, saltitantes nos saltinhos, entraram conscienciosos no Fosso para confrontar suas escrivaninhas (endereços de cabines picaretas, boletins de requisição de cabos foragidos). Descobriram cinco charutos naquela miscelânea de papéis, cinco charutos cada, oferta do Grande Chancre, a serem fumados àquela hora, naquele momento, naquela sala. Holt deu início ao ritual do charuto durante sua gestão, mas ninguém mais se lembra disso. Chancre aniquilou a generosidade do antecessor ao doar cinco e não aqueles míseros quatro charutos. Gênios cinza-azulados escapam das cavernas, da garganta dos inspetores, e comungam no teto. Conferem notas, trocando apontamentos sobre a dinâmica do ar no continente ao norte, livre de qualquer forma de ventilação.

Sentam-se na beirada das mesas, os inspetores de elevador, fumando charutos e passando desinformações sobre quais colegas irão atuar logo mais, e olhe que não é preciso que ninguém teça considerações em torno da importância da noite, o quadragésimo segundo aniversário do Departamento de Inspeção de Elevadores. Aposentados vangloriam-se de suas sinecuras particulares, o pessoal em campo coloca seus pares a par do espírito vigente nas ruas, nos dias que correm. Trocam irregularidades, confidências escabrosas, façanhas, casos de corrupção e lançam olhadas ocasionais para a mesa da seção de Assuntos Internos, estrategicamente colocada no fundo da sala, meio vazia. Os rapazes da AI só foram convidados por um vestígio mínimo de antiga solidariedade, um gesto polido. Não são bem-vindos e sabem disso. Em grande parte, foram pela comida e bebida de graça, e pelas putas do bar, do outro lado do saguão. São metidos a engraçadinhos, e apóiam os sapatões rotos nas cadeiras vazias da mesa, tirando pleno partido da proximidade com a cozinha para atacar cada nova bandeja de hors-d'oeuvres. Exceto um deles, um espécime carbunculoso muito concentrado, que não bebe, que continua preocupado com o caso, muito embora já tenha batido o cartão faz horas.

Pretty baby, Rick Raymond admite, você me deixa maluco.

Eles deixaram as mulheres em casa, as que restam a esses homens. Inspeção de elevador bate de frente com casamento, família. De vez em quando, com maior freqüência à medida que a noite tropeça adiante, um dos inspetores tenta desajeitado dar uma passada de mão numa das vendedoras de cigarro que, como grupo, são loiras, jovens e dotadas pelo Criador de seios ou pernas excelentes, nunca os dois atributos juntos.

Soltar gritinhos e sorrisos para as patas e pancadas. Cada pegada é seguida por um coro de gargalhadas vibrantes vindas dos demais à mesa. E o homem se une às risadas dos camaradas e esquece o fracasso, enquanto ferve por dentro. Porque essas breves investidas em busca de um pouco de sexo não são uma brincadeira: são fome de verdade. As especulações, como sempre acontece, se expandem. Ela e a bandeja de cigarros, chocolate, hortelã, tabaco, ele e o resto humilhante de sua vida, isso é o que os separa, um cisma proposital. Será possível convencê-la a perdoar a barriga, o pouco cabelo, a voz enrolada, essa mocinha, essa jovem mocinha míope magnânima pousa a bandeja de cigarros sobre a mesa. Ele cochicha. Ela concorda em silêncio, está tudo nos olhos: olhos esbugalhados de conhecimento da sua necessidade. Magnânima. Fora do salão de banquete, no balcão de recepção, o funcionário pisca o código macho. A chave do quarto em sua mão é vermelha e dourada.

Lila Mae recolhe os pratos vazios das mesas de seus colegas. Ninguém a reconhece.

É hora. Rick Raymond dá pancadinhas no microfone e ós homens deixam as fofocas de lado e aplaudem. Dos lábios engordurados de mais de um deles sai aquele assobio que só se ouve em multidões. Rick Raymond diz ao microfone: "Bem-vindos à Folia Funicular, inspetores!". As palavras ficam soterradas sob os rugidos. "Acomodem-se, cavalheiros, que a folia está só começando. Está todo mundo satisfeito, se divertindo?" Mais rugidos, um ou dois copos quebrados. "Pois então, segurem-se, porque essa nossa primeira atração vai fazer a temperatura *subir*!" Rufar mais que ansioso do tambor acompanha a gracinha. "Com vocês, recém-chegado de uma turnê que arrasou na Austrália inteirinha, o Grande Luigi!"

Irrompem gritos de gratidão e de espanto por parte dos presentes, cabeças se voltam para procurar Chancre em sua mesa, próxima do palco. Afinal de contas, é tudo obra dele, ninguém duvida disso. O Grande Luigi começa seu número, alguma coisa de uma ópera, ou coisa que o valha, eles não entendem as palavras, de qualquer forma — mais importante que a música é a apresentação do homem, o sinal que Chancre envia uma semana antes das eleições. O famoso tenor é sucesso internacional. Já cantou para chefes de Estado, diplomatas, ditadores de países pequenos com grande riqueza mineral, e aqui está ele, na festa anual do Departamento de Inspeção de Elevadores. Esse é o presente de Johnny Shush a Chancre; o bandido não pôde comparecer devido à crescente atenção que os federais estão dando a suas muitas atividades, mas sempre dá um jeito de enviar um emissário de seu reino subterrâneo, de demonstrar sua influência e, por extensão, a de Chancre. Mais de uma pessoa ali presente tenta imaginar o que a máfia tem a ver com o Grande Luigi, mas depois recua: de nada adianta ficar matutando sobre os negócios de Johnny Shush. Chancre faz um tremendo esforço para mostrar a todos que está seguindo com a boca, em surdina, cada palavra dita pelo tenor, embora obviamente, basta uma inspeção perfunctória, não conheça uma nota sequer da música. Mas a aparência é tudo. O Grande Luigi ergue a cabeça para um candelabro empoeirado: aquele não é bem o melhor dos teatros. Teve de preparar seu número musical no depósito perto da cozinha, ao lado de uma pilha de latas de ervilha. A cauda comprida de seu fraque arrasta-se sem entusiasmo. Quando morrem as últimas notas, Chancre levanta-se para comandar a ovação em pé de suas tropas. O tenor balança laconicamente a cabeça, bate os calcanhares e sai de lá tão rápido quanto lhe permitem as pernas magrelas.

 Rick Raymond salta para cobrir a brecha. "Olha só que maravilha. Que talento, hein, amigos? O nosso próximo número vai ter que dar duro para superar isso. Alguém aqui falou em duro? Então esperem só para ver o que vem por aí. Uma boa salva de palmas para as Moças de Segurança da United!" Não há a menor necessidade de pedir aplausos para elas; os homens ali presentes batem palmas com uma satisfação voraz, assobiando e grunhindo, para garantir. Essa é a quinta apresentação das Moças de Segurança, e todas foram um grande triunfo dos baixos impulsos. Não se sabe ao certo o que elas fazem entre essa noite e a feira anual de elevadores. Talvez pratiquem passos, chutes e sorrisos convidativos. Também essa atração tem outro significado: Chancre endossa a campanha publicitária da United. Chancre teria endossado a Arbo, ou a American, mas ficou com a United, e eles lhe são gratos.

Rick Raymond e os Moon-Rays ajudam com uma interpretação animada de uma canção de um musical de cinema muito famoso alguns anos antes. As vinte Moças de Segurança, em seus trajes curtos e justos escarlates, contribuem com silhuetas em forma e vozes fora do tom. Eles mudaram a letra. Em vez do conhecido "Tudo que eu quero é ver Lady Luck", os inspetores de elevador são agraciados com "Tudo que eu quero é te ver dando duro".

Lila Mae pensa, são seus impostos que pagam isso tudo.

Ele deixara um bilhete dizendo para ela ir, e ela foi. O bilhete dizia: *Te vejo na Folia Funicular. Prepare-se para uma surpresa. N.* O bilhete está escondido no sapato direito, meio empelotado de suor seco.

Encontrou o bilhete de manhã, depois de uma terça-feira de cogitações preocupadas e desnorteadas. Sem trabalho, sem casa, passara boa parte do dia na sala do térreo, no oco de uma imensa poltrona de couro. Relendo Fulton, mergulhada nos bruxedos. De vez em quando, a senhora Gravely aparecia para lhe oferecer um petisco, de vez em quando Natchez acenava ou sorria de uma porta qualquer e continuava com seus afazeres.

Reed e Lever tinham saído para tratar de algum assunto, mas ele continuava fazendo questão absoluta do sigilo. Achou comovente, coisa de menino, e esperava que fosse vê-la de noite. Ele não foi. Ela encontrou um bilhete debaixo da porta pela manhã.

A sala de estar da Casa possuía, em suas robustas prateleiras, toda a literatura relativa à erudição intuicionista, desde os mais recentes folhetos contrabandeados para fora da longínqua Romênia até minutas esperançosas de sociedades intuicionistas de países ainda não abençoados pelas maravilhas do transporte vertical. Tudo fluía dos livros que tinha no colo, Volumes Um e Dois de *Elevadores teóricos*, e tudo significava algo diferente, agora. A negritude de Fulton sussurrava da encadernação das primeiras edições autografadas da Casa, tingindo as palavras dos discípulos com novas conotações. Só ela era capaz de enxergar essa sombra. Tinha aprendido a ler e não havia ninguém a quem pudesse contar. Sabia que a biblioteca ficaria vazia se aqueles eruditos soubessem que Fulton era preto. Ninguém o teria idolatrado, seus livros provavelmente jamais teriam sido publicados, ou existiriam sob um outro nome, o nome do branco plagiador com quem Fulton tivesse sido tolo o bastante de compartilhar suas teorias. Leu as palavras que tinha no colo, *o pensamento horizontal num mundo vertical é a maldição da raça*, e odiou-o. Fora enganada. O que tomara como sendo a pura verdade se revelava um mero acordo filial. E portanto deixara de ser pura. O sangue concorda, não pode evitar de concordar, e como ter uma perspectiva diante disso? O sangue é o destino na terra e ela não escolhera o intuicionismo, como antes acreditara. Fora escolhida por ele.

Jantou sozinha, no horário aprazado, na cabeceira de uma longa mesa de mogno, acompanhada por cadeiras vazias. Natchez serviu-lhe um caldo ralo marrom, depois cordeiro rosado e uma pasta amarela de matéria vegetal que não conseguiu identificar. Natchez não falou para além dos parâmetros do dever, mas comunicou-lhe entendimento através de olhares carregados. Ele age como se isso fosse uma brincadeira de espiões, ela pensou. Ele não apareceu à noite. Deixou-lhe um bilhete debaixo da porta dizendo que fosse à Folia Funicular.

Ela não tinha um plano, o que não era de seu feitio. Mirou o imponente toldo branco do hotel Winthrop, observou os porteiros de farda vermelha se desfazendo em mesuras para os que entravam e saíam, dedos ágeis na aba de seus quepes negros. Não pode se dar ao luxo de ser vista pelos colegas, não depois dos três dias de ausência não justificada. Vigiou o prédio. Pelo porte e os modestos quarenta andares, pelos adornos circunspectos da fachada, calculou a idade do Winthrop como sendo de uns trinta anos e concluiu que os elevadores seriam os confiáveis Regals da Arbo, os últimos modelos com interior de carvalho e corrimão de latão. Operados por ascensoristas de mão confiável na alavanca. Encontrou a entrada de serviço na viela da face norte do prédio.

Um sujeito magro de cara franzina amarrada ergueu os olhos da prancheta e informou-a: "Está atrasada". Rapidamente, avançou para ela e agarrou-lhe o braço. Ela se deixou tocar, permitiu-se ser conduzida através do corredor, entre paredes pintadas com aquele mesmo cinza detestado, famoso em presídios e escolas de todo o país. Dobraram uma quina, depois outra, o homem andando depressa como se, pensou ela, tivesse receio desses lugares apertados, dos vacilantes montes de toalhas de mesa, das pilhas de pratos. Pararam diante de uma porta negra cujos cantos lascados exibiam várias camadas de tinta, de muitas cores e anos. Ele falou: "Há um uniforme aí dentro", acrescentando depois de uma avaliação segura: "Deve ter um do seu tamanho". A mão dela correu para a maçaneta e o homem girou nos calcanhares, dizendo: "Diga para a agência que sete horas significa sete horas e que se eles não melhorarem o serviço", buscou a ameaça correta enquanto se afastava, "seremos obrigados a procurar outra firma".

O hotel Winthrop tinha de fato um uniforme do tamanho dela, envergado anteriormente por sua dublê subalterna para trocar lençóis, esfregar privadas, sempre evitando cruzar o olhar com as pessoas a quem servia. Era a primeira vez em meses que usava um vestido. Sentiu-se desprotegida em volta dos tornozelos e, enquanto sacudia os ombros para obrigar o vestido negro a um maior conforto, tocou o pescoço para ajustar a gravata e encontrou renda branca. O terno estava pendurado num gancho, com os casacos e roupas dos outros empregados. Roupas sensatas que traíam o acúmulo de carinhos rústicos de inumeráveis lavagens em pias e banheiras, um paciente esfregar. O paletó pendia frouxo, mas ainda parecia reter sua forma, graças a todos aqueles ângulos pronunciados. Não estava usando sapatos adequados, mas não se preocupou. Pensou, eles não vão olhar para os meus sapatos. Eles não vão olhar para mim e ponto.

O primeiro teste veio quando abriu pela primeira vez as portas de vaivém da cozinha e avançou para a sala de banquetes, depois de uma bandeja cheia de minipizzas lhe ter sido apontada pelo gerente do bufê, que a recebera na saída do vestiário com um severo: "Pode começar a servir". Essa é sua primeira experiência de uma Folia Funicular. Compreendia que aquela noite era para o Departamento todo, menos para ela. Dera-se ao trabalho de puxar o cabelo para trás, num coque preso à cabeça, mas em retrospecto considera a medida desnecessária. Eles não a vêem. O preto leva a comida e limpa a mesa, o branco serve a bebida. Eles perguntam aos garçons brancos como vão as coisas para o lado do bar, mas não perguntam nada aos pretos, apenas aceitam o que lhes é oferecido nas bandejas de hors-d'oeuvres. Comida. Percebem só pele preta e uniforme de criado. Como inspetora, vê-se diante de zeladores e gerentes que não a enxergam até mostrar o distintivo. No Fosso, luta com a papelada ao lado desses homens todos os dias. Ali no salão, eles não a vêm. Ela é a empregada preta.

Natchez falou que tinha uma surpresa. Onde está essa surpresa?

Volta com um novo garfo para Martin Gruber, substituindo aquele que ele atirou na direção de Sammy Ansen. (Ela adotou uma rota sinuosa, para evitar a mesa de Pompey: não quer exagerar na farsa, mas considera a possibilidade de estricnina. Ele bebe copiosamente. Mas não é um daqueles que agarram as mocinhas que vendem cigarro. Sabe qual é seu lugar. Ela acaba de limpar quaisquer vestígios visíveis da viagem recente desse novo garfo pelas cascas e sebos do latão de lixo e antevê a extravagante metrópole de bactérias que proliferará no estômago dele. Invisível e insidiosa. Como ela. Coloca o garfo ao lado do prato de Gruber, que nem sequer olha para ela, contemplando em vez disso os recessos convidativos onde as pernas de uma determinada corista se encontram.

Rick Raymond diz: "Acho que vamos todos precisar de uma ducha gelada depois disso, não é mesmo, rapazes?". O saxofone guincha sugestivo. "Quem sabe agora chegou a hora de esfriar um pouco a cabeça. E o nosso próximo número é a receita certa pra isso. Senhores, a Folia Funicular tem a honra de apresentar esta noite... a volta de Miúdos e Presuntinho!"

Os Moon-Rays começam com um ragtime acelerado enquanto os dois entram no palco pela direita. Os inspetores estão enlouquecidos. O magricela veste uma camiseta branca e calça cinza. Com alfinetes prendendo os suspensórios à calça. O gordo tem pretensões a janota, mas o terno verde e roxo é muito pequeno, deixa à mostra tornozelos e pulsos cheios de banha. Os cotovelos balançam para trás e para a frente, em uníssono, e os pés deslizam pelo palco ao ritmo da música. As caras estão pintadas de preto, com rolha queimada, e há maquiagem branca circundando a boca, em lábios ridículos. Lila Mae está parada, um copo vazio na mão. Por baixo da maquiagem de menestrel, reconhece Billy Porter fazendo o gordo e Gordon Wade, o magro.

Quando os aplausos diminuem, eles param com as piruetas e estapeiam a coxa com um floreio. Billy Porter (Miúdos, obviamente) diz: "Ô, Presuntinho, onde foi que você arrumou esse bonezinho jeitoso?".

Wade responde: "Lá naquela loja nova da rua Elm".

"E me diga uma coisa, Presuntinho, custou muito caro?"

"Não sei não, seu Miúdos... o vendedor não estava lá! Agora me diga outra coisa, você conhece a do grã-fino?"

"Que grã-fino?"

"Um dia um grã-fino estava indo para casa de madrugada quando viu um negro deitado na rua."

"Estava bêbado?"

"Parecia você no sábado, completamente bêbado! Então o grã-fino resolve perguntar para o negro o que ele estava fazendo ali. 'Você mora aqui?' E o bêbado responde: 'Moro, sim, senhor'. E o grã-fino pergunta: 'Precisa de uma ajuda para subir?'. E o negro responde: 'Preciso, sim, senhor', e aí eles sobem lá para cima. No segundo andar, o grã-fino pergunta: 'É aqui que você mora?'. E o negro responde: 'É, sim, senhor'. Aí então o grã-fino pensa, eu é que não vou enfrentar a mulher desse negro; de repente ela resolve começar a atirar umas coisas em mim por eu ter trazido o marido dela tão tarde. Então ele abre a primeira porta que vê e enfia o negro lá para dentro, depois desce de novo. Quando chega lá embaixo, adivinha o que foi que ele viu outra vez?"

"Não sei não, Presuntinho. Conte-me."

"Quando o grã-fino saiu para fora de novo, dá com outro negro bêbado na rua. Então pergunta ao bêbado: 'Você mora aqui?'. 'Moro, sim, senhor.' 'Quer uma ajuda para subir?' 'Quero, sim, senhor.' Então sobe lá para cima e joga o negro pela mesma porta para dentro da qual havia jogado o outro. Desce de novo. E não é que vê outro negro deitado na rua! Resolve se aproximar para falar com esse outro. Mas o negro sai em disparada, tropicando, vai até um policial e berra: 'Pelo amor de Deus, o senhor me proteja desse branco. Ele já me levou três vezes lá para cima e me atirou do poço do elevador!'."

Mesmo sabendo o que irá ver, ela olha para o lado de Pompey. Está de boca escancarada, rindo a valer. Dando pancadas na mesa e sacudindo a cabeça.

Billy Porter, na pele de seu Miúdos, diz: "É assim mesmo, Presuntinho! Negro de pé é toco, deitado é porco. Me diz uma coisa, Presuntinho, que tal a gente contar para o pessoal aqui aquela do velho que vai ver o doutor?".

"Seu Miúdos, mas que idéia ótima que você teve! Eu faço o velho de noventa anos e você faz o doutor. 'Oi, doutor.'"

"Qual é o problema, meu jovem?"

"Seu doutor, não brinca comigo não. Jovem eu não sou, mas estou com um probleminha sério."

"E que problema é esse?"

"Bom, doutor, toda vez que vou lá visitar a minha mulher, a primeira... é boa, bem boa... No fim da segunda, eu tenho de descansar dois minutos... dá para levantar a terceira, mas me dá um suador danado... Na quarta, só com guindaste!... Às vezes eu acho que vou morrer ali mesmo!"

"Mas então, meu crioulo, como é que você ousa, na sua idade, falar em fazer sexo três, quatro ou até mesmo duas vezes num só dia?"

"Não tem outro jeito, doutor. Desgraçado de prédio que não tem elevador. E ela mora no quarto!"

"Presuntinho, essa daí foi demais! Mas já está na hora da gente ir embora, senão vou estourar de tanto rir. Já contei aquela da mulher no elevador?"

"Que mulher no elevador, seu Miúdos?"

"A do elevador que tinha um negro subindo sozinho, Presuntinho. O elevador pára e entra uma dona boazuda, de cabelo cumprido e tudo. Dois andares acima, ela aperta para parar. Tira a roupa toda e diz para o negro que estava lá dentro com ela, 'ME FAZ MULHER!'. Aí o negro tira toda a roupa dele, joga para cima da mulher e diz: 'Está bom, então pode lavar!'."

"Seu Miúdos, acho que estou ouvindo tua mulher chamar."

"Então vamos embora, Presuntinho. Está na hora da bóia e aquela galinha frita não vai durar."

O Departamento os aplaude de pé. Wade joga o boné para a platéia e dois inspetores se atracam pelo troféu. A porta da cozinha se fecha nas costas de Lila Mae. Lá dentro, os outros funcionários pretos não comentam o que acabaram de ver. Empilham pratos sujos ao lado da lava-louça, comem os camarões que sobraram. Lila Mae também não faz nenhum comentário, dizendo a si própria que é porque não conhece a mulher silenciosa com quem está trabalhando e com quem não trocou uma palavra sequer a noite toda, por causa de sua concentração na Folia. Engana-se e diz a si mesma que foi por isso que não comentou o que viu, diz que é porque está em missão secreta, e falar com eles poderia atrapalhar as coisas, uma dúzia de outros motivos. Acha que as outras mulheres estão tão cansadas que não conseguem falar sobre o incidente, quando todas elas, Lila Mae inclusive, calam-se pelo mesmo motivo: porque esse é o mundo onde nasceram e não há como mudá-lo. Através da janelinha na porta de vaivém, ela vê Pompey enxugando as lágrimas dos olhos, debruçando-se em Bobby Fundle para se reequilibrar. Rindo tanto que não consegue nem se equilibrar.

Lila Mae volta ao Salão de Banquete com uma jarra de água.

Na mesa da seção de Assuntos Internos, Arbergast levanta os olhos num gesto rápido. Alguma coisa o incomoda na mulher que acabou de pôr água em seu copo. As orelhas se empinam, atentas.

Os rapazes, nessa altura, estão um bagaço. Chuck, por exemplo, desmaiou já faz algum tempo, a cabeça apoiada sobre o prato branco. Dedos rosados agarram gravatas, afrouxam gravatas, desabotoam os primeiros botões de camisas sufocantes. Rick Raymond, percorrendo bravamente esse lago de lassidão, diz: "Sei que vocês devem estar com fome, mas temos mais uma atração antes de botar os tachos na mesa. Caros inspetores, permitam-me apresentar-lhes, sem mais delongas, o homem que tornou esta noite possível: o presidente do Departamento de Inspeção de Elevadores, o senhor Frank Chancre!". Pescoços zonzos voltam-se para a mesa do Grande Homem. Mas ele não está lá. Os olhos vêem os ordenanças, os protegidos, todos ali sentados para mostrar aos presentes quem está por cima, quais são os que gozam das boas graças da presidência, mas não enxergam Chancre. As luzes do teto se apagam, exceto as que iluminam o palco. O tambor, como sói acontecer a todos de sua espécie, rufa com ansiedade.

Lila Mae completa os copos de água.

Rick Raymond rói as unhas.

O inspetor Arbergast de Assuntos Internos levanta-se da cadeira.

Nas sombras, na lateral do palco, vêem-se silhuetas masculinas fazendo força. Cordas levitam sobre o palco, a luz rebrilha nos fiapos finos, descreve os movimentos à direita. Surgindo lento da esquerda em penumbra, aparece Chancre, de pé sobre uma plataforma de madeira. Seus trajes são conhecidos de todos os presentes pelas gravuras da Exposição Industrial de Todas as Nações de 1853: roupas que Otis usou quando entregou ao mundo seu primeiro Elevador de Segurança. Ele está dentro de uma réplica daquele mesmo aparelho, as mãos em copa sobre os quadris, do mesmo jeito como se mostram no anúncio para os elevadores da United. Os homens na lateral do palco grunhem para levar o elevador, centímetro por sofrido centímetro, até o centro, para melhor acirrar a emoção. Lila Mae não consegue acreditar que ele tenha tido o desplante. O de se comparar a Otis, de enodoar a imagem que faziam daquele grande dia com aquele seu horror corpulento. Ela teria gostado de ver a reação de Reed, mas depois de algumas rodadas de apertos de mão, no começo da função, Reed e seu incansável candidato deixaram a Folia Funicular. Gostaria de ter visto a cara deles.

O elevador alcança o centro do palco, todo de madeira, divino, apesar das perversões de Chancre. Foi ele que começou tudo, que permitiu a metrópole, que os convocou para a modernidade tumultuada. O projeto da primeira elevação. Os presentes sentem tremores assaltando-lhes a pele. Ali está de onde vem tudo, esse momento inclusive, de onde vem a missão solene através das avenidas inclementes de néon que cruzam fachadas raivosas de conjuntos habitacionais, lojas de departamento, edifícios residenciais e prédios de escritório. Mesmo depois de todos esses anos na rua, do adormecimento paulatino da alma no trabalho sujo, ver essa magnífica criação lhes dá um calafrio. "Senhores", Chancre começa, "vivemos em tempos de grandes calamidades. Países se chocam e barulhos tremendos se ouvem por toda a terra." Arbergast está já a uma boa distância de sua mesa, quase ao lado da figura que o intriga. Acha que conhece aquela mulher, aquela silhueta imóvel no salão às escuras. "Crianças vão dormir famintas. Tudo aquilo que tínhamos como certo na juventude, escolas seguras para nossos filhos, bairros seguros, ruas seguras, está desaparecendo com grande velocidade, perdido no charco moral em que nossas comunidades se transformaram. Mas existe uma luz brilhante, um raio de esperança nessas trevas, uma coisa que continua segura. E tudo graças aos senhores, graças ao seu bom trabalho." Ela não nota seu avanço, Arbergast percebe, está hipnotizada (na verdade atônita), como todos os demais, pelo discurso de Chancre. Ele está quase chegando, sua presa. "Companheiros inspetores de elevador, esta noite é de vocês. É um trabalho sujo e ingrato, e vocês o tem cumprido acima e além do que exige o dever. Senhores, é graças a vocês que os civis", ele interrompe a fala para tirar a tesoura de dentro do paletó e colocá-la encostada à corda que concede à plataforma uma moratória perante a gravidade, "podem pegar o transporte vertical nesta gloriosa metrópole e dizer: 'Totalmente Seguro, senhores, Totalmente Seguro'." Colocado lá no alto, o tom é um indicador para a platéia extasiada de que Chancre está prestes a repetir a sagrada declaração de Otis assim que cortar a corda e for salvo pela mola de segurança. Arbergast agarra o ombro da moça, ela se vira, ele vê o rosto de Lila Mae Watson. Escuta um baque ruidoso. Vê Chancre se retorcendo de dor em cima do palco, agarrado ao joelho e olhando incrédulo para a perna, estendida numa angulação improvável. A mola não encaixou nos dentes das guias e o presidente do Departamento de Inspeção de Elevadores despencou. Os inspetores erguem-se das cadeiras e avançam para o palco. Os gritos ecoam pela sala. Chancre berra. Arbergast olha para a mão, que momentos antes segurava o pano negro de um uniforme do hotel Winthrop. A mão está vazia. Ela sumiu.

* * *

Quando entram na loja de departamentos Huntley, as pessoas *precisam*; quando saem, *precisam* menos. Braços cheios, a alça dos sacos plásticos cortando a palma da mão, levando presentes: novos relógios equipados com dial de rádio que brilha no escuro, para poder ver as horas mesmo sem luz acesa; cintos em todos os redescobertos tons pastel importados, muito em voga, agora, compre-os enquanto ainda estão na moda; sapatinhos de salto cubano e bolsas de couro de crocodilo, tão áspero e luzidio ao sol, textura estonteante, a sugestão hipnótica cinge, o ar fuzila, caudas de raposa rematam. Exaustiva, toda essa bagagem, e é o *agora* que a torna pesada, toda essa carga-agora no fundo de sacos de saque, junto com notas fiscais e cupons de desconto para o próximo prazer luxopop. Marvin Watson flexiona a grade de metal, ela sempre dá uma enguiçada, mas ele sabe como fazer, e grita: "Segundo Andar: Roupas Femininas, Loja do Brotinho, Sapatos Infantis, Cama, Mesa e Banho". Os animais saem se empurrando, acotovelando vizinhos, amigos e a sobrinha do prefeito, pisoteando crianças pequenas debaixo dos sapatinhos de salto cubano para sair, para entrar naquilo que o andar tem a oferecer. Duas mulheres sedentas, educadamente descabeladas, esperam para entrar no elevador de Marvin. Estão prontas para embarcar na próxima fase da farra do dia, tendo terminado com o segundo andar; lassidão pós-coito escrita na postura, abanam-se com anúncios, ainda sedentas do que as espera em andares mais altos, antes que tenham de regressar para casa, marido e filhos. Elas querem ir mais alto e Marvin Watson, ascensorista da cabine Número Dois da loja de departamentos Huntley, é o homem que as conduz ao próximo patamar. Para baixo também, se quiserem, mas somente depois de ter levado seu xodó até o último andar. Às vezes lhe fazem perguntas: "Onde eu encontro um brinquedo para o meu filho? Ele tem seis anos" e "Onde é o toalete feminino?". Nunca olham para ele. Estão no elevador, portanto são passageiros e devem tomar parte no jogo, olhando fixo para a frente ou para cima, para a flecha vacilante que indica os andares, mas jamais para a esquerda ou direita, para o preto que comanda os andares. De modo que só lhes vê a cara quando entram na cabine, encantados alguns momentos com a chegada da condução e depois, de repente, lembrados da própria viagem, com pressa de virar o corpo e ficar de frente para a única saída existente. Boa parte do tempo ele esclarece, diz-lhes que há toaletes no primeiro e quarto andares, mas de vez em quando mente. Que eles próprios encontrem seu caminho por esse labirinto. Esse inferno.

Trabalha ali há vinte anos, encaixando a alavanca de comando nas sete fendas, abrindo e fechando as portas dos andares. Estudou mecânica na faculdade estadual dos pretos, viu o Norte: as grandes cidades que, sabia, estavam chegando, as cidadelas vomitadas das entranhas do planeta como vulcões e montanhas, prontas para se apoderar do céu. Conhecia o passo seguinte, tinha uma linda mulher e uma criança dormindo dentro daquela mulher. Nas revistas, lera sobre o novo ramo da inspeção de elevadores e lhe parecera uma boa oportunidade para um homem como ele, um camarada esforçado como ele. A secretária lhe entregou um embrulho quando ele parou na frente dela. Devolveu-o para aquelas mãos brancas magrinhas, informando que estava ali para fazer uma entrevista. Não era office-boy. Quando parou diante da escrivaninha do homem, o professor ergueu os olhos de seus papéis uns instantes, tempo suficiente para dizer: "Nós não aceitamos pretos". Nem cruzou o olhar com o de Marvin e voltou rápido para sua papelada.

O velho Huntley estava contratando gente, ou pelo menos é o que dizia o jornal. Precisava de uns pretos para trabalhar nos elevadores.

"Terceiro Andar", ele diz para a turba enfurecida que tem atrás dele, "Roupas Infanto-Juvenis, Artigos Esportivos, Sapatos para Meninos", e uma profusão de chapéus multicoloridos espirra para fora, à esquerda. Não é uma corrida. Às vezes se pergunta o que aconteceria se empurrasse a alavanca no momento em que estivessem saindo da cabine, mas sabe que a Número Dois não vai se mexer, nem para cima nem para baixo, enquanto as portas estiverem abertas. Elas não foram feitas para isso.

Queria estar perto dos elevadores, por isso ficou com o emprego na Huntley. Viu o Norte ir desaparecendo, até que o único norte passou a ser o topo do morro, à medida que subia a rua de casa.

O homem entra no elevador no primeiro andar e declara: "Departamento de Inspeção de Elevadores". Mostra o distintivo, estrela-nova de ouro, para as esposas agitadas, que de repente vêem os compromissos da tarde complicando-se. "Todo mundo para fora." Ele é autoridade. Os brancos da cidade têm sua própria armadura para andar pelas praças e subir os degraus de pedra, totens de minúsculas afetações que as esposas escolheram ali mesmo, naquela loja: gravatas de seda da França, bengalas entalhadas à mão das profundezas do Congo, um ou outro plastrom, a gravatinha-borboleta perfeita. Mas esse homem, Marvin vê logo, não é da cidade. Olha só o *fedora* cinzento de banda sobre a testa, a aba voltada para baixo para ocultar o olhar, lançando sombras bem onde as sombras precisam estar, o talhe sofisticado de seu terno solene de risca-de-giz, cortado à continental, a pele de sua autoridade. Olha só isso tudo. Ele é um inspetor de elevadores lá da cidade grande, que veio aqui para botar a aldeia em ordem, tomar conta, conferir a ferrugem.

    Marvin é o único que fica com o visitante na cabine vazia. Para além do poço, as pessoas se agitam em seus afazeres e irritações, uma legião de impulsos e necessidades. Marvin veste o mesmo uniforme que vem usando há tempos, muito tempo, um jaquetão vermelho de lapela trespassada com uma irradiação de cordões aqui e ali, estreito demais na barriga que tem aumentado. Antigas manchas que não quiseram sair. Defeitos invisíveis na pouca claridade da cabine, de modo que Huntley Júnior diz que continuam servindo, as roupas, por enquanto. Marvin vira-se para o funcionário e diz: "Essa cabine é uma lindeza. Trabalho com ela há mais de vinte anos e nunca me deixou na mão. Mas às vezes enrosca um pouco quando passa do terceiro, acho que deve ter alguma coisa errada com o seletor. E precisa tomar cuidado para fazer ela parar no mesmo nível do patamar, às vezes. Vivo dizendo para eles mandarem ajustar o indicador, mas são pão-duros demais para providenciar isso".

    "Você também", o inspetor diz.

    "Como?"

    "Saia. No dia em que eu precisar de um crioulo para me dizer como fazer meu trabalho, eu largo o serviço. Agora saia."

    Marvin Watson sai do elevador. O inspetor fecha ruidosamente a porta e Marvin escuta suas tentativas para puxar a grade interna. Às vezes ela emperra. É preciso saber como lidar com ela. O inspetor pragueja e continua a lutar com o metal caprichoso. Marvin chega a pensar em gritar instruções pela porta, mas acha melhor não. Bobby dá uma parada mais ou menos nesse horário. Bobby lhe deve um dinheiro e faz um tempinho que está tentando escapar. Marvin sai pela escada dos fundos, assobiando junto com a música de fundo.

* * *

Céu limpo, cintilações irrompendo dos cromados, a rabeira dos carros da frente cortando o dia claro. Já choveu o suficiente, a cidade dormiu tempo demais em luz de mercúrio. Os guarda-chuvas descansam exaustos por trás das portas fechadas dos armários, com suas poças secas de chuva debaixo de galochas desprezadas. O ar da cidade está suave, hoje.

Ela está no carro da prefeitura. Algumas horas atrás, antes que o turno diurno rumasse esgotado para o trabalho (esgotado sobretudo depois dos excessos da noite anterior e da exaustão pós-desenlace), ela interceptou as pernas de Jimmy. As pernas estavam no chão, visíveis debaixo de uma das viaturas do Departamento. Chutou-as de leve e escutou quando a cabeça bateu no chassi. Ele saiu de sob o carro e o costumeiro sorriso para Lila Mae feneceu quando ela lhe disse que precisava de um carro por alguns dias e que ele teria de lhe quebrar esse galho. Barganha difícil na seção de viaturas, essa manhã. Ela nunca tinha flertado com ele antes, para não encorajá-lo e criar uma situação da qual tinha pouquíssima experiência. Mas flertou, tocou no rosto juvenil com a mão, não titubeou diante dos dentes estragados (Jimmy nunca visitou um dentista), nem evitou o contato prolongado dos olhos. Ele lhe deu a chave e garantiu que acertaria as coisas no livro de registro. Ela concordou em tomar todo o cuidado com o carro, mentindo como de hábito.

Ela não está a serviço. Não está trabalhando e dirige à toa pela rua mais famosa do mundo, muito satisfeita consigo mesma. Lila Mae nunca tirou um dia de folga, em seus três anos no Departamento, e está descobrindo que a cidade é diferente nas tardes dos dias de semana. Que existe uma cidade secreta e reincidente dentro da cidade conhecida, tardes sem uma preocupação na cabeça. Operários municipais de uniforme laranja consertam a rua, cuidam do macadame. Os buracos agora têm um significado novo, que não é machucar a viatura municipal nem convocar resmas e resmas de papel oficial e sim compartilhar com as rodas de um segredo. Um segredo áspero e mais íntimo justamente por isso. Ela dirige e olha as vitrinas, os apelos dos lojistas, mas seus olhos nunca se erguem acima do nível da rua. Porque hoje essa não é sua função. Não precisa se preocupar com aquela cidade diferente, não hoje.

Pára numa cabine telefônica, idêntica a outras dezenas pelas quais passou. Não há motivo nenhum para ter escolhido essa. Sentiu vontade de parar, é tudo. A cabine está vazia, exceto por um pedacinho de papel sobre a mureta de metal, sob o telefone. Lila Mae o pega e alisa as dobras. É um desenho de uma cara, um boneco de cabeça grande, sem feições, exceto um sorriso. Observa as pessoas pelos vidros enfarruscados. Elas caminham mais devagar, são diferentes das que vê quando vai trabalhar ou na volta para casa, andam de um outro jeito, nada a ver com o passeio de fim de semana. São os homenzinhos de lata e as bonecas de pano que acordam tarde na loja de brinquedos. Conta até dez, devagar, e respira dez vezes. Ele atende. Hoje, acha aquele tremular ridículo na voz dele agradável. "Alô. É Lila Mae."

Chuck põe-se a cochichar e ela o imagina virando a cabeça para o lado contrário do Fosso para esconder o bocal. "Por onde andou?", ele geme. "As coisas aqui estão uma loucura."

"Por aí."

"Está todo mundo perguntando onde você se meteu. Você está bem?"

"Estou ótima, Chuck."

"Isto aqui está um hospício!" Lembra-se e baixa a voz de novo. "Ontem à noite, na Folia..."

"Eu sei, Chuck. Fiquei sabendo."

"Ele está no hospital. Quebrou a perna."

"Ele não vai morrer." Do outro lado do vidro, os cidadãos sonolentos progridem pela calçada, em transe.

"A questão não é essa. Você não entende. O boato é que foi Lever quem sabotou o elevador, que eles deram o troco pelo Fanny Briggs. Queda por queda. Wade chegou inclusive a sugerir que teria sido você."

"Chuck, preciso de um favor."

Ele chupa os dentes e fica calado alguns momentos. Depois diz: "Você devia é dar um pulo aqui. Eu conversei com o cara da AI que está cuidando do Fanny Briggs, e ele quer ouvir a sua versão da história. Acho que ele vai te ouvir. Acho que se você viesse conversar com ele...".

"É por isso que estou ligando, Chuck. O que foi que ele falou sobre o acidente?"

"Que a coisa não está cheirando bem e que provavelmente foi uma armação para fazer você levar a culpa. Ele não tem muita coisa nas mãos. Olha, você pode dizer para ele que ficou doente. Ou então que estava com medo de aparecer por causa do que os jornais andaram dizendo. Ele vai te ouvir."

"Chuck, eu quero que você se aproxime dele. Preciso saber o que mais ele descobriu e o que a perícia falou."

"Onde você está? Isso é um carro de bombeiro?"

"Ligo assim que puder, Chuck, para ver o que você conseguiu descobrir. Se cuida."

Lila Mae fecha a porta da cabine telefônica, enfeitiçada pelas leis diferentes dessa tarde. Até o carro de bombeiros, que acaba de sumir numa esquina, parece sem pressa e debilitado, lutando numa letargia aquosa. Dá a partida. Segue em frente.

O diabrete achou-a uma hora depois do acidente com Chancre. Partira do hotel Winthrop pelo mesmo caminho por onde entrara, pela porta de serviço, não sem antes recuperar o terno do vestiário. Depois de correr quarteirões (um vislumbre: a empregada que testemunhou o assassinato do patrão, ou que assassinou o patrão), encostou-se ao vidro da janela de uma lanchonete automática. Lá dentro, os cidadãos tardios, refugos da meia-noite, debruçados sobre um café e pules de corrida, sanduíche de atum com pão de centeio amanhecido e seus itinerários fatídicos. Ninguém olha para ninguém, nesse santuário esfacelado: seria pôr em risco a perfeição do isolamento, o último conforto nessa cidade concreta. Trocou de roupa no banheiro das mulheres. Depositou moedas na máquina de café, na máquina de pão doce. Sentou-se a uma mesa vazia e leu o anúncio que estava no suporte de metal: "NÓS PODEMOS MUDAR SUA VIDA POR APENAS DEZ CENTAVOS POR DIA". Era seu diabrete. Riu. Riu do bundão gordo de Chancre sacudido de dor sobre o palco. Riu da correria embriagada dos colegas para ajudar o grande líder, riu da loucura da campanha intuicionista e das afetações de Reed. Riu porque Fulton era preto e ninguém sabia, e porque agora tinha um aliado. A risada cessou ao se lembrar de Natchez e diluiu-se num largo sorriso constante. De pensar nele e no segredo que tinham.

A senhora Gravely, zonza de sono (a cara emplastrada de creme de um jeito que fazia lembrar Presuntinho e seu Miúdos), abriu-lhe a porta da Casa e ela pegou suas coisas. Sobre a cômoda, uma pirâmide suave, havia outro bilhete de Natchez. *Espero que tenha gostado*, escrevera, incluindo um número de telefone. Ela enfiou o bilhete ao lado de seu irmão mais velho, no vão da carteira. Depois Lila Mae deu o fora da Casa Intuicionista.

O apartamento estava como o deixara: estuprado. Puxou a mala de sob a cama e arrumou a trouxa de novo, dessa vez para uma ausência mais longa. Não sabia quando estaria de volta.

Depois da noite anterior, não havia como prever quando os rapazes de Shush voltariam para implementar a ameaça de Chancre. Demorou-se na porta. Achou que estava esquecendo algo. Não estava. Não tinha nenhum pé de coelho ou bonecas de infância para afastar os monstros do mundo adulto. Só roupas. Depois lhe veio — recuperou seus exemplares de *Elevadores teóricos*. Trancou a porta. Eram só três andares até a rua e sentiu-se até que razoável à luz matinal. Tentou lembrar a que horas Jimmy chegava ao trabalho.

A luz da tarde está se retirando do céu, e o vento que passa pela janela aberta da viatura verde da prefeitura murmura que o outono está perto. Os olhos de Lila Mae sobem acima do nível da rua pela primeira vez no dia. Estaciona debaixo do quadrado robusto da placa do hotel. Está a bem um quilômetro e meio ao norte de seu apartamento. Mergulhada na cidade negra (ainda mais uma cidade dentro dessa cidade, sempre mais uma cidade). O gerente ergue os olhos. Ela diz: "Preciso de um quarto".

O pequeno Pompey, aquele pólipo, bamboleia rua acima com um jornal enfiado debaixo do braço. Pára num jornaleiro e compra o que parece ser um pacote de goma de mascar. Conta o troco devagar e volta para a rua. Passa pelas luzes brancas espumosas do salão de barbeiro do Harry, pelo néon gaguejante, verde e vermelho do café Belmont. Os prédios de escritório regurgitam sua carga na calçada, e os corpos apressados dificultam a visão de Pompey. Natchez pergunta: "Tem certeza de que foi ele?".

Os olhos de Lila Mae viajam incansáveis da rua para Pompey, qual um metrônomo. Lentamente, para não perder a concentração, ela diz ao homem sentado a seu lado, no banco dos passageiros: "Se não foi ele, está por dentro o suficiente para saber quem foi. Quem mais eles mandariam para fazer o serviço? Tenho certeza de que deram boas risadas com a história. Como se nós fôssemos cães de briga, no ringue". Ela pensa, mas não diz, olha o que eles fizeram com seu tio. Torceram-lhe a mente de tal forma que ele se negou a admitir quem era.

"E se ele virar na próxima rua?", Natchez pergunta. "É contramão."

"Aí você vai ter de segui-lo a pé, enquanto eu dou a volta e espero na avenida seguinte. Ele me conhece, mas não conhece você."

Pompey não dobra na rua seguinte. Continua na direção norte, mascando sua goma cor-de-rosa.

Eles chegaram num acordo, Lila Mae e Natchez. Vão trocar favores: Natchez fazendo o que for possível para ajudá-la a descobrir quem sabotou o Número Onze, Lila Mae contribuindo com sua experiência em elevadores para que ele encontre a caixa negra do tio. Ela não sabe quais são as novas pistas que Reed tem da caixa, uma vez que foi afastada da operação, de modo que os dois terão de se virar com as informações que conseguirem obter. "O que significa as páginas do diário de Fulton", Natchez sugeriu ao telefone, na horinha em que ela ia dizer a mesma coisa. Eles terão de decifrar o que for possível, depois que conseguirem obter uma cópia das anotações que estão em poder de Reed, de Chancre e da *O Ascensor*. A esperança é que, depois de compararem as páginas, a familiaridade de Lila Mae com o pensamento de Fulton obrigue os escritos a confessarem, a divulgarem o nome da pessoa que tem a planta. Quanto à redenção de Lila Mae: lá estão eles, na cola de Pompey. Seguindo o principal suspeito.

"Me fale um pouco da sua cidade", ela diz, do nada, os olhos ainda grudados em Pompey.

"Em vez disso, por que não me fala da sua?", Natchez responde. "Ou, pelo menos, por que se mudou para cá."

As mãos pequeninas de Lila Mae apertam-se no volante e ela se pergunta de novo se a notícia do Fanny Briggs teria chegado aos ouvidos dos pais, se haveria alguma chance de a notícia chegar aos jornais de lá. Se os outros ascensoristas da Huntley comentam esse tipo de mexerico, e se ele ficou sabendo dessa forma, o telefone no hall de seu apartamento está tocando e ela não está lá para falar com ele. Sem grande ênfase, ela diz: "Não tem nada o que contar. Não tem o menor interesse".

"Tem sim."

Lila Mae respira sem ruído, pelo nariz. Ultrapassa uma ambulância parada em fila dupla. "Mudei para cá porque aqui é onde estão os elevadores. Os verdadeiros elevadores." Aponta para as estruturas salientes que circundam o carro, para os prédios severos. "A região central da cidade só tem velharia. Na região sul, eles têm edifícios de cem andares de altura. E elevadores para servi-los de alto a baixo." Convenientemente lembrada de algo que queria lhe perguntar. Redirecionar a conversa. "O que o levou a aprontar aquilo ontem à noite?"

"Eu queria dar um aviso para eles, acho. Do que eu vou fazer com eles." Gira os joelhos na direção dela e encosta-se na fenda entre o assento e a porta. "Queria dar o troco. Pelo que eles fizeram com meu tio, bagunçando a cabeça dele. Pelo que fizeram com você." Os olhos dela se mantêm fixos na rua, sente os olhos dele nela. "Você não precisava ter saído da Casa, você sabe. Pensei que fosse perceber que eu fiz isso para que ficasse com os créditos e voltasse às boas com o Reed e os outros."

"Eu não quero voltar às boas com eles."

"Mas eles ainda são seus patrões, certo? Mesmo que eles tenham ido xeretar na sua casa. Você tem que engolir eles todos."

Ela sacode a cabeça. Pompey desvencilha o sapato do tentáculo de um jornal que acabou de atacá-lo. "Só quero limpar meu nome... e que você consiga o que é seu por direito. Como sabia o que fazer com o elevador? Para fazê-lo cair daquele jeito."

Natchez ri. "Muito simples, comparado com as máquinas que eles põem nos prédios, hoje em dia. Gostou?"

"Você sabe que sim, Natchez."

Ele estapeia o painel com a mão espalmada, sorri largo. "Tive de aprender um bocado sobre elevadores, nas últimas semanas. Mais do que eu queria saber. Para ser sincero, não sei como você agüenta fazer o que faz."

"Você acaba gostando deles. É igual às pessoas. A gente nunca sabe de quem vai gostar." Pare por aí, Lila Mae. "Aí um dia aparecem e você gosta." Isso não é de seu feitio, de jeito nenhum. "Você acaba conhecendo e gostando cada vez mais."

"Como eu e você, Lila Mae?" Diante da tremida nervosa de uma sobrancelha dela, ele acrescenta: "Tudo bem. Vai dirigindo. Quando a gente se conheceu, achei que você fosse uma daquelas moças esnobes de cidade grande. Interessadas só no que se pode fazer por elas e quanto dinheiro se tem no bolso. Mas você não é como...".

"Olha lá." Lila Mae indica, desvia. "Ele está parando."

Pompey bate na janelinha de uma porta marrom discreta. Espia por sobre o ombro, desconfiado; Lila Mae e Natchez pararam do outro lado da avenida. Dá para enxergar as letras douradas expostas num crescente sobre a janela ensaboada: "CLUBE SOCIAL PAULEY". A porta se abre e Pompey desaparece na escuridão.

"Deve ser um bar", Natchez sugere. "Um daqueles botecos antigos. Deu uma paradinha para tomar um trago, antes de ir para casa."

"Ele não está indo para casa." Lila Mae olha o nome da rua na placa: Pompey caminhou onze quarteirões depois que saiu do escritório. Em seguida vê o carro. "Está vendo aquele carro azul-marinho estacionado em frente?" Ela sabe, reconhece a fisionomia imbecil e bovina do motorista. "Aquele ali é o Joe Markham Preguiça. Um dos capangas do Johnny Shush. É a máfia." O motorista olha direto para a frente, por enquanto, por cima e para além das colinas e depressões da rua movimentada, para além dos prédios da Zona Sul, para o rio negro.

"Um mocó da máfia? E o que um neguinho havia de estar fazendo num mocó da máfia?"

"Nós já vamos ver. Está com a máquina fotográfica?"

"Bem aqui."

Ainda bem que Natchez resolveu ficar quieto. Não que ela não goste do que ele diz, mas é demais para ela, nesse carrinho minúsculo, e tão rápido, depois de tanto tempo. Tinha feito um contrato com a cidade semelhante ao fechado recentemente com Natchez. Uma troca de serviços. Ela mantém a cidade vertical e intacta, e a cidade a deixa em paz. Agora olhe só para ela: deixou a cidade na mão na última sexta-feira, foi relapsa nos seus deveres, e veja a retribuição da metrópole. Ela lhe ofertou Natchez. Na hora em que fora apanhá-lo, dera uma boa olhada naquele rosto, atrás de algum vestígio da insociabilidade severa de Fulton, alguma coisa que o atrelasse a seu mundo. Na bossa delicada do nariz, na simetria parabólica das orelhas, não enxergou nada de Fulton. Natchez era dono dele mesmo. Não era daquele seu mundo de elevadores e sim um cabo móvel até onde os demais cidadãos viviam. Por uma fenda no toldo do prédio, ela vê um pequeno balão, larva no céu, primitiva e atrofiada. O futuro está na velocidade do jato, no aço dos aviões a jato. Não há lugar no céu para esse verme patético.

Ele a desperta: "Ele está saindo de novo".

Pompey afasta-se do Clube Social Pauley. Lila Mae, Natchez e Joe Markham observam-no subir a rua, na direção norte, num uniforme cinza-claro da firma de consertos de elevadores Growley, uma caixa de ferramentas na mão direita. Ela dá a partida.

Pompey está equipado.

Nos cruzamentos e áreas congestionadas, entre os carros e caminhões, a sarjeta refletia em amargos tons pastel o néon metropolitano, arco-íris atirados ao chão e à sujeira. Lila Mae seguia uma trilha de bitucas de cigarro. Um quarteirão mais ao norte, dobra uma esquina, vai cada vez mais longe. Perdida. Para começo de conversa, a trilha não era de uma só pessoa e, depois, bitucas de cigarro não são tão confiáveis quanto pegadas. Tinham sido banidas para a calçada, atiradas ali por múltiplos cidadãos, bitucas de diferentes marcas, algumas sujas de batom, ou úmidas de saliva, pela metade, tragadas até o fim, esmagadas sob saltos ou abandonadas acesas, fumegando até o filtro. Havia sempre uma outra, alguns passos adiante. Talvez levassem ao metrô: precisava voltar para casa e não conseguia lembrar onde era o metrô. Por um lado Lila Mae estava certa. Os cigarros acabaram por levá-la ao metrô. Levaram para onde estavam indo todos. Era sua primeira semana no emprego.

Mais tarde, percebeu que o vira chegando. As mãos mexendo ansiosas no bolso da calça, passos hesitantes, olhando para o nome das ruas. Lila Mae tinha certeza de que fora ali naquele local que saíra do metrô, de manhã. Censurou-se. Era um erro ridículo, não podia se permitir esse tipo de coisa. Passara o domingo anterior no sofá, decodificando o mapa do sistema metroviário, superpondo aquela ordem tênue às poucas ruas com as quais já estava familiarizada. Tudo bem que achava o mecanismo todo um horror. Chafurdando em buracos de toupeira: fraca, esteticamente, para não falar no óbvio atavismo, essa perambulação horizontal. Fechou os olhos no cruzamento. Lila Mae via o mapa afundado sobre os joelhos, no apartamento, as rotas enoveladas dos trens — mas não conseguia se lembrar de onde ficavam as estações. Do nome das ruas. Ele estava lá quando abriu os olhos, e disse: "Tarde bonita", o pé apoiado no poste verde lascado, a mão espanando a poeira dos sapatos brancos. "Tarde bonita", ele repetiu.

Inspecionou-o. Talvez uns trinta anos (um homem mais velho), fingindo-se de rapaz. Usava um daqueles novos ternos retos que, como observara desde a mudança para a cidade, estavam muito em voga, com um corte vagamente europeu, ajustados no corpo, pronunciados nos ombros, graças a uma ou duas camadas de enchimento. Quantos meses de salário até poder comprar um modelo desses? A ponta perfeita da gravata branca combinava com a flecha impecável do lenço que despontava em direção oposta do bolsinho do paletó: duas metades de um brilhante. Tinha cara de menino, a seu ver, ou a de um homem maroto, coroada pelas ondulações vistosas de uma cabeleira obviamente muito bem cuidada. É esse o tipo de homem que eles têm na cidade, Lila Mae disse consigo mesma, despachando o embevecimento lá para o fundo da cabeça. Mantenha-se alerta. Ela disse: "Estou procurando o metrô".

"Para onde está tentando ir?", ele perguntou, retirando o pé do poste.

"Estou procurando o trem que vai para o norte." O semáforo abriu com um estalido audível e os automóveis em direção ao sul avançaram.

Podia ter atravessado naquele momento, se quisesse, bem naquele momento, podia ter dado uma podada no jovem cavalheiro antes que começasse a ter as idéias erradas. Olhou de novo para ele. Tinha sobrancelhas grossas, hirsutas, um belo toque, um ponto deliberadamente descuidado a realçar o conjunto cuidadoso. "Fica a alguns quarteirões daqui. Eu a acompanho. Uma linda moça como você não devia andar sozinha a essa hora da noite."

Lila Mae lembrava-se de ter ouvido essa mesma frase num filme, nem dois dias antes. Pelo menos ele gosta de cinema, ela pensou. "Não é preciso", ela falou. Esperou o sinal abrir.

"Eu me censuraria a noite inteira se não o fizesse." E, quando o sinal abriu e ele estendeu o braço num gesto amplo para a avenida, primeiro você, ela atravessou e não o despachou. Encantos de cidade grande, brincadeiras. Ele continuou falando (embora ela não tivesse respondido nada, olhando, como estava, para a frente, para a esquina seguinte, vendo se conseguia enxergar a entrada do metrô), informando a Lila Mae que acabara de sair de uma reunião de negócios de um tipo ou de outro, e que a reunião dera certo, ainda que estivesse um pouco triste por ter se alongado tanto, não era sempre que conseguia algum tempo livre quando vinha à cidade. Gostava das vistas e das pessoas da cidade. Tinham personalidade. Não conhecia ninguém, ele disse, a voz baixando de maneira um tanto teatral para um tom de falsa autocomiseração, e ela sorriu. Apesar de si mesma e de sua armadura. Ela andava rápido, de medo, sabia disso. Não tinha idéia de como agir em situações assim. Na última sexta-feira, nessa mesma hora, estava empacotando seus poucos pertences em caixas, debaixo da fraca lâmpada nua do depósito da zeladoria. Lila Mae e seu novo companheiro atravessaram outra rua. Ele estendeu a mão para o trânsito, parem, embora fosse o semáforo que estivesse detendo os carros em ponto morto. Fazendo o tipo galante. Ela sorriu do gesto de novo, ainda que dessa vez só por dentro: tinha envergado sua cara de enigma. Disse que se chamava Freeport

Jackson e perguntou seu nome, se bem que, acrescentou ele, se não quisesse não precisava dizer, ele entendia. A cidade é perigosa, nunca se sabe. Ela lhe deu seu nome, nas sílabas estaladas, as quais acabara decidindo, depois de muita prática, adotar como um tom próprio para o trabalho, o tom que empregaria ao falar com os zeladores dos prédios ao abrir a carteirinha com o distintivo dourado do cargo. Ele falou: "Lila Mae Watson, posso acompanhá-la até o metrô?". Ela disse que ele já estava acompanhando. Passaram por uma farmácia aberta vinte e quatro horas por dia, o que a deixou espantada, nunca vira uma coisa dessas na vida. Mas nesta cidade, as pessoas precisam de coisas a qualquer hora do dia, pensou. Vai levar um tempo até se acostumar com o lugar.

De repente, lá estava. A entrada da estação do metrô. Freeport disse: "Cá estamos. No seu ponto. E no meu. Meu hotel fica bem aqui".

O brilho no cabelo de Freeport roubava as luzes do hotel Chesterfield e reluzia como o dorso de um sapo. Estavam bem em frente à arquitrave, do arco iluminado a demarcar os domínios do estabelecimento e a separá-los do calçamento áspero da metrópole. Lila Mae disse: "Você estava vindo para cá de qualquer modo".

Ele piscou, imitou com os dedos um revólver e disparou. "Quer tomar alguma coisa?", perguntou. "O bar do hotel vale a pena, se você ainda não viu." O tapete rubi, muito competente em manter a distância os avanços cinzentos da cidade, galgava os degraus rumo à entrada de bronze do hotel Chesterfield, à luminosidade interna. Ela tinha lido a respeito do Chesterfield. Quase todo mundo tinha lido. O presidente hospedara-se ali, em sua última visita. Eles mantinham uma suíte reservada para ele, dissera o jornal. Não sabia que aceitavam pretos. Atrás de Lila Mae, a garganta subterrânea enfezada, abandonada aos abusos dos cidadãos, rachada e manchada. Freeport disse: "É o mínimo que eu posso fazer para retribuir a gentileza de ter me acompanhado".

"Pensei que você é que estivesse me acompanhando."

"Precisamente", falou Freeport, com um sorriso, a palma das mãos aberta diante do tapete. Claro que aceitavam hóspedes pretos. Isto aqui é o Norte. Ela olhou para o porteiro, passou por ele e pelo vidro, fez uma aposta consigo mesma — e parou. Ela nunca saberia o resultado, no fim das contas, de modo que não fazia sentido tentar adivinhar a marca dos elevadores. Disse: "Aceito tomar um drinque, um só", e caminhou rumo à luz. Desdenhando o buraco.

Ele a conduziu rapidamente para o bar, permitindo-lhe apenas uma olhada muito rápida no famoso e fabuloso saguão do hotel Chesterfield, sobre o qual já tinha lido. O Maple Room estava tranqüilo naquela sexta-feira à noite, com seus casais murmurantes em roupas sofisticadas, ou pelo menos foi assim que pareceu a Lila Mae, que contou as peles e os colares de pérola em torno dos delicados pescoços femininos enquanto Freeport fazia o pedido. O Departamento tinha um código de vestuário. Ela gostava de seu novo terno, mas não era apropriado para o local. Não que tivesse peles e jóias trancadas num cofre no apartamento, mas de qualquer forma.

"E o que você faz da vida quando não está procurando a entrada do metrô?", Freeport perguntou com sinceridade. O pianista mantinha a cabeça inclinada sobre o teclado.

"Trabalho no Departamento. No Departamento de Inspeção de Elevadores." Dito pela primeira vez. Pesado na língua.

"Elevadores", disse ele, fingindo interesse pela forma como ela passava as horas do dia e chegando até a soar convincente, enquanto tentava avaliar as saliências por baixo daquelas severas lapelas, o potencial ali contido, sem deixar de balançar a cabeça ou passar a mão no queixo à medida que ela ia contando como fora sua primeira semana de trabalho, sem conhecer ainda direito os meandros do escritório, mas fazendo progressos, claro. Sabia, por exemplo, que o único banheiro feminino ficava três andares abaixo do Fosso, era assim que os inspetores chamavam a sala onde ficavam quando não estavam em campo, de Fosso, por motivos que ainda não estavam muito claros. Ia pegar a primeira inspeção na segunda-feira — tinha saído a semana inteira com um colega, um cara de coruja rabugento, de quem não gostava muito, e que não gostava muito de trabalhar com preto, que dirá sair de carro ao lado de um. Supunha que algumas coisas levam mais tempo para mudar, mesmo aqui na cidade. (Lila Mae não contou a ele que Gus Crawford, o inspetor sênior em questão, não trocara uma palavra sequer com ela, durante a semana toda. Nem uma palavra, nem mesmo para mandá-la ir buscar um café na rua, ou para censurar-lhe as perguntas bobas de novata, nem uma sílaba, referindo-se a sua presença tão-somente, e um tanto ressabiado, como "a caloura", quando algum zelador encrencado, à espera de ser extorquido, como sempre, lhe perguntava quem vinha a ser aquela criatura inesperada. Os representantes dos prédios deixaram as carteiras no bolso e tomaram suas multas.) Mas na semana seguinte teria seu primeiro prédio, só seu. Freeport acenava, compreensivo. E comunicou sua preocupação, a de que o poço de um elevador devia ser um lugar muito sujo e seria difícil manter as roupas limpas. Ela lhe garantiu que não precisava entrar num: podia intuí-lo. Sabia que ele não fazia a menor idéia do que estava dizendo, mas continuou assim mesmo, citando os nomes de Otis e Fulton, referindo-se à rivalidade filosófica entre as escolas intuicionista e empirista. Ele não a incomodou com perguntas tolas. Bebericava o seu aperitivo e movia a cabeça, insistindo para que ela tomasse sua bebida, uma vez que já acenara ao garçom para que trouxesse mais uma dose, e ela mal tinha tocado em seu Violet Mary. O outro casal de pretos no bar do hotel parecia ser africano. A mulher vestia uma túnica extravagante de um vermelho líquido, o homem um terno cáqui com muitos bolsos. Mal se falavam e tomavam água.

Os novos cidadãos da nova cidade, os bem-amados cosmopolitas noturnos, entornavam martínis, afagavam cigarreiras de prata, gravadas com suas iniciais, e chamavam o barman pelo nome. Ela já tinha avaliado a promessa da verticalidade, suas manifestações atuais e as que haviam sido anunciadas pelos versos sagrados de Fulton, mas jamais se detivera nos cidadãos. Quem são as pessoas que vivem aqui. Freeport Jackson calculava os centímetros finais de seu coquetel. Homens e mulheres garbosos trocando papo por gim, face branca rosada com a quentura do álcool no rosto, fazendo brindes, sempre nos trinques. Brancos endinheirados, um casal de africanos, Freeport Jackson e sua companheira. Jamais se poderia construir um prédio no feitio de uma taça de martíni, Lila Mae ponderou consigo mesma, alargando-se assim no topo, à medida que sobe, o prédio desabaria, tolice. Não se ouvia conversa naquela sala. Cada casal sozinho consigo mesmo. Nenhum grupo ruidoso reunido para comemorar aniversários ou campeonatos universitários pelo rádio. (Não contou ao companheiro que estava na rua àquela hora da noite porque descobrira — era um escritório pequeno, dava para escutar o estômago do cara do outro lado roncando — que os inspetores se reuniam às sextas-feiras, depois do expediente, num bar ali perto, chamado O'Connor, para trocar histórias debochadas sobre elevadores diversos e sobre os prédios onde moravam, para contar piadas em torno da verticalidade e seus efeitos ruinosos, para erguer um brinde aos elevadores tombados no cumprimento do dever. Não contou ao companheiro que sua emoção diante desse ritual semanal de camaradagem a pusera dentro do elevador do Departamento, na hora da saída, junto com os demais colegas, todos prontos para partir rumo ao dito estabelecimento, presumindo, num momento de alegria ingênua diante das novas circunstâncias — apartamento novo, emprego novo, cidade nova —, que seria bem-vinda. Andou dois metros atrás deles, eles de costas para ela. Os colegas não a convidaram a sentar junto com eles nas mesas desfiguradas do O'Connor, não fizeram nenhum gesto para que se juntasse a eles, e Lila Mae ficou no bar, ao lado dos bêbados civis e dos irlandeses nacionalistas resmungando sozinhos, a bebericar uma cerveja e ouvir as fábulas da brigada dos elevadores sobre batalhas ganhas e perdidas. Ninguém notou quando saiu, abandonando meia cerveja logo engolida com avidez por um dos beberrões de plantão, para tentar encontrar o caminho do metrô. Ninguém reparou quando se foi, exceto o barman, que não se metia na vida de ninguém.) Nenhum arruaceiro no bar do hotel. Apenas homens e mulheres em negociação, em roupas elegantes, costuras bem-feitas.

 E quem é esse homem, falando nisso. Freeport pediu mais uma bebida, Lila Mae se fez de rogada; ele disse: "Eu vendo produtos de beleza. Todo mundo quer parecer bonito, estou certo ou estou errado?". Mergulhou os dedos pelas ondas da cabeleira, num afago. "E alguém tem de providenciar isso para eles. Mas até aí você já sabe. Você também vende algo, correto? Diachos, nós dois vendemos a mesma coisa: paz de espírito. Mas eu jamais tentaria vender alguma coisa a você. Não precisa, está na cara. Mas a maioria das pessoas precisa. Estou no ramo há sete anos. Sete anos, minha nossa, e ainda me surpreendo quando penso na coisa. Para cima e para baixo, por toda a região nordeste. Tenho uma boa área. Cubro inteirinha. Mas agora estou aqui na cidade porque acabei de ter uma reunião com um distribuidor. A firma para a qual trabalho, Miss

Blanche Cosmetics, quando a gente começou era pequena, e eu estou com eles desde o começo. A coisa deu tão certo que decidimos expandir e fazer contato com um dos grandes distribuidores. A gente passou um bom tempo batendo de porta em porta, fazendo hora extra, essa coisa toda, mas, com um distribuidor, a coisa muda de figura. Estou encarregado de pôr o acordo no papel. Por escrito. Não posso lhe contar qual a companhia com que nós estamos negociando, as paredes têm ouvidos, sabe o que eu estou querendo dizer? Mas estamos chegando perto", demonstra com as unhas manicuradas, "assim, ó, de pôr tudo por escrito. Eu estou sentindo. Você sabe como é, você trabalha com elevador e sei lá o quê, e sabe quando está certo e quando não está certo. Pois eu acho que agora acertei. Agora acertei."

"O que, exatamente, você vende?"

"Clareador de pele e alisante de cabelo. Nossa clientela é preta, compreende, e as mulheres para quem fornecemos querem parecer bonitas. Foi por isso que eu fiz questão de ficar com a cidade, desde o primeiro dia. Saio com uma dúzia de caixas dessas coisas no porta-malas, na segunda à tarde, você tem que pegá-las quando os maridos não estão em casa, e de noite já não tenho mais nada. Tudo vendido! Assim. Eu já nem faço mais venda de porta em porta. Tenho minhas clientes regulares, e elas mostram para as amigas, e as amigas ficam logo loucas para saber onde podem arranjar os produtos. Funciona no boca a boca. Você não vê nenhum vendedor de enciclopédia e aspirador assim numa boa, isso eu lhe digo."

Quando o garçom informou-os de que o bar estava fechando, e Freeport perguntou se Lila Mae gostaria de tomar um drinque em seu quarto, ela concordou. Porque já tinha decidido. Ela era inspetora. Isso era uma investigação. Freeport tirou uma nota de seu prendedor de ouro de notas e pôs o copo dela ainda quase cheio por cima. Os olhos percorreram a sala, em busca de ladrões. "Nunca se sabe, com brancos em volta", ele disse, rindo. E falou: "Tenha uma boa noite, caro amigo", para o garçom, quando saíram do bar, ele com passos incertos, ela com passos seguros. Teve de apertar os olhos sob a iluminação farta do saguão, depois da luminosidade íntima do bar. Os dedos de Freeport agarraram-lhe o cotovelo. Lila Mae virou-se na direção dos elevadores, pareciam ser da United, pensou, pelas portas extralargas, e Freeport disse: "Você pensou... pensou que eu estava hospedado aqui? Eu não teria dinheiro para pagar a diária. Não, estou hospedado do outro lado da rua".

"Mas é claro", Lila Mae falou. Ao descerem os degraus para a rua, o porteiro lhes desejou uma boa-noite. Freeport balançou a cabeça.

Ele não mentira. Seu hotel ficava bem ali, na entrada do metrô, só que do outro lado da rua. O porteiro do hotel Belair não desejou ao casal uma noite agradável, embora o cadáver rotundo por trás da grade metálica talvez tenha erguido uma sobrancelha quando os viu. Lila Mae e Freeport receberam boas-vindas mais calorosas dos cinco residentes amontoados em torno do rádio, no saguão. Eles desviaram a atenção da luta de boxe e observaram o casal desaparecer na escada, com roupões vagabundos de banho, o tecido marrom furado de cigarro e manchado por incontáveis refeições gordurosas. Viram quando o homem escorregou a mão para a cintura da mulher, a conduzi-la para longe do deleite coletivo, os lábios úmidos de saliva, rumo às escadas. Três andares silenciosos acima, passaram por ganchos que num determinado momento da vida haviam sustentado extintores de incêndio mas que agora viam frustrado seu objetivo devido à intervenção de delinqüentes anônimos de intenções incertas. Passaram por paredes monótonas que dispensavam comentários. Lila Mae sentiu o cheiro de bolor. Freeport assobiou. Não tem elevador, ela pensou. Freeport disse: "Espere um pouco, minha cara", enquanto lutava com a fechadura, que não queria saber de ceder a suas seduções. "Ela emperra. Agüenta um pouco."

Lila Mae já conhecera quartos menores que esse, vivera em quartos menores que esse e no futuro com certeza habitaria quartos tão suspeitos quanto esse. O barulho da rua retornou a eles depois de alguns minutos em suspenso, através da janela aberta, atravessando as persianas verdes encardidas: buzinas, assobios, batidas. O traque da cidade. Viu o banheiro e seu ladrilho gelado: seu hóspede estava secando três pares de meias gastas no cano do boxe. Freeport correu para a mesa ao lado do colchão encaroçado e tirou uma garrafa de um saco de papel pardo. Amassou o saco e jogou-o no cesto de metal debaixo da única janela. "Quer um trago?", perguntou. "Uma saideira?", ofereceu, esfregando o lenço na boca de um copo e erguendo-o para a luz.

Ela lhe disse que ia tirar a roupa no banheiro. A porta não queria fechar, ou porque estivesse empenada ou porque tivesse passado por um excesso ambicioso de demãos, de modo que permitia a entrada de uma faixa de luz branca ao longo do batente, por onde ela ouvia movimentos rápidos de tecido deixando o corpo, os rangidos e estalidos da cama minúscula quando ele se deitou. Lila Mae pendurou a calça na cortina do boxe, ao lado das meias do homem e por cima pôs o paletó, a camisa e o sutiã. Sentia o suor dos pés transformar o desinfetante do hotel em material pegajoso no chão do banheiro. Conferiu o rosto no brilho prateado do espelho: Lila Mae estava com sua cara de enigma, aquela rígida invenção de autoria própria. Sagrada, é o que lhe parecia, porque fora assim que a desenhara. De acordo com suas próprias definições.

Ele disse coisas mas ela ignorou-as, porque não pertenciam ao assunto sob investigação. Não se incomodou com o hálito, corrosivo e de lenta dissipação, uma nuvem baixa desagradável. Registrou os detalhes da busca, seus dedos e beijos, suas oscilações vagarosas por cima dela, desajeitadas como se fosse uma foca e não tivesse braços para se equilibrar. Sua primeira investigação. Lila Mae abriu uma pasta para essa sua primeira investigação e registrou os detalhes pertinentes. A linguagem do relatório foi tirada da sintaxe pesadona da burocracia. Preservou os detalhes, mas não reteve as outras partes, aquelas para as quais essa linguagem não tinha palavras. Ele não acordou quando ela se vestiu e partiu, como aliás sabia que aconteceria.

Uma semana antes nessa mesma hora, na noite do acidente, ela chacoalhava num vagão de metrô, voltando do O'Connor, de olho pregado na manchete. O acidente no Fanny Briggs está estampado na primeira página da última edição. A pele do camarada que lê o jornal parece tão áspera quanto o papel do jornal, por causa de uma dermatose crônica no rosto. Os olhos vistoriam as letras baratas. Lentamente, ele vira a página, passa a outras catástrofes metropolitanas, a afronta mitridatizada seguinte, as últimas folhas sacudindo por trás da primeira, mas a manchete continua ali, no mesmo lugar, oscilando na frente dela. "ELEVADOR DESPENCA".

Agora as coisas estão bem diferentes. A manchete continua lá, servindo de lençol para os mendigos sem teto, bailando no vento de algum túnel da cidade. Mas Lila Mae vai enfrentá-la, porque contém seu nome e ela o quer de volta.

Chega meia hora mais cedo e estaciona o carro em frente à fachada iluminada do Bickford, do outro lado da rua. Quando distingue o andar característico de Chuck (uma coreografia idiota de ombros e quadris, as juntas fazendo hora extra), dá uma boa espiada na rua em busca de sombras, homens calados que talvez o estejam seguindo. Espera outros dez minutos depois que ele se senta numa das mesas encostadas à janela (exposto), e só aí entra no Bickford: Chuck não foi seguido nem por Chancre, nem por gente da seção de Assuntos Internos ou quem quer que seja.

"E então, o que tem para mim, Chuck?", pergunta rápida, sentando-se à mesa.

"'E então, o que tem para mim?'", Chuck se queixa. "É só isso que você me diz? A gente não se vê desde a semana passada."

Ela imagina que essa seja a voz reservada para os infortúnios domésticos. O tom-Marcy: lamuriento, irado. "Desculpe, Chuck. Tem muita coisa acontecendo, no momento." Ela põe o guardanapo no colo. O restaurante passou a adotar guardanapos de pano, duros de goma, na tentativa de atrair o pessoal que freqüenta os teatros. O Bickford fica num lugar curioso: dois quarteirões a leste dos armazéns atacadistas, dois quarteirões a oeste dos palacetes particulares. Os dias modestos do Bickford estão desaparecendo a olhos vistos, o bom dinheiro agora está em prover as famílias, capturando turistas crédulos e desnorteados que rondam por lá perdidos. Já não há mais lugar para os especiais do dia, para os cartazes à mão descrevendo os caprichos do mestre-cuca. Louças melhores, garfos de metal uniforme, globos por cima das lâmpadas sujas de mosca. Ela não reconhece mais o cardápio.

"Está com bom aspecto, pelo menos", diz Chuck, que sempre se derrete com um pedido de desculpas. "Para alguém foragido."

Foragida: é como está, ela pensa. "Como é que vão indo as coisas no escritório, ultimamente?"

"Têm estado bem agitadas, desde o acidente. O Hardwick está trazendo todo mundo no maior cortado, o que não ajuda muito. E o Chancre continua no hospital, de modo que estão todos preocupados, achando que vão perder terreno nas eleições. Foi um golpe e tanto no moral da turma."

"Vi que a coisa chegou aos jornais." E vê-lo lhe dera alegria. Tinta ruim funciona de ambos os lados.

"Foi um senhor espetáculo, a queda", ele diz. "Aquela satisfação toda depois do Fanny Briggs, pensaram que tinham botado os intuicionistas nos seus devidos lugares, coisa e tal, mas agora, depois do acidente, o Lever ganhou mais apoio. Tem até gente dizendo que o Reed e o Lever estão por trás de tudo." Não precisa muito esforço, Lila Mae raciocina, para ver Reed levando o crédito pela façanha de Natchez. "Com isso, mais a boataria em torno do Fulton", Chuck continua, "as eleições estão na ordem do dia. Você está sabendo sobre essa história do Fulton?"

Ela não consegue se lembrar de qual cara deveria estar usando. "Os boatos sobre a caixa negra?" Se Reed e Lever deixaram a história vazar para os barnabés, é porque estão confiantes de que vão encontrá-la logo. Ou talvez até já a tenham encontrado. Saberia, se ainda estivesse na jogada. Lila Mae se pergunta qual terá sido a reação deles ao seu desaparecimento da Casa.

"Exato. Consta que a O Ascensor ia publicar um artigo sobre isso, essa semana, mas não publicou. Estão fazendo tudo quanto é tipo de especulação a respeito, claro, mas no fundo o que aconteceu é que muita gente recuperou a esperança na vitória do Lever, e quem estava em cima do muro, pelo menos uma parte, veio para o nosso lado. Você acha que pode ser verdade, Lila Mae? Acha que a caixa pode estar por aí?"

"Talvez."

"Pense só nisso — a caixa negra de Fulton. Sabe o que isso significa? Que a segunda elevação está chegando. Tudo à nossa volta, tudo o que existe aí fora, virá abaixo. Tudo isso", animado, olhando para Lila Mae atrás de companhia para seu romance do futuro. Ela, por seu lado, está um tanto ou quanto apagada. Chuck enfia o dedo na xícara de café e tira de lá de dentro um fio comprido de cabelo preto. "Alguns companheiros estão resmungando que esse elevador perfeito vai acabar com nosso trabalho, mas sempre haverá manutenção a fazer, essas coisas. Vai ser muito interessante, na terça à noite. Você vai votar?"

"Vou ter que ver como estarão as coisas até lá. A perícia já se pronunciou?"

Ele sacode a cabeça. "Ainda não fizeram a autópsia. Você sabe como eles são, ficam tão contentes quando têm algum trabalho, que precisam tirar tudo o que podem, manter todo mundo em suspense. Mas parece que vão divulgar os resultados na segunda de manhã."

Segunda-feira de manhã está perfeito para ela, é o que acha. Até lá, já deverá ter obtido o que precisa de Pompey e isso, junto com o relatório da perícia, há de limpar seu nome. A perícia é muito capaz de se vender, eles trabalham para o município, respondem diretamente ao gabinete do prefeito, mas por mais que a prefeitura e Chancre estejam mancomunados, o prefeito sabe que não seria prudente se imiscuir na eleição dos inspetores de elevador. As eleições são um assunto de família, e os inspetores levam os assuntos de família muito a sério. "E esse sujeito, o Arbergast?", Lila Mae pergunta. "Como vai o caso dele?"

"Essa é a parte ruim, Lila Mae", Chuck franze a testa. "Ele ainda não tem nada, pelo menos que eu saiba. Não depois que você sumiu. Ninguém abre a boca. Quando a perícia apresentar o relatório — e acho que nós dois sabemos que foi sabotagem —, você vai continuar sendo o suspeito número um. Ninguém sabe por onde você anda, há uma semana." A voz dele sai esganiçada. "Depois que o relatório for divulgado, ele vai ter de botar a polícia no meio, porque até lá a coisa já estará configurada como delito criminoso. E você parece culpada, Lila Mae. Parece culpada."

"Eu já era culpada antes. Tudo o que eles conseguiram a mais foi uma desculpa para me pôr a corda no pescoço."

"Por que você não vai lá, Lila Mae?", Chuck quase implora.

"Não vamos começar com isso de novo."

"Eu posso ajudar você. Falar com Arbergast. Ele te ajuda, também. Você é das nossas."

Ela reflete alguns instantes, e se por acaso Chuck estiver com o rabo preso? Por qualquer um dos lados. Mas ela o chamou porque confia nele e precisa dessa confiança. Está pronta a aceitar as conseqüências. "Até segunda-feira, tudo estará resolvido", ela diz, acreditando ser verdade.

"Você não vai me contar nada, não é mesmo?"

Ela confia em Chuck: olha só para ele. Ele não está com o rabo preso a ninguém. Bem que gostaria de lhe contar tudo, mas haverá tempo na semana seguinte para partilhar o que aprendeu... Não. De jeito nenhum. Sabe que não vai lhe dizer nada sobre Fulton. Não pode. Está na cara dele, agora: naquele olhar esmorecido, na planura desinteressante de um objeto em segundo plano numa fotografia. A amizade entre os dois, tão real momentos atrás, é remota. Ela o deixou para trás. Não lhe dirá nada. "Vai estar tudo terminado em poucos dias, Chuck. Aí então eu lhe conto tudo."

"E a polícia?"

Ela franze os lábios, depois se lembra. "Mais uma coisa, Chuck. O que você sabe sobre o número 366, da Oitava Avenida?"

"366..." Ele empurra a bochecha com a língua, hábito que a Lila Mae sempre pareceu levemente repulsivo. "Eu conheço esse prédio", ele diz por fim. "Vi no quadro, hoje de manhã.

Acho que está programado para ser vistoriado na próxima semana. É do Marberley."

"É um prédio novo. Ainda não foi inspecionado por ninguém do Departamento?"

"Não, é uma segunda vistoria. Marberley notificou o prédio por algumas infrações, algumas semanas atrás."

Ela está no carro, cinco minutos depois, e no norte da cidade, em seu quarto no Residencial dos Amigos, meia hora mais tarde. Esse é o menor de todos os quartos. Dentro de uma daquelas "salas de estar em movimento" da virada do século, imersas na liberalidade vitoriana, espaçosas o suficiente para cem passageiros e ornadas com espelhos fumês e almofadas macias, caberiam três quartos daquele (um elevador dentro de um elevador, um elevador de passageiros). As arcas do porão do Residencial, repositório oficioso do mobiliário descartado da cidade (resgatado do lixo, recuperado de conjuntos habitacionais incendiados), forneceram a esse quarto uma cadeira de estofamento leproso e uma escrivaninha mais adequada à redação de notas suicidas tristonhas. Portas altas marrom escondem a cama embutida, fora de esquadro, meio solta nas dobradiças, depois de anos de altercações com hóspedes indóceis.

Ela ainda não viu ninguém, mas pode imaginá-los. O fluxo das marés citadinas arrasta os que têm passos frágeis até ali, para a margem, para os penhascos sem pena do tipo do Residencial dos Amigos. Homens velhos de roupas cinza e barba rala, qual mato seco, corcundas, de andar arrastado. Os que não têm álibi. Tosses cortantes assombraram os corredores na noite anterior, saindo sorrateiras de múltiplos quartos, um coro encharcado de morte. A tosse que a manteve acordada, entre outras coisas, manifestou-se depois em sonhos, quando eles finalmente chegaram, disfarçada em trovões e chuva fina sobre sua casa de infância. Ela não podia sair de casa por causa da chuva, no sonho. Pela manhã, ao encontrar o sol espiando pelo renque de casas populares a estirar-se para o extremo norte da ilha, rumo ao rio negro, sacudiu fora aquela noite, rapidamente. Não há muitos elevadores por essas bandas. Esse é o lugar que a verticalidade indicia, as planícies do passado, o que ainda poderia ser floresta e campo. Não, Chancre e Lever não vão descobri-la ali. O invisível arrastar-se para fora dos quartos dos outros hóspedes terminara por volta das dez da manhã e ela aguardou outra meia hora antes de se aventurar a deixar seu caixote, achando que então sim, estaria segura. O gerente lá embaixo não levantou os olhos do gibi quando ela abriu as portas da frente e deixou que se fechassem com uma batida. Ele já viu muita coisa na vida.

Passou a tarde em território municipal. Na Repartição de Registros, na Zona Sul, no extremo oposto da ilha, bem em frente ao prédio Fanny Briggs. Cruzou rapidamente a sombra que o novo prédio cuspia por toda a Federal Plaza, olhos desviados da estrutura, atravessou mais que depressa as portas giratórias da Repartição de Registros. Ofereceu seu distintivo à funcionária, uma velha baixota com cara de bruxa que não se deu ao trabalho de conferir a identidade, tão preocupada estava em carimbar, com um dispositivo reluzente de aço, o selo da cidade numa montanha de papéis pagãos. Lila Mae podia discernir claramente, de cabeça para baixo, o selo sagrado fazendo a conversão daquele populacho burocrático. Se o Departamento divulgara um aviso contra ela e seu distintivo, ainda não chegara até aquela repartição. Depois que terminou com as pastas grossas, foi encontrar-se com Chuck no Bickford, e as sombras compridas do Fanny Briggs já se tinham dissipado no ar, indistintas da noite.

Em seu quarto, na Residencial dos Amigos, ela lê *Elevadores teóricos*, Volume Dois. Lê: *A raça dorme neste século inquieto e desordenado. Pálpebras inflexíveis que se recusam a abrir. Retinas ansiosas fulguram dardejantes por sob elas. Incitadas pelo sonho. Nesse sonho de ascensão, compreendem que sonham o contrato da verticalidade abençoada e esperam poder se lembrar dos termos ao acordar.* A raça jamais o faz e essa é nossa maldição. A raça humana, ela pensava antes. Fulton tem um fetiche com o "nós" majestático, em todo o *Elevadores teóricos*. Mas agora — quem é esse "nós"?

Ela está aprendendo a ler.

Com a batida na porta, fecha o livro (as páginas resistem entre si, tão ciumentas e protetoras são elas do toque de Lila Mae). Está esperando Natchez, que ficou de lhe dar um resumo sobre o que conseguiu encontrar do diário de Fulton (e talvez mais). Mas não é a batida dele, nem sua voz baixa que ouve rosnar agora: "Amy, Amy meu bem, desculpe", essa última palavra quase sumida, pingando na porta feito saliva. "Desculpa o que eu fiz. Abre e eu te mostro. É que às vezes, quando eu entro naquele lugar... é tão baixo, tão baixo, que eu não enxergo nada." O incidente termina. O homem estapeia a porta, depois se afasta pelo corredor, devagar, roupas macias, um roupão talvez, escorregando na lajota suja atrás dele, pedaço de pano ou vassoura.

Quando a batida de Natchez finalmente sacode a velha porta, ela não precisa confirmar pelo olho mágico. Retira a corrente, abre e lá está ele, olhando o corredor com nojo e — ela vê o perfil de Fulton ali, a testa levemente inclinada, o queixo arredondado. Está de terno azul-claro de corte simples, o tipo de terno que ela associa com os pretos de cidade pequena, terno de igreja e velório, provavelmente o único que possui. Sem o uniforme de criado da Casa. Ele diz, virando-se para ela: "Belo hotel que você foi arranjar, Lila Mae".

"Que bom te ver."

Natchez puxa a lapela do paletó, nervoso. "Não trouxe muita coisa para cá. Nem sei por que trouxe isso aqui." Sacode os ombros, olhando para o teto amarelado. Oferece o buquê de flores que trazia escondido nas costas, um maço de violetas. "Vi quando vinha para cá. Achei que podia estar precisando de alguma coisa para o quarto e parece que acertei."

Não, ela não se lembra de quando foi a última vez que alguém... será que houve alguma vez? Não se lembra. Tranca a porta e examina o quarto minúsculo. O que não leva muito tempo. "Obrigada. Pode deixar no parapeito. Eu não tenho onde pôr."

Ele coloca o chapéu, um *homburg* de feltro negro, no parapeito da janela, ao lado das violetas atadas. Arrasta a cadeira para longe da mesa com um guincho longo e senta-se. "Você podia ter escolhido coisa melhor. Até o meu quarto é melhor que isso aqui, e eu não tinha dinheiro para um lugar decente. Quer dizer, eu não tinha dinheiro para pagar um quarto decente."

"Vamos deixar essas coisas de lado." Natchez pegou a única cadeira do quarto e tem de lutar com a cama embutida, até conseguir abri-la. "Nós somos do mesmo lugar", acrescenta, sentando-se sobre os caroços do colchão.

Ele parece nervoso, esfrega a palma das mãos nos joelhos. "Encontrou alguma coisa hoje? Quer dizer, quando foi lá nos registros?"

Talvez esteja mesmo um pouco nervoso, Lila Mae raciocina. Ela nunca se considerou uma pessoa imponente (eis o quão mínima é a percepção que tem de si mesma), mas ele é novo na cidade grande, talvez isso explique. "Eu acho que sei por que o Pompey foi até aquele prédio ontem à noite." O 366, na Oitava Avenida, depois que saiu do Clube Social Pauley. "O prédio é da Ponticello Food — eles têm uma fábrica de tomate enlatado do outro lado do rio. E eu tenho certeza que é só uma fachada para o Shush. De qualquer modo já tenho o suficiente para confrontá-lo. Com as fotos que tiramos. Quem sabe consigo fazer com que admita que sabotou o elevador do Briggs."

"Eu vou junto. A que horas?"

"Não preciso de ajuda... quer dizer, posso fazer sozinha. Eu trabalho com ele. Eu o conheço, de trás para a frente. Posso lidar com ele sozinha."

"A que horas? Eu vou junto." As mãos dele estão cruzadas sobre o peito.

"Você tem seus afazeres." Os motivos dele são bons, mas ela não é nenhuma criança. "Como foram as coisas na Casa, hoje? Conseguiu encontrar os papéis?"

"Cara, eles não desconfiaram de nada. Esperei até a senhora Gravely sair para fazer as compras do jantar. Reed e o velho Lever ficaram fora o dia todo. Levei menos de cinco minutos para achar as anotações. Para quem se acha tão esperto, era de imaginar que pelo menos trancassem a gaveta. Estava bem naquela gaveta onde você disse que estaria." Ele tira a pequena máquina fotográfica do paletó e sacode-a no ar. "Assim que eu reconheci a letra dele, tirei as fotos."

Lila Mae inclina-se, agitada. "Posso ver?"

Natchez guarda a máquina de volta. "Ainda não levei para revelar. Ia esperar até tirar as fotos no Departamento e na revista."

"Talvez fosse melhor revelar o que já tem", Lila Mae diz, "e usar filmes diferentes para o Chancre e para a *O Ascensor*. Assim, você não perde tudo, se acontecer alguma coisa."

A expressão dele murcha um tantinho. O néon escarlate da placa da loja de bebidas do outro lado da rua acende e apaga, piscando sobre sua cabeça. "É, tem razão. Vou levar para revelar amanhã."

Será que pareceu uma censura? Lila Mae não tem certeza. Estava apenas tentando ser prática. "Só para alguma eventualidade", diz ela, em tom suave. "É só isso."

"Não, você tem razão. Vou fazer isso mesmo."

"Tem certeza de que estão no Departamento? Eles podem ter levado tudo para um outro lugar."

"Eu encontro", Natchez diz. "Se estiverem lá, eu acho, e se estiverem num outro lugar qualquer, eu descubro que lugar é esse. Você se preocupe com o que tem de fazer, Lila Mae, que eu me preocupo com o que eu tenho de fazer."

"Olha, vamos fazer o seguinte. Depois que eu falar com o Pompey, eu dou um pulo até a O Ascensor e tento descobrir onde estão as cópias do repórter. Assim, economizamos tempo."

Ele parece zangado, Lila Mae acha. Tão zangado e rebelde quanto ela, quando ele insistiu em ir junto falar com Pompey. "Deixa comigo, Lila Mae. Esse foi o acordo, certo? Você já tem o suficiente. Depois que eu revelar o filme, você pode me ajudar a descobrir o que meu tio estava dizendo. Certo?"

Bem que ela gostaria de não ter tentado lhe dizer o que fazer. Foi mal interpretada. "Natchez... você quer comer alguma coisa?"

Ele franze o cenho. "Eu gostaria muito, mas tenho de pegar o trem de volta. O dia vai ser longo, amanhã." Levanta-se e empurra a cadeira para o local de onde a tirara. "Sei que você é uma dessas moças modernas de cidade grande, Lila Mae, mas eu, eu gosto de ir devagar. Sabe como é? Fui criado assim. Vamos... vamos deixar para sair amanhã à noite, de verdade. Depois que terminarmos esse assunto, vamos sair e fazer as coisas direito. Sem elevadores, sem caixa negra, sem tio. Só nós dois. Podemos sair para jantar e depois, quem sabe, você pode me levar a um desses clubes aonde você vai." Natchez sorri.

"Recebi o salário do Reed e esse dinheiro todo está me fazendo cosquinhas."

"Eu gostaria muito."

Na porta, ele lhe dá um beijo rápido no rosto. "Boa noite, Lila Mae. E mantenha essa porta trancada, se quer mesmo ficar por aqui."

A moça moderna de cidade grande tranca a porta depois que ele sai.

"Eu sei o que você fez", ela diz a Pompey. "Sei o que você fez com o elevador do Fanny Briggs."

Está ali desde cedo, sovando as caneluras de borracha do tapetinho com os sapatos. Surpreendera-se ao saber que Pompey morava a dois quarteirões apenas dela, mas em toda aquela história conjunta, poucas tinham sido as vezes em que trocaram mais do que meras frases oficiais concisas (nunca antes um *Já usou o grampeador?* e um *Saiu o novo quadro de avisos?* foram pronunciados com tanto veneno). Dois quarteirões apenas do seu apartamento no Bertram Arms, e parecia um outro bairro. A vida que havia ali, a alegria ambiente de uma tarde tranqüila de sábado: ela as associa a sua infância, a céus sulinos por cima de uma miríade de prazeres açucarados. Em sua rua, é cidadã anônima; os imigrantes do Caribe têm um código, uma ampla coreografia secreta da qual fora excluída. Mas esses são pretos americanos. À medida que a tarde se desenrola diante das janelas do carro, vizinho cumprimenta vizinho, chapéus são tirados com extravagância, sorrisos são moeda corrente, não há estranhos. Uma criança pequena afasta-se dois passos da mão que a segura e quase cai, joelhos virgens na calçada, não fosse pela contribuição certeira do Seu Fulano de Tal, que mora um pouco acima, que nunca sai da rua, que sempre tem pronta a mão redentora, ou uma bala, um conselho sábio para a criançada. A mãe lhe agradece, promete uma torta. (Os atos nefandos ficam entre quatro paredes, guardados. Os vizinhos tudo ouvem, mas não interferem, acumulando e poupando cada xingo e tapa, como fofoca, para as horas magras.)

As frescas vinhetas de rua divertem-na, ela que vigia o conjunto habitacional onde mora Pompey. O homem de chapéu vermelho encostado num poste de esquina, as mãos ágeis. O tempo médio que um comprador leva para completar sua transação no armazém (sete minutos). Ele não sai de casa. Sabe que está lá dentro porque atendeu o telefone. (Deixou que ele ouvisse sua respiração.) Leva horas reunindo forças: imagina-se galgando os degraus cinzentos de pedra, tocando a campainha do apartamento 3-A.

Um jogo improvisado irrompe de lugar nenhum, rápido como chuva de verão, no tempo que leva para olhar do alpendre do prédio para o relógio. Dez garotos aos berros, meia vassoura, uma bola encardida de pano. Pelo visto seu carro é a terceira base, e isso ela descobre quando um dos meninos esmurra o porta-malas, salvo. Assustada, ela se vira no assento e vê um rosto redondo e zonzo pelo vidro: "Desculpe, moça!", ele guincha. Sua mãe é preta feito carvão, você arremessa feito menina, ele não me pegou, eu cheguei primeiro.

O jogo improvisado acaba, tão rápido quanto surgiu, os meninos entregues a algum novo e emocionante passatempo. Lila Mae decidiu, *agora*, quando a porta do 327 se abriu. Pompey segura a porta aberta para uma mulher baixinha, redonda, de vestido azul brilhante e dois meninos pequenos que se estapeiam ruidosamente. A família Pompey. Ela presumia que fosse casado — Pompey tem um bom salário de funcionário público e não é de fazer bagunça de um tipo ou de outro, adúltera, alcoólica ou coisa que o valha —, mas não contava com os filhos.

Parecem ter por volta de cinco ou seis, verdadeiros dínamos de pernas curtas. A senhora Pompey tem o infeliz costume de vestir os frutos de seu ventre com roupas da mesma cor, só os tamanhos diferentes. Talvez seja por isso que briguem, que esmurrem cada porção indefesa do minúsculo antagonista. Pompey olha para baixo, repreende e agarra o ombro dos filhos. Em uníssono, a cabeça dos dois se inclina na direção da mão, uma reação comum àquela espécie de aperto, Lila Mae já tinha reparado nisso, instinto desenvolvido muitas eras atrás pelo polegar resistente de algum patriarca hominídeo de testa curta. Eles param de brigar e de se contorcer assim que o pai afrouxa o aperto e ordena que se comportem. Os meninos descem do alpendre para a calçada sem maiores incidentes, enquanto Pompey beija a mulher nos lábios. Ela também não tinha considerado essa hipótese, um lado terno de Pompey, hoje sua presa. Isso a afeta de alguma maneira, mas empurra a imagem para o lado. Tem negócios a tratar com o homem.

Enquanto a família dobra a esquina, Pompey senta-se no alpendre e tira um charuto do bolso da camisa. Ela lhe permite duas baforadas azuis, depois salta do carro do Departamento e galga os degraus antes que ele tenha tempo de reparar nela. Já está parada diante dele quando interrompe suas meditações ignotas e mesquinhas com um severo "Eu sei o que você fez".

"Watson? O que está fazendo aqui?" Ele engasga com a fumaça, tão surpreso de ver a inspetora Watson em sua porta quanto pela improvável imagem dela de vestido. (A mãe que fizera, anos antes. Rosas grandes flutuam sobre pano branco, justo no corpo, sem uma única curva imprópria. Há anos que não o veste, não teve ocasião. Nunca conheceu ninguém feito Natchez, com quem vai se encontrar mais tarde, depois que terminarem suas missões. Se encostar bem o nariz no vestido, Lila

Mae imagina que conseguirá sentir o cheiro do suor da mãe, lá no fundo do algodão.)

"Sei o que você fez com o elevador do Fanny Briggs. Sei que foi o Chancre quem mandou", ela diz, sem rodeios.

"Eu não faço a menor idéia do que está falando, mocinha." Seu rosto se azeda. "Agora por que não dá o fora do meu alpendre antes que eu pegue o telefone e ligue para a AI, dizendo a eles que seu inimigo público número um acaba de dar as caras?" Ele dá uma espiada rápida na rua, de cima a baixo, para ver que vizinhos estão catalogando o incidente.

Ela pensa, ele com certeza está se perguntando se tem tempo suficiente para se esgueirar porta adentro e batê-la em sua cara. Não. "Agora veja se me escuta, meu caro", debruçando-se para ele, "quem está no controle aqui sou eu. Eu vi você entrando no clube do Shush e vi quando saiu com seu uniformezinho de serviço para ir até o 366, da Oitava Avenida. Você anda fazendo o serviço de manutenção do bando do Shush, para ele poder passar na inspeção, a fim de que os negócios do homem não atraiam atenção indevida dos federais." Pompey recosta-se diante dessa investida e Lila Mae debruça-se ainda mais perto, a fumaça acre lhe ferindo as narinas. "Eu sei que o Shush é dono do 366, e o serviço vagabundo que os rapazes dele fazem nos elevadores seria a desculpa perfeita para o FBI, se ele não desse um jeito de cumprir as intimações do Departamento." Em seguida derruba no colo de Pompey as fotos dele saindo do Clube Social Pauley, entrando no 366 e saindo dele num uniforme de funcionário da companhia de manutenção de elevadores Growley. "Você é da turma do Chancre. Agora, se não me contar direitinho o que houve no Fanny Briggs, sou eu que vou chamar a AI. E os federais."

"Eu não tive nada a ver com o Fanny Briggs", ele diz, sacudindo a cabeça com fúria, tentando se desvencilhar das fotografias. "Eu não tive nada a ver com isso."

"Sabe de uma coisa, Pompey? Estou farta de ouvir todo mundo mentindo. Estou cheia das gozações da sua gente."

"'Sua gente'? E que gente seria essa, exatamente?"

"Não adianta querer me enrolar, Pompey. Eu conheço seu jogo."

"Eu não fiz nada com o Número Onze. Não sei o que aconteceu. Se quiser chamar a AI ou a polícia, à vontade. Porque eu não fiz nada no Fanny Briggs."

Ela recua. O homem é inacreditável. "Vai acobertar todos eles? É capaz de ir para a cadeia para protegê-los, depois de tudo o que eles fizeram com você?"

Ele puxa os suspensórios para longe da carne, como se fossem correntes, deixa que voltem ao lugar com um estalido. Segura o charuto diante dos olhos e mira a ponta vermelha fumegante. "Este aqui é um dos charutos do Chancre", ele fala. "Do Chancre. Têm gosto de merda, mas trazem um selo escrito em espanhol, de modo que ninguém diz nada. Todos nós sabemos que têm gosto de merda, mas fumamos assim mesmo, porque foi ele quem deu." Olha para cima, para ela. Seus olhos estão raiados de vermelho. "Eu faço o trabalho dele. Todos nós fazemos. Três meses atrás, o homem me chama na sala dele. Eu não sei o que ele quer. Nunca falei com ele, embora esteja lá há mais tempo que a maioria dos brancos. Ele me pergunta se eu preciso de dinheiro. Eu digo, claro. Ele é o patrão, quem sabe vai me dar o aumento que eu venho pedindo há tempos. Pergunta se já ouvi alguma coisa a respeito de sua amizade com Johnny Shush. 'Amizade', diz ele, com os pés em cima da mesa, como se eu não soubesse o que se passa lá dentro. Como se eu fosse um crioulo imbecil. Eu digo, sim, há boatos, os rapazes comentam. Depois pergunta de novo se preciso de dinheiro e me diz que eu podia ganhar algum, cuidando das equipes de manutenção do Shush, porque eles sempre fazem um mau serviço, não tem um que tivesse visto uma sala de máquinas na vida, antes de virar funcionário da manutenção, e o Shush tem que trabalhar na surdina, para não atrair os federais. Ele não pode se dar ao luxo de subornar alguém do Departamento, não no momento. Tudo o que eu tenho a fazer é cuidar dos prédios que receberam códigos novos e garantir que eles passem na vistoria, quando o Departamento for fazer a inspeção. Se os rapazes do Shush fazem alguma besteira, o que em geral acontece, eu cuido de botar as coisas em ordem, porque sei exatamente o que o Departamento vai vistoriar. Eu precisava do dinheiro, de modo que peguei o serviço. Já faz três meses. O Chancre diz que mais três e as coisas voltam a esfriar. Por isso peguei."

"É contra a lei", Lila Mae ruge. "Você fez um juramento."

"Não me venha falar em juramento", ele cospe de volta. "Eu tenho dois filhos. Um de cinco, outro de sete. Eu nasci aqui no bairro. As coisas mudaram. Você andou me espionando o dia inteiro, eu acho. Viu aqueles garotos jogando bola? Daqui a dez anos, a metade vai estar na cadeia, ou morta, e a outra metade trabalhando feito escravo, só para poder ter um teto em cima da cabeça. Daqui a dez anos, nem vai mais ter garoto jogando bola na rua. Não vai ser mais seguro. É só andar por aí que você sente o cheiro de maconha que a molecada anda fumando. Por aí, na frente de todo mundo, como se não tivessem vergonha. Está vendo aquele rapaz na esquina, de chapéu vermelho? É ele que vende. Daqui a alguns anos, não vai ser mais maconha, vai ser um outro veneno. E meus filhos não vão estar mais aqui, quando isso acontecer. Preciso de dinheiro para tirá-los daqui."

"E por que eu iria acreditar em você, Pompey? Você foi tão desagradável comigo quanto os outros, desde que eu entrei para o Departamento. Pior. Rindo de mim junto com eles. Quase sempre rindo mais alto que todos. Se não foi você, então quem foi que o Chancre mandou?"

"Eu não sei nada sobre esse assunto!" Ele quase se levanta, mas se segura e acomoda-se numa indignação profunda. "E você, de que forma queria que eu me comportasse, do jeito como você age? Como se fosse uma rainha. De nariz empinado. Eu tenho dois filhos."

"É, sei, já ouvi essa ladainha. Você tem dois filhos. E se arrasta para aqueles brancos como um escravo."

"O que eu fiz, fiz porque não tinha outra escolha. Este é o mundo dos brancos. São eles que fazem as regras. Você aparece, toda empertigada como se fosse dona de tudo. Como se eles não fossem seus donos. Mas são. Se não é o Chancre, então é o Lever. Eu fui o primeiro no Departamento. Fui o primeiro inspetor de elevador preto da história. Da história! E você nunca vai poder imaginar, nunca, o que eles me fizeram passar. Acha que eles tratam você mal? Pois nem faz idéia. E foi porque eu abri o caminho que você está onde está. A vida toda, eu sempre quis ser inspetor de elevador. Era tudo o que eu queria ser na vida. E consegui. Fui o primeiro preto a conseguir um distintivo do Departamento. Eles estavam pouco ligando para o que eu queria e me fizeram comer merda. Para você foi moleza, menininha de nariz empinado, por minha causa. Pelo que eu fiz por você."

E Pompey continuou: "Me aparece aqui, cagando regras. Eu não sei o que está procurando, *ins-pe-to-ra Wat-son*, mas não está comigo. Não está aqui. Vai ter de procurar em alguma outra parte, se quiser encontrar, e essa é a má notícia. Eu me lembro quando isso aqui ainda era um quarteirão misto. Tinha uma confeitaria polaca na esquina. Agora fecharam". Devolve o olhar que ela lhe dá. Bate a cinza leve do charuto e dá uma tragada funda. "Pode contar para eles a meu respeito. Chame a polícia, ou a AI, quem você quiser. Vou continuar sentado aqui no alpendre até terminar meu charuto. E vou trabalhar na segunda-feira como sempre fiz, e aí veremos o que acontece. Com ou sem Lila Mae Watson."

Quando ela sai com o carro, ele ainda está na mesma posição. Mirando o conjunto de prédios do outro lado da rua, as mãos pousadas sobre os joelhos. Um senhor magrinho de idade, com uma bengala de madeira, em sua interminável subida rua acima, pára para acenar a ele, e Pompey retorna o cumprimento. As fotos estão a seus pés. Partículas de cinza do charuto de Chancre pegam carona no vento, dão uma pirueta e somem.

São Rolando, o carpinteiro, nascido em Taranto, 1179; morto nas cercanias de Nápoles, 1235. Entre as principais fontes de informação sobre a vida de Rolando, o carpinteiro, estão as cartas e os desenhos de engenhocas fantásticas preservados até o incêndio de 1873, quando então tudo foi destruído; esses documentos deram uma noção do homem e das condições em que trabalhou tão desinteressada e abnegadamente. Foi ordenado padre em Bolonha. Fez algumas tentativas fracassadas de se tornar missionário entre os muçulmanos. Esse desejo se realizou até certo ponto em 1219, quando acompanhou os cruzados de Gautier de Brienne ao Egito; apelou pessoalmente ao sultão Malek al Kamel, mas não obtendo nenhum sucesso, fosse entre os sarracenos, fosse entre os cruzados, visitou a Terra Santa e voltou para a Itália.

Em 1225, enquanto rezava na igreja de São Febrônio, consta que ouviu uma imagem da Virgem Maria lhe dizer: "Faça o povo ascender a Seu Reino". Interpretou as palavras literalmente e imbuiu-se da crença de que toda igreja deveria ter dois andares, o de baixo para os sacrifícios e caridades, o de cima reservado às preces. No ano seguinte, fundou a Ordem da Escada Gradual, mas não conseguiu muitos adeptos. Em busca de pecadores, penetrou em prisões, bordéis, galés e continuou a missão em aldeias, sertões e esquinas. Não conseguiu converter ninguém, exceto uma penitente espetacular, uma espanhola que assassinou o pai durante um jogo de cartas e depois se disfarçou de homem para servir no exército francês. Consta que certa vez salvou uma família de galinhas de um celeiro incendiado. Um de seus aforismos, poucas vezes repetido dali em diante, era: "Se erguermos uma perna, Ele nos levará pelo restante do caminho". Em 1235, caiu em desgraça por proselitismo agressivo e o governo local decretou que fosse morto a paulada. As feridas se curavam a cada golpe, pelo que foi então condenado à fogueira. Em seus funerais, todos os pobres de Nápoles rodearam o caixão que continha o coração recuperado das cinzas: os camponeses haviam confundido o enterro com o de um outro homem santo que morrera aquela mesma noite. Seu emblema são três escadas. É o patrono dos inspetores de elevador.

Tamanha modéstia, ela raciocina. Ninguém quer os créditos para uma sabotagenzinha tão conveniente. Ela acredita em Pompey, e a história dele confere com a de Chancre. (Está bem a um quilômetro e meio de seu destino, dirige devagar, sem pressa, com apenas metade do cérebro concentrado nos transmissores irados do trânsito da cidade.) Se não foram eles, então quem foi? Porque se ninguém foi responsável, então ela foi negligente. E ela nunca se engana. Pense nisso: Chancre não tinha motivo para mentir. Se teve a ousadia de mandar seqüestrá-la, de pôr às claras sua aliança com Johnny Shush, não havia motivo para não admitir que sabotara o Número Onze. (Número Onze, a vítima esquecida desse drama, uma cabine tão cheia de promessas, levada para longe de nosso convívio assim tão cedo, na aurora da vida. Quem chora pelo Número Onze? Tão preocupada está ela com os impactos do acidente que nem por um momento pára para pensar nos enlutados, na linha de montagem soluçante que perdeu um de seus filhos queridos, que nunca teve a chance de dizer adeus.) Pompey. Ela estava tão certa, aquele constrangimento arrastado. Arquiva as interrogações malparadas. Tem um compromisso. Repara num longo fio de cabelo feito uma cobra sobre o vestido. Atira-o para fora da janela.

Pompey é um pequeno homem num alpendre sujo numa cidade sem fim. Ela o arquiva para mais tarde. Tem um encontro e uma tarefa a fazer antes disso. A moça moderna de cidade grande escolheu um restaurante mencionado por Chuck um dia, um bar tropical (é o que consta) com palha havaiana pendurada em armações de bambu e luzes cobertas por globos coloridos. Dá para dançar, depois da meia-noite, e Lila Mae espera que isso atenda às expectativas de Natchez em relação a sua vida social, apesar de calcada inteirinha nas incursões temerárias de Chuck pela cidade que adotara como sua. Ela pega os próprios olhos no retângulo sinistro do espelho retrovisor: pequenos e frios, antiquíssimos meteoritos negros espreitando para fora da sujeira. Podia ter sido mais gentil com Natchez, na noite anterior, depois de tanta pose, mas acaso a amabilidade não corria o risco, ela também, de ser um disfarce a se tirar de dentro do armário sempre que necessário? Natchez é novo na cidade, e ela se lembra dos primeiros passos vagarosos que dera nesse concreto, erguendo os olhos para os joelhos esfolados das estruturas em volta e acima. (Para aqueles mesmos prédios que, nesse momento, aceleram o poente. A noite da cidade precede a noite real graças a esses monolitos severos, fortificações impiedosas erguidas contra a natureza.) Lila Mae pensa, ela devia ser para ele aquilo que nunca tivera ao chegar. Bondade simples, uma mão amiga — de modo que antes de se encontrarem para jantar, vai se infiltrar na O *Ascensor* e encontrar as páginas do diário de Fulton que foram enviadas a Ben Urich. O semáforo vermelho dá um aviso. Ela pára no cruzamento, pensa, fará o que puder para facilitar a missão dele, a descoberta dos seus direitos.

Na esquina, à direita, há um prédio condenado. Placas pequenas vermelhas e humildes anunciam a demolição, tabique de madeira barata em volta, para manter os cidadãos à distância do infeliz edifício. Há tempo suficiente para indagar, enquanto a luz verde germina, que necessidade teria modelado esse ser, agora casca. A pele ressequida que recebeu a fuligem de décadas de bile automotiva. Difícil ver sob ela. Armazém, prédio de escritório, fábrica. Obsoleto e condenado, a ser logo mais substituído por um daqueles novos modelos de aço e vidro. Chuck está certo, ela admite. Ainda não tinha pensado nas implicações da segunda elevação. Será preciso destruir a cidade, assim que entregarem a caixa negra. Os ossos de agora não vão acomodar a medula do novo aparelho. Terão de arrasar a cidade e levar os detritos para comarcas menos procuradas, e começar de novo. Como será a nova cidade? Brilhante, possuirá braços incontáveis e milhares de olhos, a mutabilidade em pessoa, construída de plásticos ainda não inventados. Flutuará, voará, cairá, não terá necessidade de uma armadura de aço, terá uma espinha líquida, não terá nenhuma espinha. Astrônomos-arquitetos planejarão a heliópolis de maneira a mapear o progresso das estrelas pelo firmamento. A mão do homem da demolição está no detonador. Marcada em volta dos dedos pelos cigarros que ali ficaram esquecidos. Todas as pessoas se foram. Delibera: um cigarro antes ou depois? Depois da explosão o céu se encherá de poeira. Decide: agora.

Quando Natchez e Lila Mae encontrarem a caixa negra.

Buzinas atrás. É hora de se afastar do local moribundo, deixar o animal morrer sossegado. Enfrentar questões mais práticas. Qual será a linha da *O Ascensor*, desses guardiães da indústria de elevadores? Rústicos Grummans, com suas cabines filigranadas, moldes graciosos codificando a história da máquina sagrada, ou os anti-sépticos Executives da Arbo, limpos e espartanos, nascidos da exigência da velocidade, elevadores a jato? Opta por este último modelo e descobrirá que está certa quando passar pelo vigia noturno da *O Ascensor*, Billy, distraído agora com a etapa final de seu curso universitário por correspondência, mais especificamente com seu último trabalho, uma monografia de cinco páginas sobre namoros e costumes vitorianos.

Ela estaciona, espia o relógio. São sete e meia de um sábado à noite. Os cidadãos planejam seus ritos de expiação para o fim de semana. A *O Ascensor* é mensal e a última edição acaba de chegar às bancas; ela espera que não haja mais ninguém lá em cima. Quase todas as janelas estão às escuras nos andares silenciosos acima: ao erguer os olhos, a cara do prédio da *O Ascensor* é uma plataforma estendida a estibordo, por sobre um mar coalhado de tubarões. Ela empurra a porta.

O vigia noturno está sentado atrás de uma mesa curvilínea. O suor poreja de sua testa larga e os cabelos castanhos por sobre a fisionomia forte estão úmidos. Concentração absoluta. Parece sem fôlego de tanta tensão mental, definitivamente fora de forma física: os botões do uniforme azul-escuro aludem a uma constante batalha fronteiriça com a barriga mole. Nas mãos, uma brochura barata da qual os olhos não se desviam. Na capa, um limpador de chaminé, de mão no bolso, procura um trocado. Ela diz: "Lila Mae Watson. Vim vistoriar os elevadores".

Billy segura o livro no ar e pergunta: "O que é parafina?".

"Uma substância gordurosa usada em velas. Principalmente. Quer ver minhas credenciais?"

Ainda perturbado com o dilema da parafina, Billy diz: "Não é meio tarde?".

"Turno da noite. Faça chuva ou faça sol. Sempre que houver um elevador em perigo, lá estamos nós." Segura o distintivo mais próximo da cara de Billy. "Melhorou?"

"Eu preciso de óculos, para falar a verdade. Pelo menos óculos de leitura." Ele franze a testa para o livro e acena para ela. Lila Mae pega o nome da *O Ascensor* em meio às letras brancas que revelam quem são os ocupantes do prédio no quadro ao lado do elevador: oitavo andar. Tenta imaginar qual vai ser sua expressão quando lhe disser que está com as páginas da *O Ascensor*. Natchez queria acompanhá-la na visita a Pompey, dissera para ela ficar fora do assunto por um impulso protetor. Quer ver os olhos dele quando empurrar o rolo de filme para ele, ao jantar, diante de um deus havaiano em miniatura, reluzente de poder solene por causa da proximidade da vela. Ele chega, um Executive da Arbo, alinhado e lustroso.

Parece, ela repara, estar operando com ótimos níveis de desempenho.

No oitavo andar, as portas macias do Executive recuam e ela vê o logotipo da *O Ascensor* levitando no vidro. A sala da frente é iluminada por três luminárias dispostas acima de uma ampla e sólida escrivaninha, presumivelmente onde fica a recepcionista nos dias de semana, lixando as unhas com ferramenta infensa à ferrugem (aquela poeirinha branca fina no ar, impelida pelas grades de ventilação). Ela empurra as portas de vidro: não escuta um pio.

Lila Mae vai pé ante pé até a parede branca que separa a recepção da sala de redação, maior, e espia, vistoriando rapidamente tudo. Não há ninguém para vê-la. Como surrupiar um copo de água. Vinte e poucas mesas alinhadas perto da parede (face norte, ela repara), ilhas habitadas por uma fauna de papel, nem uma única criatura curiosa à vista. Todas as máquinas de escrever dormem, os estalos cessaram. Silêncio total. Em cima de uma mesa, já bem uns dois terços dentro da sala, uma pequena lâmpada de mesa com uma cúpula de vidro esmeralda sombreia uma escrivaninha atulhada e uma cadeira vazia. A luz teria ficado acesa acidentalmente ou há alguém ali? O prédio, as paredes e o chão zumbem. Aí então percebe olhos que a vigiam de dentro da escuridão, na parede da face oeste, e procura refúgio atrás do bastião da recepcionista. Olha sem interesse para uma bola de papel vermelho no cesto da secretária. Parece um cartão de Dia dos Namorados, mas não é época. Não escuta nada por trás da divisória. A mão esquerda acompanha uma saliência no estuque; cicatriz invisível sob seus dedos, uma velha ferida com uma história pregressa, mas não há ninguém para contá-la e sozinha a ferida não fala. O poço do elevador aguarda a alguns passos dali, logo atrás das portas do escritório, e a potencialidade do elevador à espera convida. Mas não há um ruído sequer e, depois que a idéia de contar a Natchez sobre sua missão frustrada a repele, espia de novo por trás da parede, os olhos já acostumados à penumbra, e vê que aquilo que tomou como olhos é um troféu. Um Otis, para ser exato, em honra da excelência vertical. Dois botões de ouro incrustados em quartzo, espaçados segundo os padrões da indústria. O troféu está deitado, por cima do lânguido dossel de um arquivo negro. O Otis tão cobiçado por algum repórter, a convicção da grandeza barata: a revelação de um suborno, um artigo sobre a suspensão vagabunda e perigosa nos poços de elevador de algum reino distante. Não, não tem ninguém na redação, a não ser a maldita indústria. Ela está sozinha com uma lâmpada de mesa esquecida, cuja eletricidade é um gasto à espera de ser detalhado e eliminado no próximo borderô da O *Ascensor, Cobrindo a Indústria de Elevadores Há Trinta Anos.*

Tropeça no lema da revista, corporificado agora numa série de chapas pretas na mesa dos repórteres. Reconhece alguns dos nomes inscritos nas chapas, leu em artigos. São eles os cronistas da missão que escolheu na vida: é ali que os bardos compõem suas lendas, naquelas máquinas de escrever, versificando as tristes aventuras dos inspetores pelos poços escuros de elevador. Ela busca o nome de Ben Urich nas mesas — lembra-se de Reed ter identificado Urich como o autor do artigo abortado. Nunca gostou dos artigos dele, quase todos indevidamente obcecados pelos aspectos mais sombrios de sua empreitada, atentos às negociatas e traições das quais fez o possível para se afastar, durante sua atuação no Departamento. (E lá está ela na ponta dos pés, agora, foco principal daquela intriga.) Se as anotações de Fulton não estiverem em sua mesa, ela irá até a sala do editor. Viajará lema acima até as partículas minúsculas do topo. Até os que sabem.

Lá está. Uma mesa limpa e organizada, ao contrário da anarquia vigente sobre a mesa de seus colegas escribas. Lila Mae revira a bolsa (outro artefato negligenciado no armário que saiu a passeio essa noite) e encontra a câmara em miniatura. Pega-a com as mãos em concha, como se fosse uma linda rã descoberta num regato. Comprara a máquina logo cedo, com os sessenta dólares achados no bolso do paletó de seu terno das sextas-feiras. Tinha se esquecido do suborno frustrado — tanta coisa de lá para cá —, mas foi bom poder dar ao dinheiro um bom uso. E sua mão está na primeira gaveta quando Ben Urich diz: "Você deve ser Lila Mae Watson". O que, desnecessário dizer, estraga seu plano.

Billy Porter ri e ergue a caneca em homenagem aos apuros do colega. "Você achou isso o fim da picada, Ned, meu velho, mas deixe eu contar da primeira vez em que encontrei as desgraçadas. Meu primeiro mês em campo, isso foi antes do

Código, é bom que vocês saibam, e o Departamento ainda nem tinha uma seção de viaturas. Nós tínhamos de tomar o ônibus ou o metrô, eles mandavam a gente para a rua logo de manhã, com os bolsos cheios de trocado e três fichas de prédios para vistoriar. A gente tinha de revirar a cidade atrás deles, e era uma bagunça que só vendo. Um atropelo. Bom, como eu ia dizendo, era meu primeiro mês, e eu tinha de inspecionar a velha fábrica de tecidos Jenkins, lá bem no sul. Eu sabia que tinha de ser um daqueles primeiros elevadores da Otis, isso pela idade do prédio, só que eu não sabia direito que idade. Jenkins, Jenkins Júnior, eu também não sei bem quem era o cara, mas ele estava lá na plataforma de carga, para me cumprimentar. Como se estivesse me esperando há muito tempo, como se eu não tivesse nada melhor a fazer do que conferir aquela velharia que eles têm lá na fábrica, certo? Vocês conhecem o tipo, rapazes. Aí então ele me diz: 'Nós estamos tendo um probleminha com o elevador de carga', tímido feito um professor primário. Como se eu não soubesse disso. Bom, aí ele me arrasta lá para dentro e a gente entra na sala de máquinas, e eu vou contar uma coisa, rapazes, vocês nunca viram uma coisa assim na vida. Entre outras coisas, não tinha uma janela e dava para perceber que ninguém pisava ali havia anos. Cocô de rato pelo chão todo, teias de aranha penduradas no teto. E a poeira! Pensei que fosse morrer sufocado. Bom, mas como eu ia dizendo, eu vejo os cabos saindo de um treco grande de madeira, como se fosse um caixote enorme. Mas não vejo o motor. De modo que eu pergunto para o homenzinho que diabo é aquilo e ele falando com um lenço na boca, por causa da poeira, e então me conta que o pai não gostava do barulho do motor, então mandou cobrir, para diminuir o barulho. E eu lá pensando com meus botões, não faz muito tempo que a United ganhou um bom dinheiro por ter apresentado a mesma inovação e aqui me aparece um maldito dono de uma fábrica de trapos que já fez a mesma coisa há muito tempo. Você consegue patentear uma coisa dessas e quando vê, encontra uma igualzinha trancada numa pocilga no extremo da cidade. Eu, claro, não digo nada para ele, mas é o que estou pensando. Aí então falo para ele que eu sinto muito, mas vou ter de perturbar as sensibilidades do pai, essa coisa toda, e que vou ter de dar uma espiada por dentro. O Júnior me dá um cano de ferro que está lá na poeira e eu começo a martelar o caixote. Estou fazendo um esforço danado e tentando encontrar um ponto de apoio para abrir a coisa, quando, de repente, ela cede... e elas todas saem em debandada, montes, milhares daquelas desgraçadas nojentas. Certo, eu sei o que você está pensando, sei muito bem, Billy, o que você passou, todo mundo já topou com um ninho de baratas na vida. Mas como aquele, vocês nunca viram na vida. Milhares e milhares delas, subindo pelas minhas mãos, correndo pelo chão feito água de fonte. Eu dei um salto, olhei para baixo e elas já estavam subindo pela calça, dava para sentir elas começando a entrar debaixo da roupa, na pele. O outro cara começou a berrar, recuou até um caixote, escorregou e aí foi aquela festa. Gritando feito louco. Bom, eu também estava, se querem saber a verdade. Elas deviam estar ali dando cria há décadas, comendo toda a fiação do Otis, no maior barato. Na época a gente ainda não sabia que elas gostam de comer elevador, havia algumas histórias, claro, mas a pesquisa do Departamento ainda não tinha sido feita. Eu quase fiz nas calças. Saí correndo dali, fechei a porta e me mandei o mais depressa que pude. Horas depois, ainda tinha barata saindo dos bolsos. Não sei o que aconteceu com o Júnior. Vai ver foi todo devorado pelas baratas."

Ela mexe com as contas de metal penduradas na cúpula da lâmpada. Ele, sentado na beirada da mesa, faz da bunda peso de papel. A manga direita do seu paletó de algodão está enrolada numa maçaroca até o cotovelo, onde o braço transforma-se num estranho apêndice branco terminado em diminutos dedos rosados. Um gesso encardido. A fisionomia é frouxa e exausta, salpicada de minúsculos tufos de pêlos grisalhos. Ela diz: "Você sabe quem eu sou".

"Achei que acabaria aparecendo, mais cedo ou mais tarde. Assim que eu tivesse as outras partes do diário. Você não tem aparecido no escritório, de modo que deve estar aprontando alguma coisa. Sua ficha diz que você é durona. Achei que acabaria aparecendo. Que faria o mesmo que eu, se eu estivesse na sua situação."

Mesmo em seu estado, Ben Urich tenta uma pose de celibato cosmopolita. O indicador esquerdo enganchado no cós da calça, calma, meu bem, só estou passando o tempo. "Você me parece confusa. Eu também estive um pouco, nos últimos dias, para ser sincero. Desde que terminei o artigo sobre a caixa negra."

"Que nunca saiu." Ela devolve a máquina para dentro da bolsa e fecha o zíper.

"Meu editor ficou convencido de que não devíamos publicá-la." Ele ergue o toco branco que é sua mão direita. "E eu logo me convenci de que sua decisão era a certa. Ou houve tentativas de me convencer disso."

"Johnny Shush."

"O quanto dos diários você já viu?"

"Por enquanto nada. Estava prestes a dar a primeira espiada."

"Pois é, como eu ia dizendo, achei que você acabaria aparecendo, mais cedo ou mais tarde. Você ou uma outra pessoa qualquer. Está tudo na última gaveta. Debaixo das pin-ups do ano passado."

A gaveta desliza e estremece. Faz um barulho alto na redação deserta. Lila Mae ergue duas páginas de calendário, com a foto de duas aspirantes a atriz em repouso erótico, e encontra a mercadoria sob elas, dissolvida em sombras. "Pode pegá-las", Ben Urich lhe diz, diante da hesitação. Ela reconhece a letra apertada, a escrita cortante, mortífera. Estudou-a sob o olhar do bibliotecário do Instituto, em salas trancadas, chegou mesmo, nos primeiros tempos afoitos de sua conversão, a praticar a letra de Fulton durante horas e horas. Conhece a tinta. Durante um semestre inteiro, Lila Mae escreveu as anotações de aula com aquela letra, acreditando que isso a colocaria mais perto dele. Como se o modo de levar a idéia ao mundo físico fosse metade do processo. Dominou aquela maneira de escrever, as parábolas reticentes e as vogais malterminadas. E agora ali está ela, a caligrafia, naquele papel conhecido dos cadernos preferidos de Fulton. Ela descobrira quem era o fabricante, um belo dia: eles tinham uma fábrica do outro lado do rio, onde ainda produziam a linha Fontaine. Os dentes na margem interna completavam o quadro: eram folhas arrancadas de seus cadernos.

Diz consigo mesma: "É dele". Ela podia estar entre as prateleiras de livros do Instituto, podia estar em seu antigo quarto em cima do ginásio, naquele depósito convertido em dormitório. É assim real, a coisa. Decodifica os rabiscos, escorrega por entre os declives e as súbitas ladeiras, meia página abaixo, passando por uma série de hieróglifos que não reconhece: *Quaisquer outros testes nessa altura seriam redundantes. Ela funciona e tudo que resta é entregá-la às cidades.* Funciona.

"É o que estava querendo?", Ben Urich pergunta, com voz arrastada.

"Precisamente." Não ergue os olhos das páginas. "Quem foi que enviou?"

"Se eu soubesse, não estaríamos aqui conversando. Se você soubesse, não estaria aqui comigo", esfrega a mão boa sobre o gesso sujo, "de modo que eu acho que vou ter de riscá-la da lista."

Ela mal o escuta. O papel cor de creme que tem na mão. Poderia guardá-lo de cor e transcrevê-lo depois. Colocar suas recriações ao lado das fotos de Natchez e ver aonde levavam. Apresentará sua cópia ao jantar, empurrará o papel por sobre a mesa na direção dele. Seu presente. Ainda de cabeça baixa... *exigia princípios — uma maneira de pensar — que eu acreditava ter abandonado.* Repete a frase consigo mesma, tornando-a indelével. Para dissimular seu interesse, pergunta: "Como sabia que eu viria?".

"Estava escrito, pode-se dizer. Como meus dedos. Presumo, pelo que apurei, que você está hospedada na Casa Intuicionista. Que está trabalhando com Reed e Lever para que Chancre e seus senhores não cheguem lá primeiro..." A voz some uns instantes. "O que significa que os intuicionistas também não conseguiram achá-la ainda."

"Eu saí da Casa." *Eu me afastei dela, apenas para retornar e descobrir que não mudou. Funciona.*

"Não gostou da comida?"

"Não gostei das conversas."

"Quer dizer então que encontrou um parceiro diferente. Cheguei a pensar por uns tempos que você poderia ser a maneira que a Arbo encontrou de me dizer que continuam me vigiando."

O que ele disse: os senhores de Chancre. Por fim, depois de ponderar tempo demais nas minúcias, ela ergue os olhos das anotações de Fulton. "A Arbo? O que eles têm a ver com isso tudo?"

As sobrancelhas dele dão um salto. "Pensei que você fosse esperta. Uma taxa de acerto de cem por cento." A mais alta do Departamento, Lila Mae acrescenta consigo mesma, não que alguém fosse se dar ao trabalho de mencionar isso. "Até o Fanny Briggs, bem entendido. Quem você acha que precisa mesmo dessa caixa negra?"

Ela o fita, as páginas em sua mão pequena dobradas na direção do chão.

"Vejo que ficou mesmo surpresa", Ben Urich diz. Enfia a mão no bolso e tira uma moeda lustrosa. "A Arbo e a United, são esses os verdadeiros jogadores, aqui. Vejo que a perturbei. Por que não se senta?" Ela senta-se devagar, na cadeira de Ben Urich, onde ele cria casos, onde ele expõe podres. Pelas janelas da face norte, vê as janelas escuras dos escritórios do outro lado da rua. Ninguém lá.

"Essa é uma surpresa e tanto. Afinal de contas, a chave é você." Ele joga a moeda para cima, como é seu hábito, mas ainda não se acostumou à mão esquerda. Não consegue pegá-la na descida e a moedinha perde-se na escuridão.

"O que está tentando me dizer, Urich? Que diabos está tentando me dizer?" Falando com as costas, porque Ben Urich está de gatinhas, tentando recuperar a moeda.

"Quem precisaria da caixa negra mais do que a United e a Arbo", ele pergunta a um chumaço de poeira, "as duas maiores indústrias de elevador do país? Do mundo. A Arbo quebrou minha mão para que eu desistisse do artigo."

"A Arbo. Os mercados decrescentes da Arbo."

"Eles estão mal das pernas, isso é certo. As vendas no exterior caíram quarenta e cinco por cento, as nacionais trinta. Desde que a linha Jupiter deles não deslanchou e a United entrou com força total. Achei!", ele diz, voltando para sua mesa. "Minha nossa, quer um copo de água, alguma coisa assim?"

"Desde que a United pegou o Chancre para endossar sua linha", Lila Mae raciocina. A voz está fraca, tão distante quanto os motores silenciosos da casa de máquinas acima.

"Mas é claro", Ben Urich confirma. "Todos os grandes mercados de elevador do mundo se guiam pelas diretrizes fornecidas pelo Departamento de Inspeção de Elevadores desta cidade. É a cidade mais famosa do mundo. O Grande Arranha-Céu. Não preciso lhe dizer que o mundo inteiro, todo incorporador e magnata da construção, vem primeiro para cá. Para esta cidade."

Lembra-se então de Reed, naquele seu primeiro dia na Casa Intuicionista, dizendo-lhe que Lever tinha viajado, para falar com o bom pessoal da Arbo, por isso não poderia ser apresentada ao candidato, ainda. "A Arbo está financiando a campanha deles", Lila Mae diz. Aquele que tiver o elevador terá as novas cidades.

"Era de esperar. Não é dizer que os intuicionistas estejam nadando em grana. Aquelas taxas dos filiados não dão para muita coisa, depois que você deduz todo o vinho e o queijo que circula nos encontros. Olha aqui, vocês só têm aquela Casa porque um velho maluco, o Dipth-Watney, de repente resolveu ser generoso com os oprimidos. A Arbo era dona do Departamento na época do Holt, e foi o dinheiro da United que elegeu o Chancre para a presidência da Corporação. Você conhece aquela história sobre o Holt e a corista? Ela era uma das Moças de Segurança da United. Você achou que a coisa toda era sobre filosofia? Quem é o melhor homem, intuicionismo ou empirismo? Ninguém está nem aí com essa bobagem. A Arbo e a United é que dão as cartas. É isso que importa de verdade. O mundo inteiro quer se verticalizar e eles são os caras que vão levar todo mundo até lá. Se você pagar o preço."

Ele deixou cair a moeda de novo. Dessa vez, ela salta e rola à esquerda da escrivaninha. Ele se agacha outra vez e pergunta:

"Quem você acha que estava por trás do acidente da semana passada? A United. O Chancre até pode ter feito o trabalho sujo, mas apenas porque foi instruído pela United. Os elevadores do prédio são da Arbo. Depois houve aquele incidente na Folia, quando o Chancre caiu de bunda. Só pode ter sido a Arbo dando o troco pelo Fanny Briggs."

"Não foram eles."

"Então quem foi? O fantasma de Elisha Graves Otis?"

Ele não sabe de tudo. "Você diz que a Arbo quebrou seus dedos. E por que eles haveriam de querer impedir seu artigo de sair? Se eles estão apoiando os intuicionistas, e a caixa de Fulton é sem sombra de dúvida uma criação intuicionista, então por que eles não haveriam de querer ver a verdade publicada? Isso não tem lógica. A Corporação fica sabendo do assunto, vota no Lever e a Arbo fica com seu homem em posição de comando."

"Ou seja, eles ganham corações e mentes."

"Exato, ganham corações e mentes."

Ainda de olho no chão. "Quer me dar uma mãozinha aqui?"

Ela o ignora.

"Eu queria fazer só uma perguntinha, senhorita Watson: quem está com a planta?"

"Eu não sei."

"Se não está com a Arbo, a Arbo não tem o controle. Suponha que a caixa não seja uma criação de base intuicionista. Suponha, só como hipótese, que seja empírica. Ou então que seja intuicionista mas que o Chancre a tenha encontrado primeiro, com a ajuda do Shush e os músculos da United, e guardado a coisa toda debaixo de sete chaves. Ou então destruído o desenho da planta. Onde fica a Arbo, numa dessas? Eu lhe digo onde. Com o pinto no vento. Com o perdão da palavra. Meu artigo anuncia à comunidade que a caixa negra intuicionista está por aí e que vai aparecer logo mais. Acirro as esperanças do eleitorado, esse bando de miseráveis amargurados, e depois ela não aparece. Todo mundo vai demonstrar seu descontentamento terça-feira, nas urnas. Aqui está", ele diz, pondo-se de novo de pé. Para a moeda, enquanto retorna para a luz: "Tentando se esconder de mim, é, belezinha?".

"Eles têm que fazer o possível para manter seu artigo a sete chaves, até estarem de posse da caixa."

"Caso contrário estão ferrados. O Chancre pode torcer a coisa toda para o lado que quiser. Mesmo deitado lá no hospital. Os boatos já estão circulando. 'Mais uma farsa intuicionista.' Minhas fontes me disseram que ele já convocou a imprensa para dar uma entrevista coletiva na segunda-feira. 'Se meus adversários estão com a caixa negra, então que a apresentem para nós.' Ou dá ou desce."

"Onde está?"

"Exatamente."

"Sua mão."

"Eles me pegaram bem na entrada do prédio", Ben Urich diz, fazendo uma careta momentânea à lembrança. "Eu lutei, fiz o diabo, mas quando dei por mim, eles já estavam comigo no banco de trás do carro. Começaram a quebrar meus dedos, um por um. Eram dois caras, dois bestalhões. Tentando se fazer passar por mafiosos, mas eu sabia que eles não eram da máfia. Dava para ver pela camisa. São gente da indústria, usavam o uniforme corporativo completo, até a camisa de algodão oxford. Os caras da máfia, os capangas do Shush, têm estilo próprio. Compram os mesmos ternos caros do patrão, com as mesmas lapelas cafonas, e a camisa é de tecido misto barato. Compram tudo na mesma loja, na Finelli da Mulberry."

"Eles quebraram seus dedos."

As pontas rosadas no extremo do gesso se agitam. "Sábado passado. Eles me pegaram bem aqui na porta do prédio e jogaram pesado, me mandaram desistir do artigo, se não... Quebraram minha mão, a mão que eu uso para escrever, veja bem, e depois me levaram para casa, como se a gente tivesse ido a um baile junto. Tudo para me dar um recado. Mas aí eu lembrei das camisas e comecei a fuçar."

"E descobriu que eles eram da Arbo." Claro, mas claro.

"Peguei umas fotos antigas que eu tinha tirado alguns anos atrás. Quando eles começaram a vender os novos freios de aterrissagem para firmas estrangeiras, uns imbecis que não sabiam que ainda não tinham sido aprovados aqui no país." Coloca a moeda sobre a mesa e vasculha uma outra gaveta. "As fotos estão por aqui. Ah, achei." Ele folheia uma pilha de fotografias brilhantes. "Identifiquei os dois rapidinho. Olha eles aqui, saindo do escritório com o resto do pessoal da Arbo. Bem aqui."

Ela está com medo de olhar. É uma foto granulosa em branco-e-preto, que capta um segmento minúsculo da cidade. Cinco homens sólidos parados em volta de um carro escuro. Ela inclina a foto sob a lâmpada, vê que as mãos tremem e ordena que parem. "Jim e John."

"Você conhece os dois?"

"Estiveram no meu apartamento, sexta-feira passada. Dando busca."

"Faz sentido, considerando-se o que está escrito nas páginas que nosso correspondente anônimo mandou para eles." Sacode a moeda na mão boa, juntando coragem para tentar mais uma vez seu passatempo favorito. "Jim Corrigan e John Murphy. Nos arquivos da Arbo, constam como 'consultores', mas são fichados na polícia. Arrombamento, agressão com agravante, espionagem industrial, um monte de coisas. A United tem os capangas do Shush e a Arbo tem esses caras. O Jim tem até uma acusação de homicídio nas costas, mas os advogados da Arbo o livraram da cadeia. Lembra-se do caso LaBianco, já faz um bom par de anos?"

"Quem é este aqui?" Ela dá uma pancadinha na foto. As mãos não tremem.

"Esse é Raymond Coombs. Outro 'consultor'. Na maior parte das vezes faz trabalho pesado para eles, porque é um preto grandalhão que impõe respeito. Espere um pouco, acho que tenho uma outra melhor dele." Procura entre as fotos. Ele aparece em primeiro plano. Os olhos voltados para a esquerda, suaves e perdidos. "Conhece?"

"Ele me disse que se chamava Natchez."

"Do tipo que a gente não quer encontrar numa viela escura, pelo que ouvi dizer. Cara durão. Bom, acho que tem que ser, um preto trabalhando em assunto de branco. Como você, eu suponho." A moeda está em sua mão, convidativa, provocante. "Mas não sei por que eu estou lhe dizendo essas coisas todas. Você parece tão por dentro que isso tudo é notícia velha."

Ela não consegue pensar. Faz uma pergunta para a foto de Natchez.

"Porque seu nome está nos cadernos. Você é o elo."

"Eu não..."

"Procura de novo aí na gaveta. Tem umas fotos das páginas que foram enviadas para a Arbo."

Debaixo das moças de calendário, há mais fotos. Ela as leva até a lâmpada. A cabeça lhe dói.

Ben Urich decide tentar: joga a moeda para o alto. "Não foi fácil conseguir essas, isso eu lhe digo. Está naquela página, na margem." A mão se move com agilidade. Ele pega a moeda.

Ela vê seu nome.

"Cara."

Lila Mae Watson é a pessoa.

"Agora quem sabe você possa me dizer o que isso significa", Ben Urich diz.

"Ei, nós podemos entrar nessa também?", John Murphy pergunta. "Ou será que vamos precisar, assim, de um convite formal?" Jim e John estão atrás deles, ao alcance da pratinha de Ben. Jim sorri largo para eles, John está com as mãos nos quadris, como se espantado. "Porque viemos de muito longe e seria uma grosseria nos mandar embora."

Ela corre. Jim atira-se sobre Ben Urich, que foi bruscamente arrancado de sua posição suavemente inclinada. Ao cair de volta sobre a mesa, mira o pé na cadeira, chuta o encosto e ela sai derrapando nas rodinhas, direto sobre as pernas de John, que tropeça, indo atrás de Lila Mae e bate a cabeça na quina de uma outra mesa. O que deixa Ben Urich preso à escrivaninha, com os dedos de Jim em seu pescoço. Ben Urich toma seus cascudos. Ben Urich sempre toma seus cascudos.

A porta do elevador se abre, convocado a sair de sua serenidade quiescente, do éter veicular, por Lila Mae. Ela esmurra com a palma da mão o botão que diz Térreo (negro, mosqueado de cinza, plástico firme, garantido, Botoeira de Chamada da Arbo, Negro Mosqueado, Série Municipal Número 1102), vê surgir John, massageando a cabeça, vindo da parede divisória, estende a mão para o botão de Fechar Porta (iniciando um sinal para o seletor na casa de máquinas trinta metros acima através do cobre cooperante do cabo condutor dentro do Contator Arbo, Série Municipal Número 1102) e encosta-se no painel do fundo do Executive da Arbo. John não acelera o passo. Ele vê o lábio de borracha da porta do elevador começar seu avanço pela cabine. Balança a cabeça para Lila Mae e gira nos calcanhares, na direção da escada de incêndio.

Não é difícil ir mais rápido que um elevador se a competição for por alguns poucos andares. O elevador se movimenta sensatamente a uma velocidade aprovada, depois de tensas horas de negociações, por representantes tanto do Departamento de Inspeção de Elevadores quanto da Associação Norte-Americana de Fabricantes de Elevador. A caixa é segura, mas a caixa também tem de se sentir segura quando os passageiros vêem as portas se fechando e todos se desmaterializam no espaço ínfero do poço. Quando perdem seu mundo e ganham um outro. Mas Lila Mae não vê o perseguidor quando sai correndo para a fluorescência crua da luz do térreo. Não é difícil andar mais rápido que um elevador, mas a pancada recente na cabeça pode dificultar as coisas, sobretudo quando se desce desabalado de um patamar torto a outro patamar torto.

Lila Mae salta sobre as pernas de Billy, o vigia noturno, que está desmaiado sobre o chão limpo de lajotas brancas, um boto azul-marinho. Sai para a rua. Atrás dela, escuta a porta da escada abrir-se com estrondo. Do outro lado da rua está o carro do Departamento. Ela teria tido tempo de pegá-lo — as chaves já estão na mão direita, frias e sólidas —, mas o automóvel foi fechado por uma caminhonete, da qual pretos encurvados descarregam toalhas de mesa limpas e entregam na porta de serviço do Ming's Oriental. Instintivamente, avança para a direita e dá alguns passos, antes de perceber que para a esquerda é que estão as avenidas agitadas, os teatros e os tiras. Mas já se comprometeu. Calcula a dianteira que leva de John: não muita. Dá uma guinada de novo para a direita, numa entrada que desemboca numa escada. Quer sumir de vista antes que ele chegue àquela porta. O diabo é que fica a poucos metros do prédio da *O Ascensor* e é um esconderijo óbvio. Invisível, por cima de sua cabeça, floreios elegantes de néon vermelho declaram, "HAPPYLAND, DANCING PAGO". Ela sobe a escada.

Ouve música.

Empurra a porta arranhada de vaivém no topo da escada encardida e deixa que a música saia.

Caminha com lentidão, como alguém que escapou de uma chuvarada, aclimatando-se ao súbito calor e ao fim da tempestade. Mal repara nos dois leões-de-chácara, dois gorilas de paletó esporte verde-limão, empoleirados em banquetas de metal na porta. Bigodes grossos avolumam-se negros sob o nariz, vegetação intrépida em dois rostos pétreos. Balançam a cabeça para ela e não dizem nada. Cotovelos apoiados no joelho, fitam a fenda entre as duas folhas da porta. Não há por que não deixá-la entrar.

Num estrado redondo de madeira, na outra ponta da sala, tão distante a ponto de se tornar uma cidade longínqua no horizonte, os braços do maestro evolucionam. Está de costas para os casais, e a todos só resta imaginar-lhe o rosto pelos fios pegajosos de cabelo grisalho caídos em desalinho sobre a gola. As abas do paletó do smoking sacodem. Ele agita as mãos no ar úmido, e os olhos dos músicos esvoaçam da partitura para a ponta do florete, para as incisões que ele faz no ar umedecido. Eles também não olham para os pares, para seus movimentos lânguidos, para as manifestações inevitavelmente pervertidas de seu trabalho. Porque entendem que os pares são carne fraca e que jamais poderiam fazer jus àquilo que produzem de seus instrumentos grávidos. Compreendem que algo sempre se perde em se tratando de seres humanos.

Os homens que não dançam estão sentados ao longo de uma parede, uma fileira de cadeiras vermelhas recuperadas dos destroços de um teatro demolido. Em cadeiras de ópera, duas ou três vagas entre um e outro, eles observam o salão de dança, remoendo incidentes. As mulheres do lugar estão instruídas a não usar de agressão, nada de vendas incisivas. Não é preciso —

esses homens, em seus ternos puídos, afogados em gravatas gordas, com suas posturas alquebradas, são alvos fáceis. A gerência sabe que saíram da chuva para se refugiar ali com algumas idéias em mente e que, a seu tempo, hão de se aproximar das mulheres, assim que idealizações bolorentas assestarem num recipiente adequado. As mulheres reviraram os saldos das lojas de saldos, escolhendo vestidos de bolinhas e estampas obscuras de flores. Braços gordos, braços magros, pernas inchadas e pescoços emaciados. Os homens escolhem dos saldos. A música incita, um homem escolhe uma mulher e eles dançam por centavos.

Ela olha para a porta. John ainda não esfaqueou os leões-de-chácara. Os leões-de-chácara fitam a porta, de costas para os pares. Reservam as atenções para valentões empedernidos e chapados calibrados que não compreendem a natureza do estabelecimento. Até já pode ver John estropiado no fim da escada, onde toda a mercadoria indigesta sempre acaba. A menos, ela raciocina, que mate os gorilas ou os deixe incapacitados, que os distraia com duas postas de carne crua.

Ele é o único cavalheiro preto esperando para dançar. Observa os pares, os pares distraídos, com olhos fixos. Veste um terno brilhante, que devolve luz em trechos dos cotovelos e joelhos. É um terno velho. Não a vê até que sua mão seca já esteja na dela e suas juntas se rendam ao puxão. Levanta-se com pés hesitantes e é levado por ela até a pista de dança.

A primeira música, pega no meio, rapidamente os instrui. Não se conhecem. Teso, escrupuloso, ele coloca o braço em volta de sua cintura e com o outro pega-lhe a mão. Ela está rígida. Os pés de ambos obedecem à música e ela receia que ele caia, é tão frágil. O cabelo grisalho está grudado no couro cabeludo com uma meticulosa camada de brilhantina, uma corrente de ondas estáticas. Ela compreende que esse é o estilo que ele prefere há anos, décadas. O cabelo aos poucos se tornando grisalho, como se a idade fosse o fundo convidativo do poço. Poeira e ratos. Ele cheira de leve à colônia esfumaçada. O terno é de listras rubras alternadas com cinzentas. Seu parceiro é magro e está sumindo. O clarão cor de rubi de um lenço aponta do bolsinho do paletó, quem sabe em algum momento da mesma cor do terno, só que não desbotou e agora lhe ofusca a vista, um eco de tempos melhores e circunstâncias mais amenas.

Ela não conhece a música. Os outros pares sim, ou fingem que sim, arregimentando pernas e quadris de um jeito que nunca conseguiu entender. Como os demais da irmandade do Departamento, ela não gosta de dançar. Ele a leva. O braço abraçado a suas costas. A mão é áspera, mão de trabalhador, sulcada pelas lidas da vida. Lembra-se das tarefas de infância, levando um balde até o poço lá fora. Já faz muito tempo que não trabalha com as mãos. Ele ergue os olhos para ela. A pele tem um tom avermelhado, talvez algum sangue índio, talvez do Caribe. Primeira geração. À volta toda, os casais são balões, dirigidos por correntes invisíveis, lentos e animados nesse refúgio seco, uma armadura de trajetórias. Estão soltos, rebolam. As mulheres são profissionais, os homens motivados. Eles pensam, essa é minha última noite na terra e vou passá-la com uma bela mulher nos braços. Elas não são necessariamente belas, mas tudo é possível. As mulheres contam os tostões, pensam nas contas aguardando em cima da geladeira. As contas são pagas um tostão por vez, ajuizadamente.

Lila Mae não está pintada como as outras, mas ele não parece se importar. Tem dentes cor de âmbar, em mau estado. Ele leva, ela segue e olha para os leões-de-chácara, que ainda não se mexeram. Fitam as portas como ela fita o couro cabeludo do parceiro: um vazio. Ele tem orelhas levemente rosadas, orelhas de bebê, mas é tão velho. Com pêlos espetados para fora.

A primeira música termina. Ele olha para ela, depois enfia a mão no bolso, em busca de moedas. O preço. Ela sacode a cabeça. A música seguinte começa e ele abre as mãos para ela: Vamos? Seu parceiro gosta de ritmos lentos. O passo está mais confiante, o aperto mais firme. Lembra-se de uma outra música. *É nossa música*, calcificada por acaso em pura memória. É substância forte, pura memória, irradia. (Ela não escuta a comoção na porta. Os leões-de-chácara deram uma surra em alguém, alguém que não entendeu o espírito do lugar.) Quem ela é para ele, nesse momento: a mulher, a filha, a antiga namorada, todas perdidas, agora. O que resta delas é isso, essa música. Por sobre o ombro dele, os outros pares encenam de novo seus dramas elementares. Discussões sobre o nada. Paixões incandescentes. Quem eles são, uns para os outros, as mulheres que trabalham ali (bolhas nos pés, prestações para futuros melhores), os homens que trazem o trocado no bolso (o que foi perdido será recuperado). O maestro dá as costas, os braços estendidos.

Quem é ele para ela? Um fantasma. Ela pergunta ao parceiro, que não é seu parceiro mas alguém já morto e que só responde pelo que resta dele, suas palavras: "Por que fez isso?".

"Você vai entender."

"Eu nunca vou entender."

"Já entendeu."

Mais uma música de ritmo lento começa. O salão de baile agradece. Sem saber quando, assumiu o controle e agora é ela quem leva o parceiro. Dança de olhos fechados e vê as pequenas protuberâncias marrom em suas pálpebras cerradas. É seguro ali dentro, no olho da tempestade. Lá fora, no fim da escada, na rua, a cidade recua debaixo de um assalto furioso de chuva, alta pressão. Espíritos baixos à solta pela cidade, essa noite. Veio de repente. O noticiário dizia chuvas esparsas, só isso. Não isto.

Os esgotos estão cheios, os bueiros entupidos, vomitando lixo, receitas médicas e extratos bancários, tudo flutua mais alto, até o nível da calçada, por cima delas. Os cidadãos fecham as janelas e esperam passar. O chão dos saguões e das lanchonetes está molhado.

Ali dentro está seco, entre essas paredes que já foram vermelhas e agora são rosadas. A nova música é bem lenta. Sente a chuva molhar seu peito mas não é chuva, são lágrimas dele. O peito sacode de encontro ao seu. Ela diz: "Desabafe". Enxerga cada fio de cabelo em sua cabeça, as veias de sangue nítidas sob o couro cabeludo. Quem leva é ela. Sente os pés seguros nesse assoalho empenado. É seguro ali. Fora do tumulto da metrópole. Eles dançam sempre pelo mesmo quadrado irregular, ela insiste em pressionar essa única área da pista, como se a repetição os fosse tornar reais, como se fosse desgastar a barreira existente entre este e o outro mundo. Os outros pares balouçam. Evoluem em volta dela e de seu parceiro, indo e vindo em suas órbitas particulares. Cada parceiro, lançado contra o outro, é abrigo, uma quentura polida. A cidade desapareceu. Esse salão é uma bolha flutuando no lamaçal escuro. As luzes do salão ainda aquecem a alma, a banda continua a tocar por alguma inércia misteriosa. O corpo dos outros pares se move suavemente em volta dela e de seu parceiro. Uma moratória para os que estão ali essa noite, no Happyland-Dancing Pago.

SEGUNDA PARTE

Das anotações de James Fulton:

"*Lá pelo nonagésimo andar, tudo é ar, mas isso seria começar pelo fim. A coisa começa no térreo, com terra, com idiotices. Como se estivéssemos destinados a isso. Como se fosse esse o significado do fogo, ou da linguagem. Engatinhando em volta, presas da obviedade maçante da biologia, como se não estivéssemos destinados a voar. A ascender. Começa no térreo, com a perspectiva que a larva tem do mundo: terra. O que vai acontecer: você sairá do térreo, da segurança, de tudo aquilo que lhe é conhecido, e isso requer um certo redirecionamento da imaginação. Para identificar a piscadinha de encorajamento da possibilidade. Confiança na cabine, feita por gente como você, confiança é a pior coisa: a cabine foi feita por gente igual a você, e você é uma criatura fraca, que comete erros. Eles imaginaram de maneira incorreta essa viagem, calcularam mal o equipamento necessário. Lá pelo quinto andar, o inevitável ponderar sobre as leis da físi-*

ca, a tênue fragilidade de uma cabine suspensa por cabos. A própria fragilidade. O elevador não se queixa, sobe numa bolha de segurança, quinze, dezesseis ou vinte e seis andares, sem acidentes: bem, isso não é nenhum consolo, o acidente pode ocorrer a qualquer momento e quanto mais alto, pior será. Alguma coisa poderia sobreviver a uma queda dessa altura? Eles dizem que têm dispositivos de segurança, mas as coisas podem sair erradas e as coisas em geral saem erradas. Zonzo no quadragésimo — consegui até agora. No entanto ainda há tanto do que se despedir, se esse é o fim. Este andar, o qüinquagésimo, onde todos eles esperam, aqueles que não receberão um pedido de desculpas, os mortos, aqueles que sofreram injustiças e que estão baixo demais agora para uma reconciliação. Os que foram quebrados por sua passagem, pelos ricochetes ocasionais de sua passagem nesse passeio: não há nada a fazer. Há apenas o passeio. No septuagésimo quinto, não há como voltar. Sem necessidade de dispositivos de segurança, porque só há um caminho a seguir, subir, ascender. Não é tão mau assim, isso, esse mundo desaparecendo lá embaixo, e há cabos potentes, uma cabine excelente, aliados confiáveis. Até a idéia, se ao menos houvesse mais tempo, *não possui peso aqui, porque nada tem peso, tudo está sob controle, o motor pode lidar com qualquer diferencial de massa entre a cabine e o contrapeso, é sua função, e que desejo poderia pesar tanto assim que a máquina não consiga acomodá-lo? Quase que começo a gostar, agora. As paredes estão tombando, o chão, o teto também. Perdem a solidez na verticalidade. Aos noventa, tudo é ar e a diferença entre você e o meio em que é feito o passeio desintegra-se com cada incremento da ascensão. Está tudo iluminado e todo o peso e todas as preocupações das quais está se livrando não são mais peso e preocupações e sim luz.*

Até mesmo a escuridão do poço se foi porque não há mais desacordo entre você e o poço. Como é possível respirar quando não se tem mais pulmão? A pergunta não incomoda, esse último apelo da racionalidade despencou muitos andares atrás, com a terra. Não há tempo, não há mais tempo para um último pensamento, o que foi mesmo aquela última coisa em que pensei ontem à noite, antes de pegar no sono, aquele último pensamento, qual foi mesmo, *porque antes que você consiga pensar aquele pensamento, tudo é luz e você despencou dentro do elevador perfeito."*

As ruas estão calmas na manhã de domingo. Ninguém mora assim tão no extremo sul da cidade. Há energia demais nesse quadriculado. Alguns tentaram. Descobriram o cabelo no travesseiro, ao acordar, unhas e dentes soltos, nadando na carne. Sem falar na perspectiva impossível de organizar frases completas. (Ela aperta o nó da gravata, mexe no colarinho.) De modo que ninguém mais mora no distrito financeiro da cidade, ninguém mais mora próximo ao zumbido dos templos municipais. As ruas em volta da Federal Plaza estão desertas e não há sombras para as nuvens, que seduzem a luz e mancham cada raio prateado. Ela parou o carro na frente da Padaria da Mama, ontem à noite, durante algumas horas, passou para o assento traseiro, aninhou-se num canto mas não dormiu. Aos primeiros alarmes do alvorecer, arrancou o vestido pela cabeça. Armou-se com o terno das segundas-feiras — não é o dia certo, claro, mas seu calendário anda meio confuso, ultimamente. Defeito de fabricação. Não está passado como ela gosta: lamentavelmente a tinturaria chinesa não engomara o terno tão bem. Contudo está bom o bastante para o que precisa fazer, até onde é possível ver pelos espelhos minúsculos do carro. Esfrega um pouco de saliva num pedaço ressecado de pele abaixo do olho direito. Passa os dedos pelo cabelo.

Começou ali. Uma semana antes. Sente no ventre.

Lila Mae bate na porta por dez minutos (ela conta), até que o guarda adormecido saia do saguão às escuras e vá até o vidro. Seu cabelo castanho encaracolado aponta para tudo quanto é direção, decididamente embolado no hemisfério direito, do mesmo lado do rosto, aliás, que se apresenta sem sangue e vincado por rugas estranhas. Lila Mae encosta o distintivo no vidro. Ele pára para coçar a nádega direita, antes de desenganchar o amplo molho de chaves da cinta.

"Pensei que vocês já tivessem terminado com o Número Onze", ele diz.

"Isso não termina nunca", ela fala, já dentro do saguão, os sapatos ressoando no mármore falso como cascos, investindo feito um touro.

A distância, ouve as chaves tilintarem enquanto o guarda tranca a porta da frente. A voz dele na névoa: "Vai precisar entrar no porão?". Ela não olha para trás. Já foi ejetado da consciência, levou um pontapé da psique. Lila Mae pára no meio dos elevadores da Ala B. Desde seu ingresso no Departamento, nunca tinha passado tanto tempo longe de uma inspeção. Nunca tirou umas férias, e lá está ela, nove dias inteiros depois de ter deixado o prédio número 125 da rua Walker. Coloca a palma das mãos na entrada do Elevador Número Onze do prédio Fanny Briggs. Sente o metal sob a tinta verde industrial. É negro e frio. Temperatura ambiente. De muito longe, escuta o guarda lhe fazer uma pergunta, mas não consegue entendê-la porque está muito distante.

Nada.

De início, decide-se pelo Número Dez, vizinho do dileto falecido. Aperta o botão de chamada e ouve, pelo menos é o que acha, o seletor despertar todo zonzo, ainda úmido de sonhos. Um estalo. Depois muda de idéia e vai para o Número Catorze, em frente ao Onze da Ala B. O Catorze também é ladeado por dois elevadores e com certeza sente aquela ansiedade marcante dos filhos do meio. Uma campainha toca, alegre e atrevida: nunca se tornará cínica e amarga, aquela campainha, jamais deixará que lhe esmoreça o júbilo, nem mesmo depois de centenas de milhares de toques. Não foi construída para tanto. O Número Catorze tilinta saudando sua passageira e a passageira entra.

A Arbo reformou seus Metropolitans um ano depois de noticiar com grande estardalhaço que iria consertar um pequeno mas no fim significativo problema de acabamento. Parece que o produto de limpeza usado pelo exército municipal de manutenção não combinou muito bem com os painéis internos imitando madeira que revestiam as cabines: depois de mais ou menos uma centena de aplicações de Esfreggo, os lambris começaram a adquirir uma coloração marrom esverdeada em algumas partes, em formatos que a mais de um indivíduo lembravam direitinho bolor. Doença. Resumindo, o agente químico e o painel não simpatizaram um com o outro. Uma abordagem possível teria sido instruir os donos dos novos Metropolitans de luxo a usar um produto diferente, alguma coisa menos cáustica que não provocasse reações por parte da pele sensível dos elevadores. Mas não foi assim. A prefeitura comprara, a preços muito razoáveis e comissões polpudas, um suprimento para a vida toda de Esfreggo. O que um "suprimento para a vida toda" significa numa grande cidade não foi suficientemente investigado; basta dizer que há caixas e caixas do produto nos porões dos prédios municipais, armazenadas em todos os almoxarifados da prefeitura, e todas elas exibem com muito orgulho o sedutor sorriso roxo do mascote do Esfreggo, para quem serviço algum é sujo demais. Os políticos se recusaram a alterar a questão do Esfreggo. Já fora pago. Na verdade, chegaram à conclusão unânime de que a culpa era da Arbo por não ter testado de modo adequado seu equipamento para ver se havia algum problema de segurança (não existe, nem nunca existiu, qualquer indício de uma ligação entre o desagradável problema dermatológico da cabine e doenças humanas), e, além disso, talvez houvesse até um processo judicial a caminho. Mesmo lá do alto de suas torres, por trás de vidro reforçado, a Arbo sabia para que lado o vento soprava. Eles trocaram os painéis gratuitamente e, até hoje, a vasta maioria dos funcionários municipais associa o Metropolitan da Arbo com sua labuta infeliz, um dado sustentado por anos de pesquisas solenemente conduzidas pela United.

Esses são Metropolitans novos da Arbo, Lila Mae repara: os painéis internos não exibem os arranhões característicos deixados pelos pouco circunspectos funcionários da Arbo ao substituírem os painéis condenados. Reparou nisso em sua primeira visita ao Fanny Briggs. Diz para si mesma, não olhe para o Número Catorze. Está nessa cabine para se lembrar com detalhes da inspeção feita no Número Onze, que agora jaz na morgue, a alguns prédios dali, em cacos grotescos, sobre bandejas de metal. Ela não deseja macular a reconstituição. As reverberações do motor parado, mas ligado, do Número Catorze insinuam-se pelos sapatos, cantando pelos músculos das pernas. Desvencilha-se delas. Não as sente mais. Fecha os olhos. Estende a mão no escuro e aperta um botão convexo de vidro.

O contrapeso do Número Catorze começa sua descida pelo poço, tímido e cauteloso.

A escuridão não está certa. É a escuridão do dia, do momento e desse elevador: ela precisa de uma escuridão anterior, daquela que encontrou em sua primeira visita ao Fanny Briggs. Não pode tocar as paredes desse elevador, como fez com as do Número Onze, teme se contaminar. Imagina a mão estendendo-se rumo à solidez obstinada das paredes daquele elevador morto, a maneira como os painéis internos abraçaram-lhe as curvas da mão. Ela está, está quase naquela escuridão agora. É uma cortina lenta caindo diante da escuridão do dia. Pronto. Essa nova escuridão é a antiga escuridão do Número Onze. Observa a subida confiante e despreocupada do Número Onze. Os gênios surgem no momento aprazado, vindos dos bastidores. O gênio da velocidade, o gênio do esforço brutal do motor de içamento, o cone vermelho do gênio do seletor, tiquetaqueando à medida que a entidade progride pelo poço, o eneágono âmbar do gênio das sapatas de freio deslizando sem fricção pelas guias. Todos eles enérgicos e metódicos, descrevendo a verticalidade inconsútil com a mesma linguagem mental que ela usa. Fazem círculos e ziguezagues, saltam de um pé para o outro, flutuam para ela, a única espectadora, a única presença nas poltronas da platéia. Rodopiam para ela e encenam de novo, sem omissões, o papel que desempenharam no espetáculo da quinta-feira. Os gênios não esquecem jamais de suas falas. Lila Mae sobe sem solavancos, o Número Onze tem sem dúvida uma subida suave. Os gênios fazem mesura e não se demoram para ouvir os aplausos solitários.

Descerra os olhos. As portas se abrem para o ar morto do quadragésimo segundo andar. Aperta o botão do térreo.

Nada.

Se o nada e Chancre estiverem dizendo a verdade (ela agora acredita que sim, a desconfiança tão inútil quanto a confiança, no momento), então esse foi um acidente catastrófico. E isso é o que os restos fornecerão às investigações da perícia: nada. Nenhuma cicatriz que revele incisões num cabo coaxial inocente, nenhum fio que se tenha desparafusado dos esplêndidos e confiáveis sistemas antitravamento. Nada de nada. (Daqui a alguns dias, quando tudo isso estiver terminado, passará pela cabeça de Lila Mae ligar para Chuck a fim de saber quais foram os termos exatos do relatório da perícia, e a confirmação dele lhe parecerá remota: sem significado.) Não se espera que aconteçam na fase inicial; em geral surgem durante a fase de acidentes aleatórios, na adolescência, fruto de uma patologia malévola. Alguma coisa falhou no elevador, sem nenhum motivo, e seus componentes irmãos falharam também. Um acidente catastrófico. As coisas que emergem das regiões negras e ínferas do espaço e colidem, cometas conectados a esse frágil mundo depois de incontáveis elipses infrutíferas. Emissários do que não se pode conhecer. (O guarda destacado para vigiar o Fanny Briggs vê quando ela sai tropeçando do Número Catorze, atravessa o saguão, cega, e puxa a porta trancada.) Ela nunca se engana em se tratando de intuicionismo. As coisas acontecem com ela. O que sua disciplina e o empirismo possuem em comum: não podem explicar o acidente catastrófico. Teriam os gênios tentado avisá-la, estariam cientes em suas contorções ocasionais, proibidos de deixar claro o conhecimento que tinham mas tentando, com sutileza, alertá-la com seus pinotes e saracoteios estranhos? Ela não saberia pelo que procurar. Quaisquer que tenham sido os sinais que os gênios deram ou não a ela, através da escuridão, não foram lidos. Ela imagina a proximidade da catástrofe a lhe enviar marolas do futuro pela escuridão, a agitar os gênios com a violência iminente. É irrelevante. Ela não viu. (Ela não parece vê-lo. O guarda nota que ela continua sacudindo a porta da frente, mesmo que a fechadura não ceda. Ela continua tentando.) Chancre e Pompey não mentiram e ninguém sabotou o Número Onze, tem certeza disso também. Com que freqüência os acidentes catastróficos acontecem neste país? O último foi, ela revira a mente, trinta e cinco anos atrás, lá no Oeste. Os dez passageiros (piadas em meio, uma espiada sem compromisso no certificado de inspeção, uma carícia no peso da chave de casa no bolso da calça, tentando não assobiar) tiveram tempo de gritar, claro, mas não mais que isso. Os investigadores (e que bando mais infeliz devem ter formado, o território ainda tão novo) nunca encontraram um motivo. Queda livre total. O que acontece quando um número excessivo de eventos impossíveis ocorre, quando a redundância múltipla não é o bastante? Coçar a cabeça diante desse mistério das novas cidades. O último incidente registrado de queda livre total aconteceu na Ucrânia e foi eventualmente atribuído a um construtor inepto, que não instalara devidamente os freios progressivos no trem de aterrissagem. Cinco morreram. Ela não se lembra da marca do elevador — de qual companhia era a mais conhecida na região, na época. Não consegue lembrar. (Por fim o guarda destranca a porta. Ela continua sem vê-lo. Ele observa Lila Mae descer cambaleando os largos degraus de pedra, prestes a cair a qualquer momento.) Ninguém em sua linha de atividade desejaria um acidente catastrófico a seu pior inimigo. Verdade que são todos um bando de supersticiosos e invejosos, sempre amargurados com o sucesso dos colegas, mas desejar uma queda dessas a um rival é o mesmo que pedir para si um acidente semelhante — com você lá dentro, berrando contra todas as probabilidades até o fundo do poço. Nem mesmo probabilidade, porque está além de qualquer cálculo. É o destino.

Eles não vão encontrar nenhum motivo para essa queda, chegar pelo número de série até o fabricante, interrogar os dedos trêmulos de um mecânico artrítico. Foi um acidente catastrófico.

"Pobre Número Onze", Lila Mae diz, um instante de pesar pela vítima infausta, e só, antes de redirecionar o incidente para propósitos seus: foi um acidente catastrófico e um recado para ela. Foi seu acidente.

O elevador fingiu ser o que não era. O Número Onze simulou longevidade. Tão bem se fingiu de saudável que o controle de qualidade da Arbo não percebeu a duplicidade; tão bem dissimulado que os empreiteiros, pela facilidade rotineira de montagem, não perceberam seu destino fatídico. Tão disfarçado que Lila Mae Watson, do Departamento de Inspeção de Elevadores e que nunca se engana, não viu. Saberia ele? Depois de todo o antropomorfismo de Fulton: a máquina conheceria a si própria? Sim, ela possuía o espectro usual das emoções de um elevador, mas teria consciência articulada de si mesma? Erlich, o francês louco, é claro, postulou tais coisas, mas ele jamais é convidado para as conferências e suas monografias definham nas prateleiras das bibliotecas dos parentes. Teria se decidido pela simulação? Pela mentira e traição a si próprio? Nem o próprio Fulton tocou no horror do acidente catastrófico: nem mesmo ao explicar o inacreditável, jamais ousou abordar o que não se pode saber. Lila Mae pensa: de medo.

Não percebeu para onde está indo, para onde dirige, apesar de haver um lugar apenas que pode atingir por essa rota. Do outro lado do túnel, agora, seu destino não poderia ser mais óbvio: mesmo assim, ela ainda não se deu conta. Distraída como está por essa última inspeção que se desenvolve em sua cabeça.

Seria a caixa negra imune ao cometa do acidente catastrófico? Está tudo misturado, agora, maquinações eclipsando maquinações. Por instantes, duvida que Fulton fosse preto: podia ser mais uma das mentiras de Natchez. Alguma coisa que ele e seus senhores inventaram para enrolá-la. Ela vê a cena, flutuando acima da via expressa, alguns automóveis à frente: Reed e Natchez no gabinete do térreo da Casa Intuicionista, bebericando uísque escocês envelhecido e defumado, enquanto conferem a rede em busca de fios esgarçados. Natchez conhece as janelas abertas do coração de uma moça preta, já teve várias; Reed conhece as fechaduras próprias a uma mente intuicionista, suas fraquezas são as dela. O progresso do plano: Natchez não mandara revelar o filme porque nunca tirou as fotos das páginas intuicionistas; mas examinara todas muito bem. Tentara evitar que ela fosse ao prédio da O Ascensor de medo que descobrisse o plano. *Tenho lido um bocado sobre elevadores, desde que descobri que era meu tio.* Ele sabia tudo o que precisava saber sobre elevadores havia um bom tempo.

Nenhum trânsito nesse domingo de manhã, o que vem bem a calhar porque ela não está prestando a menor atenção nos carros. Já passou por ali várias vezes. Não vai pegar a saída errada.

Se o tivesse encontrado para jantar, ele teria detalhado, garfo parado no ar, acima do filé ao ponto e dos coquetéis enfeitados com guarda-sóis de papel, a maneira como se infiltrara no escritório de Chancre, como escapara por um triz de ser descoberto, a rapidez com que encontrara as anotações de Fulton. Seus colegas da Arbo, sem dúvida, já tinham obtido cópias de todo material enviado aos empiristas e à United, isso tão logo descobriram que não tinham sido os únicos a receber os misteriosos envelopes. Destruíram seu apartamento quando suspeitaram de que ela estava colaborando com Chancre, impingiram-lhe a companhia de Natchez: se ela não confia nos intuicionistas, talvez confie na própria tribo, na história de alguém que quer corrigir as injustiças feitas à sua raça.

Não, Fulton era preto. Ela compreende essa verdade luminosa. Natchez não mentiu a esse respeito: viu isso nos livros dele, sua nova alfabetização tornou tudo claro. Nos últimos dias, aprendera a ler, como uma escrava, uma palavra proibida por vez.

Nessa manhã de domingo, está a caminho de sua *alma mater*, o Instituto de Transporte Vertical, para descobrir por que seu nome figura nos diários de Fulton. Para interrogar a única pessoa a quem pode perguntar, agora, a única que pode explicar por que a Arbo precisava ganhar sua confiança. Por que um homem que ela nunca conheceu forçou-a a participar de sua morte.

Acidentes catastróficos são uma ocorrência raríssima, ou melhor, não são aquilo que acontece muito raramente e sim o que acontece quando se subtrai aquilo que acontece o tempo todo. Eles são, historicamente, bons ou maus agouros, dependendo do tempo e lugar, incitando a reformas, à busca de padrões universais para a conservação dos elevadores, ou então instruindo os cidadãos amorfos e esforçados da modernidade para o fato de que existe poder além da racionalidade. De que o diabo ainda caminha pela terra, e de que a arquitetura não é substituto para a prece, para joelhos ralados e para a barganha desesperada com os deuses.

Não escuta a buzina do carro, que dirá a urgência da buzina do carro. Passa para a faixa da direita e quase raspa na falsa madeira da carroceria do utilitário. As crianças no assento de trás berram, pulmões rosados arfando, as mãos do pai agarradas ao volante, mas, em que pese a comoção toda de uns poucos segundos, não há nenhum acidente. O carro de Lila Mae e o automóvel da família não batem. Ela desacelera e pára no acostamento, pedregulhos pipocando no chassi. Descansa a cabeça sobre a borracha verde da direção.

A Arbo e Natchez são apenas perguntas não respondidas. A intromissão que fizeram em sua vida é uma questão de causa e efeito, prosperando ao longo de uma trajetória lógica de cobiça, e requer apenas a informação adequada para explicá-la. Tempo para peneirar os fatos através dos dedos e deixar cair a areia fina, até ter na mão só o que aconteceu. Mas ainda resta a questão de Fulton e do intuicionismo. Ela raciocina, o que se fazer passar por branco não leva em conta? A pessoa que conhece sua pele secreta, aquela que se encontra num momento inesperado numa rua como as outras. O que o intuicionismo não leva em conta? O acidente catastrófico que o elevador encontra naquele momento inesperado, numa subida como as outras, aquele que revelará a verdade do dispositivo. O preto que se faz passar por branco e o elevador inocente têm de se fiar na sorte, na conveniência de ruas vazias e de estranhos que nada sabem, e temer o encontro casual com aquele que sabe quem são. Com aquele que sabe quais são suas fraquezas.

Acredita nas provas documentais que Natchez lhe mostrou, ainda que seus laços de sangue com Fulton sejam uma mentira. (De volta à estrada: ela não parou para pensar sobre o acidente que não houve, mas no que houve, dez dias antes.) Fulton era preto. Em seus livros, o ódio à ordem corrupta deste mundo, o anseio profundo pelo próximo, pela próxima ordem. Ele foi o mentiroso perfeito em que o mundo o transformou, enunciando a ficção suprema que o mundo aceitou como verdadeira. (De volta à estrada, indo para onde está indo.) Sob o medo constante daquela sombra, a sombra do acidente catastrófico que o mostraria pelo que era. A sombra que o envolve e o faz escuro.

Quase lá, Lila Mae.

Os portões negros do Instituto de Transporte Vertical estão abertos. Aos domingos, os estudantes deixam o campus para assistir à missa nas igrejas vizinhas. As igrejas da cidade recebem de braços abertos todos os fiéis, não importa onde tenham nascido, que circunstâncias e opções os tenham levado até elas. Ela dirige pelo lado leste do campus, reparando no edifício atarracado do Bloco Fulton, no edifício da Engenharia, até mesmo em sua antiga casa, o Ginásio, sempre tranqüilo num domingo pela manhã. Árvores aglomeram-se respeitosas nas laterais da alameda, enquanto ela se aproxima do declive que marca o início das casas do corpo docente. Estaciona. Fecha a porta do carro. Leva menos de um minuto para que Marie Claire Rogers atenda a campainha. Lila Mae diz à velha senhora:

"Ele estava brincando, certo? A respeito do intuicionismo. É tudo uma grande piada."

Às vezes, quando o vento impelia a chuva para dentro do alpendre, quando o vento estava mais nervosinho com uma coisa ou com outra, a chuva molhava a beirada do sofá. Por isso é que o velho sofá marrom sempre tinha um cheiro tão ruim: umidade antiga e mofo. Eles nunca o puseram na traseira do caminhão, nunca o condenaram às pilhas podres do depósito de lixo da cidade. Era um velho sofá, estimado pela sólida paridade entre confortos e defeitos, por isso que a família Watson o mantinha no alpendre. Um exemplo de sua mágica: a pintura do alpendre não descascava atrás dele. E outro: o lado direito formara uma curvatura perfeita para o traseiro de Marvin Watson, que foi alargando com o tempo, inacreditável, tanto quanto o traseiro de Marvin. Marvin estava sentado em sua vala, aquele dia, batendo com um envelope na coxa. Disse à filha, quando sua espera terminou, quando ela estalou nos primeiros degraus do alpendre: "Sua mãe saiu para fazer compras. E me deu isso".

Lila Mae esperava interceptar a carta na caixa do correio e ter tempo de ler suas palavras, pensar nelas alguns dias, antes de decidir se contava ou não aos pais. O trabalho com a senhora Applebaum tornou isso impossível. Nunca sabia quando poderia sair. Chegara a pensar em subornar Granger, o carteiro que servia a cidade dos pretos, mas concluíra que seria complicado demais. Reconheceu o brasão vermelho do Instituto de Transporte Vertical, que vira pela primeira vez alguns meses antes, na biblioteca da cidade, e observou também a dentadura bamba de tubarão onde a mãe abrira o envelope, com certeza com uma das muitas facas sem corte da família. Quando estendeu o envelope para ela, o pai disse: "Você não me contou que tinha se candidatado". O envelope era de papel bom. Daquele grosso e elegante que usavam por lá. Nada de fábricas capengas, de fábricas baratas, lá. Ela pegou a carta, ainda havia luz suficiente para ler sem ficar com dor de cabeça. O pai observava seus olhos. Estava com a roupa de ficar em casa, uma calça de pano grosso e a camisa pesada que usava nos dias de semana, antes e depois do trabalho. Quando não estava com o uniforme da Huntley. As roupas caseiras mudavam. Eram substituídas a cada dois, três anos, por novas versões em cores diferentes. O uniforme da Huntley, contudo, continuava o mesmo. Lila Mae o vira uma vez. Ele escapulira do trabalho um dia para mostrá-lo à filha e à mulher. Os pretos não podiam entrar na Huntley para fazer compras. Somente se trabalhassem na loja. Leu a carta e colocou-a de volta no envelope.

O pai perguntou: "O que vai dizer para a senhora Applebaum?".

"Eu disse a ela que talvez saísse para fazer faculdade. Disse quando comecei."

"Mas não disse para nós", o pai respondeu. Depois falou: "Não há de faltar gente para substituí-la".

Ela decidiu ao vê-lo naquele sofá. Quando soube que ele sabia. Lila Mae disse: "Detesto ter de deixar o senhor e a mãe aqui sozinhos".

O pai recostou-se no espaldar, ao som de uma gemedeira metálica no interior do sofá. "Não se preocupe conosco. Preocupe-se com você. As coisas não são muito diferentes por lá,

Lila Mae. Eles têm os mesmos brancos que existem aqui. Pode parecer diferente. Pode até dar a sensação de ser diferente. Mas é a mesma coisa."

Ele vivera ali, reunira suas epifanias veiculares ali, matutara a respeito dos pregos e parafusos de sua mitologia nessa casa. Marie Claire Rogers a deixa sozinha na sala em ruínas. Sob ela, um talho raivoso no estofado lhe sorri enchimentos. No consolo da lareira não há mais nada — ela até vê a manga do paletó dos homens que destruíram seu apartamento a varrer aquela superfície —, e a coleção de cavalos de cerâmica de sua anfitriã esparrama-se pelo chão, cabeças e membros decepados. Os dedos daqueles homens investigaram as entranhas do sofá e das cadeiras, atrás dos cadernos de Fulton e dos trocados de Marie Claire, arrebentaram dois abajures verde-esmeralda para ver o que haveria lá dentro ou não, partiram a moldura do retrato de Fulton em cima de joelhos retesados. Lila Mae esfrega as mãos nas coxas e examina os estragos. O aroma de fumaça de charuto paira no ar melancólico e há uma ponta amassada sobre a fotografia de Marie Claire com os filhos, em tempos melhores, não ali. Eles não encontraram nada, mas insistiram, uma gangue decidida trovejando pela casa dos que podiam estar com o objeto. Aquelas trapalhadas violentas lhe pareciam tão patéticas, agora, um apelo infantil para chamar a atenção, pedir um abraço apertado. Eles nunca encontrarão nada.

Marie Claire volta da cozinha com chá e biscoitos amanteigados. Lila Mae lê os velhos sulcos de sua pele, as ondulações em volta dos olhos e boca, imagens posteriores de expressões antigas. O rosto humano é capaz de duas ou três expressões verdadeiras, apenas, e elas deixam suas marcas. Lila Mae pensa, ela tem uma única expressão, e o que será de seu rosto, daqui a quarenta anos? Rocha erodida, um muro seco de desfiladeiro. Marie Claire suspira: "Eles fuçaram tudo, de cima a baixo. Uma bagunça só. Quebraram todos os meus cavalos. Quebraram as pernas deles". Ela não olha para a confusão que está sobre o chão, ocupando-se de um delicado despir de um cubinho de açúcar. "Eu estava na cidade, visitando uma irmã, e quando voltei encontrei tudo assim."

"Ontem à noite?", Lila Mae pergunta. "A que horas voltou para casa?"

"Por volta das onze da noite."

Quer dizer então que chegaram ali logo depois que ela deixou Ben Urich. Quando perceberam que ela sabia. Lila Mae vem praticando o solipsismo há muito, antes mesmo de começar a andar, e os acontecimentos dos últimos dias estão causando danos irreparáveis à sua condição.

Marie Claire aponta para um balde num canto. Um pano cinzento de limpeza esgarçado na borda. Preocupada, diz: "Um deles se aliviou no chão. Dá para sentir o cheiro, não dá?".

"Não estou sentindo cheiro de nada", Lila Mae mente. "Chamou a polícia? A segurança do Instituto?"

"Para quê? Foram provavelmente eles os autores."

Lila Mae inclina-se para a frente na cadeira. "Essa foi a primeira vez, certo? Quando a senhora disse ao pessoal do Instituto que a casa fora arrombada, depois da morte de Fulton, e que seus cadernos tinham sido roubados, foi tudo invenção, correto?"

"Talvez tenha sido mentira." Marie Claire sacode os ombros. Levanta-se. Não tocou nem no chá nem nos biscoitos. É tudo um ritual, Lila Mae avalia. A anfitriã diz: "Lá em cima quase já acabei, mas ainda não terminei por aqui. Quer me dar uma ajuda?". Uma casa velha e uma mulher velha. Ela precisa manter o lugar em ordem, a ordem que mantém debaixo de seu telhado. Mesmo que eles tenham mijado ali dentro. Curva-se vagarosa diante da lareira e apanha um dos cavalos quebrados. Ele se ajoelha sobre a barriga em sua palma áspera. Sem pernas. Marie Claire Rogers põe-se no chão, em busca das pernas.

Lila Mae pega a vassoura inclinada no encosto de sua cadeira. Escolhe uma área, varre, entranhas de sofá e papel picado aos montes. A velha senhora diz: "Para responder a sua pergunta, sim, de início foi uma piada que ele fez com eles, mas depois não. Virou verdade". Descobre uma das pernas minúsculas do puro-sangue debaixo do cesto de jornais e ergue-a contra a luz. "Você tem de entender uma coisa sobre James", continua ela, inclinando a perna para o sol. "Lá bem no fundo era um matuto. Nenhuma outra coisa fazia sentido na cabeça dele a não ser seu próprio tipo de sentido. Foi isso que fez dele o que foi."

Depois de tudo o que já aconteceu, Lila Mae acha que dá para agüentar os rodeios que ela faz. Não há pressa. Diz: "Mas ele não era quem dizia ser. Se fazia passar por branco. E era preto".

"Bom, olha só para você", Marie Claire Rogers diz, exausta, reservando uns momentos para dar uma olhada rápida em sua visita. "Já não é a mesma moça que veio bater na minha porta uma semana atrás, não é mesmo? Com o peito todo estufado feito um pavão. Viu uma coisinha ou outra entre aquele dia e agora, certo?" Coloca o cavalo no consolo, onde ele rola para o lado revelando a barriga branca e o número do lote do fabricante. "Nem eu mesma sabia até um dia em que a irmã apareceu para visitá-lo, e eu vivia sob o mesmo teto que ele. Sabia que ele não era como nenhum outro branco para quem eu tinha trabalhado, mas não achava... Ela apareceu na porta um belo dia... sei lá, uns quinze anos atrás? Vinte? Não me lembro mais, mas foi logo antes de ele escrever o segundo dos livros intuicionistas."

Essa informação não é difícil de precisar. Não para Lila Mae. Houve um intervalo de oito meses entre a publicação do Volume Um de *Elevadores teóricos* e o mergulho dele no segundo volume. Fazia vinte anos que a irmã de Fulton batera naquela porta. Como seria ela? O que se diz a um irmão que não se vê há décadas? Lila Mae mal consegue falar com gente que encontrou uma semana antes.

"Ela me aparece na porta", Marie Claire continua, "e me diz que tem de ver James. Era uma daquelas mulheres de interior. Dava para ver que ela mesma é que fizera as roupas que vestia. Eu dei uma olhada de cima a baixo, porque não sabia quem era, depois disse que precisava ir ver se o senhor Fulton podia receber visita. Você precisava ver a cara dele, quando desceu a escada. O cachimbo até caiu da boca, direto no chão. Ainda dá para ver a marca de queimado no tapete. Ele todo agitado, me dizendo para ir fazer compras. De repente, tinha de ser peixe para o jantar. De modo que eu saí e, quando voltei, ela já tinha ido embora e James estava no gabinete dele, lendo, como se nada de estranho tivesse acontecido. Perguntou a que horas ia sair o jantar, assim, como se não tivesse havido nada. Ele me contou quem ela era mais tarde, mas isso foi bem mais tarde."

Estaria trazendo fotografias ou más notícias: a morte da mãe? Dinheiro para o enterro. O que dizer a um irmão que não se vê há muitos anos? Pode vê-los conversando nessa sala. A mesma mobília, a luz do dia tênue e fria. Ele sentado na cadeira onde Lila Mae está, as mãos amassando os descansos de braço. Era o momento que temia desde que saíra de sua cidade. O momento de ser exposto pelo que era, o acidente catastrófico. Mas a irmã não o expõe. Ela não o fez despencar. Ele foi salvo.

"Não muito tempo depois, começou a ficar esquisito", Marie Claire diz. Já apanhou quatro cavalos e onze pernas. Estão todos sobre o consolo, como se num campo de guerra. Seus senhores mortos ou moribundos. "No começo só umas coisinhas que o corpo nem nota, mas que depois vão tomando conta."

"Como no dia em que enfiou a cabeça do diretor na poncheira, na cerimônia de posse."

"Isso foi depois, mas você está na trilha certa. Ele andava de muito bom humor, porque o livro ia bem. Tinha sido difícil para ele, no começo, mas depois começou a receber o reconhecimento que merecia. Quando ele terminou aquele primeiro livro, foi lá em cima do morro mostrar para eles. Para os colegas. Mandaram-no pentear mico. Não conseguia que ninguém o levasse a sério. Ninguém queria nem ouvir falar no assunto. De modo que ele pagou para imprimir o livro, e aí começou tudo. Eles acreditaram."

Ela não consegue se decidir que membro de porcelana pertence a qual cavalo de porcelana. "Lembro-me de quando saíram as primeiras resenhas, numa daquelas revistas de elevador", continua, colocando a perna perto de um cavalinho apanhado em galope fragmentado. "Ele estava bem aí, nessa cadeira, e começou a ler. Eu estava na cozinha. Não escutei uma palavra, durante um tempão, depois ouvi ele rindo. O James era um homem muito sério. Tinha senso de humor, mas era um senso de humor todo dele. Nós vivemos na mesma casa durante anos e anos e acho que nunca houve uma vez em que nós dois tivéssemos rido da mesma coisa. Naquele dia eu o ouvi da cozinha, rindo. Como se nunca tivesse dado uma risada antes. Como se fosse a maior, a melhor piada que tinha escutado na vida. Eu vim correndo e lhe perguntei qual era a graça. E ele olhou para mim e disse: 'Eles acreditaram'."

Ela devia estar se referindo ao famoso elogio rasgado de Robert Manley na *Continental Elevator Review*, que, se não lhe falhava a memória, a de Lila Mae, elevava Fulton à categoria de "maior visionário do ramo, depois de Otis" e "a última chance da esperança contra a incansável marcha rumo à morte da modernidade". Foi a primeira resenha a qualificar a abordagem de Fulton como "intuicionista": pós-racional, inata. Humana. Não admira que tenha dado risada. Sua peça dera certo. Das cornijas daquela resenha, a gárgula de sua mitologia sacudiu suas asas rígidas e mosqueadas para conquistar cidade por cidade, cochichando heresias, defecando sobre os robustos edifícios da velha ordem. Não admira que tenha dado risada.

Marie Claire Rogers tira Lila Mae de seus devaneios. Diz: "Eu nunca o tinha visto tão feliz. Ficou assim, todo contente, durante uma semana inteira, e foi seu período mais longo. Aí, uma noite, eu estou aqui embaixo, fazendo minhas palavras cruzadas. Não conseguia dormir, de modo que estava fazendo minhas palavras cruzadas. James desce a escada, de roupão. Eu pensava que já estava dormindo. Ele desce com uma cara toda confusa, contrariada, e me diz: 'Mas é uma piada. Eles não entenderam a piada'."

"Ele achou que alguém ia entender, mas ninguém entendeu."

Ela faz que sim. "Eles tinham todas aquelas regras e regulamentos. Tinham toda aquela lista comprida de coisas para conferir nos elevadores, sobre como funcionam, coisa e tal, e ele acabou odiando isso tudo. Ele me disse, e são as palavras dele: 'Eram todos escravos daquilo que podiam ver'. Mas havia uma verdade por trás que eles não conseguiram ver, não conseguiram de jeito nenhum."

"Eles olharam para a pele das coisas", Lila Mae sugere. Não conseguiram ver a mentira. Foi Pompey quem lhe permitiu ver a peça pregada por Fulton. O acidente ainda ressoa dentro dela, as notas finais da queda são o novo fundo musical de sua mente. Estava certa de que fora Pompey quem sabotara o Número Onze. Isso apaziguava seu sentido de ordem. Se a intenção de Chancre era armar-lhe uma cilada, qualquer um do Departamento teria se prontificado a fazer o serviço. Mas Lila Mae fixara-se em Pompey. O Pai Tomás, o crioulo sorridente, o negrinho da casa, culpado pelo lugar degradado que ela ocupava neste mundo. Pompey dava a eles a planta original dos pretos. Como agiam. Como agradavam aos brancos. Tão ansiosos por um pedaço do sonho que fariam qualquer coisa pelo sinhô. Ela odiava o lugar que ocupava no mundo deles, onde se enquadrava na ordem das coisas, e culpava Pompey, sua sombra assombrada no escritório. Não conseguia vê-lo, da mesma forma como os outros no trabalho também não o viam.

O ódio dela. O ódio de Fulton a si mesmo e a sua mentira de brancura. A realidade dos brancos é construída daquilo que as coisas parecem ser — essa é a incumbência do empirismo. Julgam-nas conforme aparecem quando postas sob a luz, o desgaste da cabine, as fraturas de estresse da caixa do motor. A pele de Fulton. Imagine o seguinte: ele, o Grande Reformador, o pulso forte no comando do Departamento de Inspeção de Elevadores, abdica da presidência quando as companhias de elevador tentam comprar seus favores, colocá-lo em seus anúncios. Elas já compraram muitos dos homens em campo — os donos dos prédios dão dinheiro vivo para os inspetores, em troca de uma cegueira zelosa aos defeitos. O sagrado empirismo deles não tem nenhum significado se pode ser comprado. Quando eles nem sequer enxergam que o homem é preto porque ele diz que não é. Ou nem sequer o diz. Vêem-lhe a pele e vêem um homem branco. Abrigar-se entre os muros de pedra do Instituto não muda as coisas. Ele continua preto. *Existe um outro mundo além deste.* Ele estava tentando contar-lhes e não quiseram ouvi-lo. Não acredite em seus olhos.

Marie Claire Rogers diz: "Ele estava fazendo uma piada de todo o modo de vida deles, e não conseguiram enxergar. Mas a piada perdeu a graça para ele. Assim que se deu conta disso, de que era uma piada que eles não entenderam, deixou de ser uma piada. A irmã veio logo depois. Mais tarde ele me contou que ela tinha visto o nome dele no jornal. Como eu disse, ele começou a ficar esquisito. Começou a escrever aquele segundo livro. Ficava trancafiado no gabinete e não saía de jeito nenhum. Tive de começar a largar o jantar na porta, porque ele não saía de lá mais nem para comer. Isso durou meses e meses. Aí um dia ele desceu e disse que tinha terminado".

Lila Mae sabia que ele estava brincando porque odiava a si mesmo. Compreendia esse ódio dele: também odiava alguma coisa em si e descontava em Pompey. Agora conseguia ver Fulton pelo que era. Não havia a menor possibilidade de que acreditasse na transcendência. Sua raça o mantinha na terra, tal qual os cidadãos encalhados aqui, antes que Otis inventasse o elevador de segurança. Não havia qualquer esperança para ele como preto porque o mundo dos brancos não permite que um preto suba, e não havia esperança para ele como homem branco porque era uma mentira. Então destila seu veneno nas páginas do livro. Sabe que o outro mundo que descreve não existe. Não haverá redenção porque os homens que dirigem este lugar não querem a redenção. Querem estar tão próximos do inferno quanto possível.

Lila Mae olha para a velha senhora. Ela se ocupa com a coleção, tentando consertar as formas eqüinas estropiadas. Eles não param em pé. O melhor seria sacrificá-los todos, mas ela não fará isso. Ela os quer consigo. Talvez um dia fiquem bons de novo. Marie Claire Rogers e Fulton morando juntos nesta casa, como empregador e empregada. Ela fazendo serviço de preto, ele de branco. Secretamente iguais, mas a mulher não sabe disso. De modo que, não, Lila Mae vê isso agora, Fulton não acredita no elevador perfeito. Cria uma doutrina de transcendência que é tão mentira quanto sua vida. Mas então acontece algo. Algo que o faz acreditar, passar das generalidades novas mas difusas do Volume Um para a metodologia intuicionista concreta do Volume Dois. Agora ele quer aquele elevador perfeito que o levará para longe dali, para o alto, e elabora um método sólido para a sátira inicial. O que teria a irmã dito a ele? O que ele quis, depois desse encontro? Família? Que houvesse no mundo que inventou para parodiar seus escravizadores um terreno onde pudesse ser inteiro? Uma piada não tem sentido se não se puder dividi-la com alguém. Lila Mae pensa, o intuicionismo é comunicação. Simples assim. Comunicação com o não-você. Quando for dar palestras a seu rebanho, anos mais tarde, ninguém terá consciência sobre o que ele está falando de fato. *O mundo do elevador será parecido com o paraíso, mas não o paraíso que vocês supõem.*

Lila Mae escuta a porta de um carro bater lá fora. Pela janela, vê seu velho professor de engenharia, o doutor Heywood, trancar o automóvel. Voltando da igreja e das orações para o lugar seguinte. O além. É necessidade. Ela sempre se considerou atéia. Ajoelhava-se ao lado da mãe e do pai na igreja e dizia as palavras que esperavam que dissesse, mas nunca acreditou nelas, e, depois de partir para o Norte, nunca mais fora à igreja. Sempre se considerou atéia, sem perceber que tinha uma religião. Qualquer um pode começar uma religião. Só necessita da necessidade de outros.

Ainda não conseguiram fazer grandes progressos na bagunça deixada presumivelmente pela Arbo e seu exército de mal-encarados. Lila Mae, de sua parte, passou os últimos minutos varrendo um monte de poeira, espalhando-a depois numa camada fina, para juntá-la outra vez. Marie Claire Rogers ficou mexendo em seus badulaques, seus cavalos quebrados. É inútil. Lila Mae pergunta: "Por que ele pôs meu nome nas anotações?".

A velha senhora senta-se no sofá. Cansada demais. Toca na lateral do bule de chá e franze a testa. "No final, ele já sabia que ia morrer. Passava noite e dia correndo de lá para cá, tentando terminar seu último projeto. De noite, ia para a biblioteca que tem o nome dele, dizia que gostava da paz que havia ali." Ela olha para as mãos. Estão viradas para cima, no colo, mortas, caranguejos virados de costas. "Disse que via uma luz no quarto em frente e um dia me perguntou se eu sabia qual era o nome da aluna preta que estudava no campus. Eu disse que não. Isso é tudo o que eu sei sobre o assunto." Olhando agora nos olhos de sua visita. "Você devia levar o que sobrou. Eu não quero mais ficar com as coisas. É demais para mim."

Ela se levanta e vai até a cozinha. Lila Mae não consegue ver o que está fazendo. Mas ouve. Ouve um rangido e leva alguns segundos para entendê-lo. É uma velha polia, fazendo o que tem a fazer. É um elevador manual primitivo, com todos os princípios da verticalidade. Ela ouve o raspar de pedras.

Quando Marie Claire volta, traz nas mãos uma pilha de cadernos, os queridos Fontaines de Fulton, amarrados de leve com uma tira de couro manchado. Os pergaminhos sagrados, claro. Como conseguira? Lila Mae enxerga: tirou alguns tijolos da parede atrás do pequeno elevador manual e abriu um buraco raso e escuro. Onde os textos esperaram. Elas param frente a frente uns instantes, duas mulheres pretas, a uma geração e sessenta centímetros de distância, djins de poeira rodopiando em poços de luz vespertina entre elas. Lila Mae pega os cadernos nas mãos. Pesam um tanto. Pergunta: "O que a levou a enviar aqueles trechos?".

"Ele deixou instruções. Disse que quando enviasse, alguém viria."

Teve sorte no primeiro lugar que procurou. Queria morar na zona da cidade onde moravam os pretos, depois de tanto tempo no pálido território estrangeiro do Instituto. Os exames de graduação terminados, Lila Mae viu-se sozinha. Precisando de um lugar para morar porque tinha um emprego na cidade. A primeira mulher preta do Departamento de Inspeção de Elevadores. Queria contar a todos na calçada sobre suas façanhas, àquela velha senhora muito digna no alpendre, abanando-se com um jornal, ao policial de olhar duro na esquina, com o sol nos botões. Que ela conseguira. A primeira mulher de sua raça a obter um distintivo. Agarrá-los pelos ombros e sacudi-los. Eles não se importariam, claro. Ninguém sabia quem mantinha a cidade de pé e subindo. Eles não a conheciam e era o primeiro dia quente do verão.

Era o bairro de pretos da ilha, mas não era a cidade onde crescera. Surgira da noite para o dia, quando os túneis do industrial romperam a superfície e eles puseram uma placa: "O METRÔ PÁRA AQUI". Essas casas geminadas, conjuntos habitacionais, fileiras deles por toda a ilha, de rio a rio. Foi assim que os primeiros inquilinos descobriram o bairro e foi assim que o descobriu. Saiu do calor do túnel subterrâneo e parou no cruzamento para pensar que rumo tomar. Qualquer das ruas tão viável quanto a outra. Lila Mae escolheu ao acaso um quarteirão que parecia aprazível. Lá pela metade, depois de driblar a espuma branca de um hidrante aberto, viu a placa. QUARTOS PARA ALUGAR, o pequeno adendo, VAGAS, pendurado em dois ganchos de ferro por baixo.

O especulador imobiliário que reivindicara os alqueires dessa rua optara por prédios de seis andares com fachadas à italiana, cinzentas e robustas. Acomodações para famílias inteiras; mais tarde, duas ou três famílias em um único apartamento. Um bom investimento. Um branco magricela com cabelo preto escorrido ouvia a corrida de cavalos pelo rádio, sentado no alpendre. Enxugou a testa com um lenço, berrando com o locutor, distribuindo xingamentos. Lila Mae esperou pacientemente o término da corrida e torceu para que a sorte do homem não tivesse maior impacto nas respostas a suas perguntas. Ele usava calça cinza, suspensórios vermelhos e uma camiseta branca encardida sem mangas. Ela reparou nos dizeres no arco sobre a porta: BERTRAM ARMS. Ele não esperou para ouvir o fim da corrida, girando o botão do rádio de repente com mais uma saraivada de impropérios. Lila Mae falou: "Com licença, senhor, estou procurando o zelador do prédio".

Ele lhe deu uma olhada: "Quer um apartamento?".

"Exato. A placa diz..."

"Eu sei o que ela diz. Vamos subir", ele falou, apanhando o rádio. "Eu lhe mostro."

O saguão de entrada ainda guardava sua primeira demão de tinta, um verde enjoativo sob uma saudável camada de poeira apanhada pela gordura solidificada de muitas cozinhas. Não gostou do cheiro, mas chegou à conclusão de que poderia se acostumar, se fosse obrigada. "É no quinto andar. As janelas dão para a face leste e esse lado do prédio pega bastante sol de manhã." Ela o seguiu pelos degraus amaciados. "Não pode ter animais. Alguns inquilinos têm, mas não é permitido." O calor do dia esperava dentro de cada hall. Algumas portas estavam entreabertas, para permitir a circulação do ar, mas Lila Mae não conseguiu ver o que havia lá dentro enquanto subiam. O prédio estava tranquilo. "Tem um telefone público em cada andar. Em geral as pessoas recebem o recado, mas é preciso ser delicado com os vizinhos."

Ele abriu a porta do apartamento 27. "Veja você mesma." E ficou esperando do lado de fora.

Não era grande mas estava limpo, mais ou menos. Ainda se podia discernir o vago contorno dos quadros do inquilino anterior delineados na poeira das paredes. Viu que havia dois aposentos, uma sala grande e uma menor, onde poderia botar uma cama. Ela não tinha muita coisa. Provavelmente andaram reduzindo um pouco esses apartamentos, pensou ela. Podia pôr uma cama ali. Maior que o quarto que tinha no Instituto, de toda forma, e ela vivera naquele caixote durante três anos.

Estava abafado porque as janelas estavam fechadas. Lila Mae foi até elas e deixou o ar entrar. Dava para ver a uma boa distância, para o leste, até que dois prédios enormes cortavam a vista do rio. Teria preferido encarar os edifícios de verdade, no centro, mas haveria tempo para isso. Sem se voltar da janela, berrou: "Qual é o preço?".

"Quinze dólares e quarenta e cinco centavos por semana. Pagos toda segunda-feira. E um depósito de três dólares pela chave."

Ela considerou a questão. Era um bom negócio, pensou. Dava para pagar com seu salário. Um novo começo. Lila Mae pensou, poderia fazer um lar dessa cidade.

Já tinha estado ali antes. Na dura praça, entre os animais de pedra. Se o conjunto de granito fora idéia da Arbo ou visão do escultor, não ficou muito claro. Os bichos — um filhote de rinoceronte, um leão e uma hiena, com as patas dianteiras dobradas, pescoços pendentes, olhos sem íris — vigiam um horizonte que não existe para os prédios, curvam-se para beber num oásis que não existe para o concreto. Qualquer simbolismo com pretensões de iluminar a missão ou personalidade corporativa da Arbo não chegou até Lila Mae. Os animais não se movem. Homens e mulheres envergando os trajes conservadores do mundo dos negócios mantêm-se a distância enquanto cruzam a praça, rumo a metrôs, bares e restaurantes. Presas, receosas, lá nas camadas mais profundas da consciência, do despertar do predador, improvável e iminente.

Lila Mae já tinha estado ali antes. Em seu último semestre no Instituto de Transporte Vertical. A Arbo convidara os formandos para uma reunião de recrutamento, transcorrida numa sala comprida com paredes de vidro, muito acima da rua. Enquanto Lila Mae e seus colegas tomavam café e mordiscavam docinhos, o sujeito alto da Arbo, em seu terno escuro e caro, descreveu a atmosfera educativa e as oportunidades de progresso que a indústria de elevadores poderia oferecer aos formandos da mais prestigiada das escolas de inspeção de elevadores do país. Ele também, em sua época, recém-saído da escola de elevadores, já se sentira ansioso para salvar as cidades. Em determinado momento, revelou-lhes o homem, também ele se deixara seduzir pelo romance da vida nas trincheiras, pela faina vertiginosa de botar os dispositivos na corda, no chão, até confessarem, pela santa cruzada contra os defeitos. A Arbo oferece mais, disse ele, mãos espalmadas e apontadas para a vista que havia atrás dos países baixos para além da cidade, as próprias nuvens palpáveis. A Arbo cria o futuro, disse-lhes ele, os inspetores servem o futuro. Os alunos pensaram nas roupas malajambradas que vestiam, no amarelo institucional encardido das paredes do Departamento. Essas sessões de recrutamento dos fabricantes de elevador eram um ritual. Lila Mae considerou-as o teste final de seu comprometimento com o serviço público. Tentação. Em todos os anos do processo, nem um aluno sequer abdicara da sedução das ruas, do imperativo moral do bom trabalho. Passavam-se para o mundo corporativo somente depois de alguns turnos de bons serviços lá embaixo, nas sombras, desviando-se dos ratos. Somente depois de serem testados, depois de considerarem os centavos sinistros do contracheque municipal é que voltavam para a Arbo, para a United e similares, derrotados, de chapéu na mão, implorando libertação e ternos melhores. Próximo à formatura, a indústria de elevadores faz seus convites, os alunos dão ouvidos ao diabo e fincam o pé.

O prédio da Arbo é um dos mais altos da cidade, como convém a uma companhia cuja prosperidade é um índice da verticalidade. Mas por maiores que sejam, não conseguem encher o prédio todo: viabilizam a cidade e deixam aos outros a tarefa de enchê-la, como sempre acontece. Lila Mae tem de perguntar ao segurança na recepção onde fica o escritório do homem. Ele consulta uma pasta. Diz-lhe para pegar um dos elevadores da Ala C, os expressos. A Arbo não consegue encher o prédio todo, mas guarda os andares de cima. Isso os mantém de prontidão: não importa o quão alto estejam, o céu ainda é capaz de distraí-los e de lembrar-lhes de que sempre há um lugar mais alto.

O elevador expresso está vazio, um dos modelos mais novos da Arbo, e segue calado, menosprezando os andares mais baixos. Ignorando-os. Lila Mae sobe sozinha. É tão raro viajar com civis, com as pessoas que justificam sua profissão. Ou sua profissão de formação. Ela não está a serviço hoje. Não nessa segunda-feira.

No octogésimo andar, a recepcionista pergunta se pode ajudá-la, a voz alegre no vácuo. Lila Mae diz que quer falar com Raymond Coombs. Dá seu nome. A recepcionista repete-o no interfone cinzento, atarracado. Coombs se espanta, as palavras rascando o ar parado do escritório. Manda a recepcionista encaminhá-la.

O carpete cede macio sob seus pés, mastigando aqueles seus sapatos baixos. No corredor, passa por um gabinete de vidro contendo uma réplica em miniatura da primeira máquina da Arbo, o Excelsior. O folheto reproduzido numa placa por trás do vidro promete "um delicioso casamento entre o luxo e a indústria, onde os passageiros podem andar com conforto, levados a seu destino pelo que de melhor existe em transportes mecânicos hoje em dia". Os corredores estão silenciosos, todo mundo em sua sala ou na rua, em alguma parte. Lila Mae demora-se diante do antigo dispositivo. Parece-lhe uma coisa triste. Eles não se importam mais com conforto. Não escondem mais o propósito da máquina, fora com os sofás e entalhes de grifos e ninfas. Abaixo da promessa do fabricante, Lila Mae vê um endosso da administração do hotel Charleston, o recipiente do protótipo. Que diz: "Os andares superiores podem agora ser os mais bem cotados do estabelecimento, para onde os hóspedes são transportados em menos de meio minuto de repouso e calma e onde, ao chegar, podem usufruir da pureza e frescor da atmosfera, sem ruídos, poeira e exalações". Botaram o velho Charleston abaixo anos atrás. Não era alto o bastante.

No escritório de Raymond Coombs falta uma parede. Substituída por vidro: não fossem as persianas recolhidas perto do teto, as costas de Coombs poderiam estar no ar. Tem as mangas da camisa arregaçadas até os cotovelos. Veste uma camisa branca de algodão oxford engomada e castigada por suspensórios dourados — criação corporativa, em vez dos tecidos grosseiros do antigo disfarce. Das costuras renhidas do operário. A gravata é vermelha e verde, brilhante. Ela diz: "Belo escritório", olhando além dele para o rio sujo, centenas de metros abaixo.

Coombs diz: "Fiz por merecer". Fecha uma pasta a sua frente. Para falar a verdade, está mais surpreso por ter tido o trabalho interrompido do que com o surgimento dela em seu escritório. Tira os óculos com armação de tartaruga e coloca-os no bolso da camisa.

Lila Mae repara numa foto na parede leste da sala em que aparece o rosto do famoso reverendo. O homem que anda vociferando lá no Sul. Diz, apontando: "Eles deixam você mostrar a foto dele".

"Meus empregadores me permitem uma certa liberdade", ele responde, sacudindo os ombros. "Faço o meu trabalho e isso é tudo o que importa para eles. Quer sentar-se?"

Ela continua de pé. "Quando foi que começou? Naquela sexta ou antes?"

Ele franze os lábios e pondera. "Assim que vimos seu nome nos cadernos dele. Pessoalmente, não achei que fosse sair grande coisa disso. Os decodificadores lá de baixo passaram dois dias trabalhando numa coluna de números encontrada na margem de uma das páginas do caderno. Não deu em nada. No fim, descobriram que Fulton estava apenas somando a conta da tinturaria. Ele punha tudo quanto é porcaria ali. De modo que, voltando ao assunto, não, no começo o fato de seu nome constar dos cadernos não significava nada em si, mas os caras lá de cima queriam que a gente investigasse."

O interfone toca. Raymond Coombs dá ordens à moça na recepção para não ser interrompido.

Lila Mae faz um gesto de cabeça na direção da fotografia que há sobre a mesa. "Sua mulher?"

"Doze anos de casado. Ela trabalha no Hospital Metropolitan. É enfermeira formada."

"Filhos?"

"Um garoto." Coombs vira a foto para longe dos olhos de Lila Mae. A voz é um oitavo ou dois mais aguda do que na Casa Intuicionista, no quarto do hotel. Ele diz: "Nós não sabíamos o que você sabia, se é que sabia alguma coisa. Já tínhamos despachado o Jim e o John para sua casa e, assim que soubemos do acidente no Fanny Briggs, achei melhor mandar o Reed para lá, para interceptá-los. Achei que a notícia da caixa negra seria suficiente para tirar você da toca. Ver o que você sabia. O acidente mudou tudo. Foi um bônus. Tornou-se uma questão pessoal. É isso", ele diz, os dedos esvoaçando pela gravata elegante, "eu devo admitir que o acidente ajudou consideravelmente".

Os olhos passeiam lentos pelo corpo de Lila Mae, descansam na bolsa de couro marrom que ela segura na frente do abdome. "Quer que eu continue?"

Ela faz que sim. Ninguém previu o acidente.

"No início, achamos de fato que Chancre tivesse mandado sabotar o Número Onze." A dicção é de escola boa, do começo ao fim. "Mas nossos espiões nos informaram de que ele ficou tão surpreso quanto nós. Felizmente, você tinha uma idéia fixa na cabeça, com um empurrãozinho nosso, claro, e partiu para cima daquele sujeito, o Pompey. Pelo menos aí você foi previsível", ele diz, sorrindo. "Deixe um preto entrar e você está integrado. Deixe dois entrarem e temos uma guerra racial, com ambos se digladiando para beijar o traseiro dos brancos."

Ela não morde a isca. "Continue falando", comanda.

"Assim que tivemos certeza de que você era nossa, eu percebi que ainda poderia ser útil, mesmo que não tivéssemos certeza do quanto você sabia sobre os cadernos. Verdade que você não deixou escapar informação nenhuma, mas atribuímos isso ao que apuramos em sua ficha no Departamento, que você não confia em ninguém. Eu disse ao Reed para mandar você falar com aquela velha empregada do Fulton, a velha coroca não estava reagindo muito bem a nenhuma das nossas tentativas. Mas quando você não voltou, depois de ir falar com ela, eu tive de mudar de tática. Você nos pegou de surpresa."

Ele não falava mais como um preto do Sul. Como Natchez. Nem o rosto é o mesmo de antes, sob essa luz fluorescente, no ar-condicionado. O couro está seguro em suas mãos. Ela acompanha os dentes do zíper com a ponta de um dedo. "Como ficou sabendo sobre Fulton?"

"Alguns anos atrás, quando percebemos que estavam faltando alguns escritos, simplesmente fizemos a investigação que ninguém tinha motivos para ter feito antes. Descobrimos de onde ele era. A irmã tinha acabado de morrer. Não possuía herdeiros, de modo que compramos o legado dela. Quer dizer, legado é um pouco de exagero, no caso."

"Ninguém se importa em saber de onde ele veio."

"Não especialmente. Os pretos acham que dois de nossos presidentes eram pretos. De vez em quando o assunto vem à tona, mas não dá em nada, nunca. Os peixinhos miúdos da indústria não acreditam e os que sabem estão mais interessados em suas últimas invenções. A cor não importa, a partir de um certo nível. Do nível comercial. Eles podem até pôr o Fulton num daqueles calendários sobre a história dos pretos, se quiserem. Isso não muda o fato de que há dinheiro a ganhar com a invenção dele."

"Você com certeza fez jus a seu salário." As letras douradas do lado de fora da porta do escritório dizem: RAYMOND COOMBS — PROJETOS ESPECIAIS.

"Eu tento. Mas se eu fosse mesmo assim tão bom, minha sabotagem na Folia teria mantido você hospedada na Casa Intuicionista. Você estaria se sentindo segura, protegida por mim. E nós poderíamos vigiá-la e mantê-la longe do Chancre. Eu estava tentando dar o troco. Mas você pensou diferente. A independente Lila Mae." Ele pára de falar para pensar na bolsa de Lila Mae. Ela percebe que acabou de lhe ocorrer que talvez haja uma arma ali dentro. "Posso lhe perguntar uma coisa?", ele diz, afastando-se com a cadeira de rodinhas, para se ver livre da mesa. "Para futuras referências ao meu disfarce de Natchez."

"Diga."

"O que a fez ir até a *O Ascensor*? Achou que o caipirão meio lerdo não iria acertar ou só queria dar um presente a seu novo namorado?"

"Eu só queria ajudar."

"Não vou me esquecer disso, da próxima vez."

Restam apenas uma ou duas questões a serem esclarecidas. A inspetora de elevadores quer saber com certeza, ainda que já entenda o bastante. A inspetora de elevadores indaga do homem da Arbo: "O que vão fazer com as eleições de amanhã? Parece que estão num beco sem saída, no momento".

Coombs vê Lila Mae esfregando a borda da bolsa; os olhos cintilam na direção da porta atrás dela e ele pensa em ângulos, distâncias. Diz: "Chancre vai dar uma coletiva à imprensa hoje à noite, do hospital mesmo. Tenho certeza de que vai comentar os rumores que andam circulando. A essas alturas todo mundo já sabe da caixa negra. Mas nós vamos dar um jeito nas coisas. Eu vou dar um jeito". Prepara-se com vagar, avalia o que há sobre a mesa e que ferramentas poderão lhe ser úteis. "E você, Lila Mae, em que é que vai dar jeito?"

"Trouxe uma coisa para você." E larga sobre a mesa dele.

"O que é isso?"

"É o caderno do Fulton. É o que estava procurando."

"Por quê?"

"Eu só queria ajudar."

A caminho do elevador, ocorre-lhe quebrar o vidro que protege o pequeno Excelsior da Arbo. Carregá-lo debaixo do braço e colocá-lo junto com os animais de pedra, na frente do prédio. Libertá-lo para que se arrisque na nova cidade para a qual não foi projetado. Na selva. Mas ele jamais sobreviveria lá fora. Beija o vidro e continua seu caminho.

Que andar?

Como pôde nutrir esperanças de que estivessem preparados? Mal conseguem dar sentido às cidades que têm agora. Do que Otis lhes deu. Vivem trombando uns nos outros ao atravessar uma porta e sofrem quedas ridículas. Ele quer estar lá, nos lugares que construírem quando houver o elevador perfeito. Ele não estará lá. Soube disso assim que começou a acreditar nele. Nunca se permitira acreditar por medo. E assim é que, quando começou a acreditar, já era tarde demais. Podia apenas descrever o que achava que seria seu aspecto e dar-lhes os meios.

Pagou três dólares para pôr sola nova nos sapatos. Lembra-se disso. Alguns talvez achem engraçado que a idéia venha dele. Depois de tudo que o fizeram passar. Mas não tinha outra escolha, não é mesmo? Depois que começou. No princípio tinha uma outra idéia, mas depois a idéia tomou conta e fez com que mudasse a forma como principiara. Apossou-se dele, digamos assim. Agora já quase terminou, se o corpo deixar que termine. Onde estava mesmo? Alguma coisa a ver com o ar mais ralo lá em cima e como lidar com isso. Repara que escreveu *três dólares* na margem da folha. Está sempre escrevendo coisas nas margens.

Agora que já faz calor lá fora, não é tão frio de noite, na biblioteca que batizaram com seu nome. Algum tempo atrás, parou de usar qualquer outra coisa que não seu roupão noturno. Ninguém diz nada porque o consideram um grande homem e lhe permitem algumas excentricidades.

Já pensou em tudo, até onde saiba. Caberá a alguém mais executar-lhe o plano. Talvez venha a pessoa errada. Pensando que é o momento certo quando o momento não é o certo, e isso seria terrível. Ou alguém que se demore muito. Bem, realmente não consegue enxergar mal nenhum se esperarem muito tempo, mas com certeza é melhor que quem for aparecer tenha um bom senso de *timing*. Quem quer que seja. Pode até ser um dos alunos da faculdade mesmo, esses bocós adormecidos em seus sonhos de elevadores. Talvez um desses idiotas o encontre.

Tanta corrupção, nos dias de hoje. Ora, diachos, as coisas sempre foram assim, seu velho tolo. Deixe estar. Volte ao trabalho. Todo esse trabalho a fazer. Se ao menos tivesse começado antes. Mas não tinha como saber o que precisava fazer até começar.

É tarde. Ele escreve o elevador.

A letra piorou, desde que começou. Ele percebe isso. Piora quanto mais perto chega, como se as palavras estivessem sendo pinçadas e puxadas pelo elevador do outro lado da escrita. Como se estivessem sendo puxadas para o futuro. Ainda consegue lê-las.

Lembra-se de ter se encontrado com o diretor, um pouco mais cedo, no pátio, aquele velho palhaço empertigado. Falando sem parar sobre o jantar com algum outro campônio que eles têm por aqui. Perguntou ao diretor se sabia o nome da aluna que estava saindo do ginásio de esportes, a moça preta que sempre andava rápido de cabeça baixa, olhando para o cimento. O diretor disse que o nome dela era Lila Mae Watson e que era um crédito para sua raça.

Ele a vê da janela, agora, como vem fazendo há várias noites, ultimamente. Ela estuda no pequeno cubículo que dá para a biblioteca. Um antigo depósito da zeladoria, convertido em quarto, se não lhe falha a memória. A dela é a única luz no prédio todo. Assim como a sua. Esta luz é a única na biblioteca inteira. Ela não parece comer grande coisa. Dá a impressão de ser frágil e delgada, vista pela janela. Quem lhe dera que ela tivesse mais juízo. Mas não pode se preocupar com ela. O elevador precisa de cuidados. Ergue a caneta. Repara que escreveu *Lila Mae Watson é a pessoa* na margem do caderno. Justamente. Esse é o nome da única outra pessoa acordada a essa hora da noite. Ela não sabe o que a espera, ele pensa, afastando-a da mente. Está sempre escrevendo coisas nas margens.

O trabalho o convoca. Está quase no fim. Deu instruções a Marie Claire e espera que ela faça tudo certo. Alguém virá. Alguém se encarregará. Dessa coisa que escreve.

Talvez comece a trazer a lanterna à noite, para usá-la no trabalho. Isso daria um ar realmente dramático à sala. Isso realmente provocaria comentários.

Funciona, mas eles ainda não estão preparados. Não estarão preparados antes que seu tempo termine. Gostaria de poder estar lá com eles. Mas ele não é para aquele mundo. Ele é deste mundo.

Sétimo, por favor.

Lila Mae tem casa nova. É de bom tamanho. Espaço suficiente para uma escrivaninha e isso é o que importa. Dá para uma fábrica.

Escreve uma frase, depois apaga. Às vezes quase consegue que a voz dele desça, mas aí ela sai flutuando e leva algum tempo para pegá-la outra vez. O maior problema, ela acha, é precisar a voz de Fulton conforme aparece no Volume Três de *Elevadores teóricos*, em oposição à voz acadêmica árida do Volume Um e à voz mística e desnorteada do Volume Dois. Os ritmos dos dois primeiros livros estão gravados em seu cérebro.

O otimismo deste novo livro está levando algum tempo para ser absorvido. Ela tem de fazer nova calibragem. Felizmente, está apenas enchendo os interstícios que Fulton não teve tempo de acabar. Conhece sua letra. As partes mais importantes estão ali. Só precisam de algo mais para que o todo se encaixe. Sem suturas.

Espreguiça-se na cadeira. Gosta do novo quarto. Talvez a encontrem, talvez venham procurá-la outra vez, assim que descobrirem. Mas ainda vai levar um tempo. Haverá chance de mudar, achar outro quarto. E existem outras cidades, nenhuma tão magnífica quanto esta, mas existem outras cidades. Estão todas condenadas, de todo modo, ela raciocina. Condenadas pelo trabalho que está fazendo. Pelo que entregará ao mundo quando for o momento.

Eles não estão prontos ainda, mas estarão.

O elevador, nos fragmentos que Marie Claire enviou a eles, não é perfeito, mas é bem razoável. Depois que Marie Claire entregou a ela tudo o que tinha em seu poder, a antiga inspetora de elevadores enviou a eles as partes que ainda não tinham. Assim que decifrassem o código de Fulton, e seus hieróglifos, o que deveria levar um bom tempo ainda, sem a chave que ela tinha, o elevador os seguraria uns tempos. Não é perfeito mas é razoável. Ela gosta sobretudo do desenho da cabine, que cuida das necessidades da engenharia sem sacrificar o conforto dos passageiros. Bem do jeito como faziam nos velhos tempos. O Volume Três de Fulton entende de fato a necessidade humana, ela descobriu. O elevador que entregou a Coombs, e depois a Chancre e Ben Urich, deverá mantê-los ocupados por uns tempos. Aí então um dia eles perceberão que não é perfeito. Se for o momento, ela lhes dará o elevador perfeito. Se não for o momento certo, enviará mais algumas das palavras de Fulton, para que saibam que está a caminho. Conforme as instruções. É importante fazer saber aos cidadãos que está chegando. Deixar que se preparem para a segunda elevação.

As janelas do quarto dão para uma fábrica. Ela gosta disso. Sente-se um tanto culpada diante dos prédios, atualmente, sempre que os vê. Porque não são nada, comparados com o que virá.

Ela é a guardiã.

Às vezes, no quarto, pensa sobre o acidente e seu recado. Muito do que aconteceu teria acontecido de todo modo, mas é uma sensação agradável saber que o elevador perfeito estendeu a mão para ela e lhe disse que o mundo dele era o dela. Que ela era uma cidadã da cidade por vir e que as frágeis engenhocas às quais dedicara sua vida eram fracas, que cairiam todas um dia, como o Número Onze. Todas elas, despencando pelos poços qual belas estrelas mortas.

Às vezes, no quarto novo, fica imaginando quem será o primeiro a decodificar o elevador. Talvez a Arbo. Talvez a United. Pouco importa. Como as eleições, aquelas desavenças mesquinhas alimentam a nova coisa a caminho. A seu modo, preparam-na.

Volta ao trabalho. Não precisava ser ela, mas foi. Fulton deixou instruções, mas ela sabe que tem permissão para alterá-las, segundo as circunstâncias. Ele não tinha como prever o quanto o mundo mudaria.

Volta ao trabalho. Fará os ajustes necessários. Ele virá. Ela nunca se engana. Por intuição.

AGRADECIMENTOS

Um rapaz nunca deve sair de casa sem um exemplar do *Método-padrão para a prática de inspeção de elevadores*, a menos que queira se meter em encrenca. Presenças marcantes: Gary Dauphin, Wesley Jones, Valerie Burgher, Dan Schrecker, Darren Aronofsky, Sue Johnson, Ari Handel, Hugh Garvey, Jed Weintrob, Bill Parsons, Jim Macintosh, Jeannette Draper. Obrigado a Kevin Young pelo incentivo e pelo título. Nicole Aragi — minha agente — é fantástica. Tina Pohlman — minha editora — é uma mulher de muitos recursos e de extremo bom gosto. Eu não poderia ter feito isto sem o amor e apoio de minha família e de Natasha Stovall, a melhor companheira que um homem pode desejar.

ESTA OBRA FOI COMPOSTA PELO ACQUA ESTÚDIO EM ELECTRA, TEVE SEUS FILMES
GERADOS NO BUREAU 34 E FOI IMPRESSA PELA GEOGRÁFICA EM OFF-SET SOBRE
PAPEL PÓLEN SOFT DA COMPANHIA SUZANO PARA A EDITORA SCHWARCZ EM
AGOSTO DE 2001